THE SILENT ISLE

对话寂静

剑桥大学教授寂静岛上的哲思随笔

【英】亚瑟·克里斯托弗·本森 著
Arthur Christopher Benson
王少凯 译 / 孔 谧 校

黑龙江出版集团
黑龙江教育出版社

图书在版编目（CIP）数据

对话寂静 /（英）本森 (Benson, A.C.) 著；王少凯译 .
— 哈尔滨：黑龙江教育出版社，2016.4
ISBN 978-7-5316-8697-2

Ⅰ . ①对… Ⅱ . ①本… ②王… Ⅲ . ①随笔 – 作品集 – 英国 – 现代
Ⅳ . ① I561.65

中国版本图书馆 CIP 数据核字 (2016) 第 081306 号

对话寂静
DUIHUA JIJING

作　　者	〔英〕亚瑟·克里斯托弗·本森　著
译　　者	王少凯　译　孔谧　校
选题策划	宋舒白
责任编辑	宋舒白　杨佳君
装帧设计	Lily
责任校对	高秀革

出版发行	黑龙江教育出版社（哈尔滨市南岗区花园街 158 号）
印　　刷	北京鹏润伟业印刷有限公司
新浪微博	http://weibo.com/longjiaoshe
公众微信	heilongjiangjiaoyu
天 猫 店	https://hljjycbsts.tmall.com
E－mail	heilongjiangjiaoyu@126.com
电　　话	010—64187564

开　　本	700×1000　1/16
印　　张	18.75
字　　数	257 千
版　　次	2016 年 8 月第 1 版　2016 年 8 月第 1 次印刷
书　　号	ISBN 978-7-5316-8697-2
定　　价	39.80 元

献给珀西·卢伯克

珀西·卢伯克（Percy Lubbock，1879—1965）：英国作家、评论家和传记作家，著有《亚瑟·克里斯托弗·本森日记》。

目录

序言 / 1

1
空气的声音 / 1
无意义的工作 / 4
放错的良心 / 5
同情 / 6
清晰的视野 / 7
生活的快乐 / 9

2
小说 / 11
当代爱情 / 13
自我意识下的爱情 / 14
爱情礼物 / 15
爱情与激情 / 17
超然的爱情 / 18

3
热情 / 21
忍耐 / 23

4
烦恼 / 25
误解 / 27
上帝之心 / 29

5
付出 / 31
遗传 / 33
责任 / 34
建议 / 36

6
标准 / 38

憧憬 / 40

7
灵魂与躯体 / 42
灵魂的轨迹 / 43

8
礼拜仪式 / 45
教条主义 / 47
灵性 / 48

9
悲情 / 49
信任 / 51

10
忍耐力 / 52
如火的献祭 / 54

11
独处 / 55
审慎地思考 / 57
自我约束 / 58

12
浪漫 / 60

秘密 / 62

13
回忆 / 64
社交 / 66
简朴 / 67

14
交付终稿 / 69

15
年龄与诗情 / 73
朝圣 / 75
清晨的露珠 / 76

16
友谊之所 / 78
告别 / 80
象征意义 / 80

17
悲情与矫情 / 83

18
梦魇 / 86

19

敬仰 / 90

效仿 / 93

20

罪恶感 / 94

良心 / 96

21

希腊精神 / 98

当代精神 / 101

22

厌恶 / 103

谴责 / 105

23

稗子 / 109

24

自我提升 / 112

忘我 / 114

25

美之品质 / 116

26

隐私 / 119

袒露心声 / 120

27

艺术的发展 / 124

诗歌的未来 / 126

沃尔特·惠特曼 / 128

28

自知之明 / 130

艺术生命 / 132

艺术理想 / 134

艺术追求 / 135

29

约束秉性 / 137

未竟之爱 / 139

30

艺术的归宿 / 141

真正的视野 / 143

高贵的失败 / 145

31

圣所 / 146

遐思 / 147

32

猜想的权利 / 149

神学家 / 150

33

乡村教堂 / 152

34

少校 / 156

35

评论家 / 160

阐释者 / 162

36

现代年轻人 / 164

37

循规蹈矩者 / 167

给予与索取 / 169

公立学校的校长 / 170

38

孤独 / 173

局限性 / 176

39

剑桥讲师 / 177

40

教区牧师 / 183

41

哲学家 / 188

42

有品位的人 / 192

文化 / 194

奥林匹亚山与帕尔纳索斯山 / 196

艺术精神 / 197

43

正派人 / 199

44

老年人 / 205

45

食鹰猴 / 210

传记 / 212

传记作家 / 213

46

雪莱 / 215

47

拜伦 / 220

利·亨特 / 222

48

遗世英名 / 225

诗人的希望 / 228

49

济慈 / 229

50

先知的墓冢 / 235

世界与诗人 / 238

51

肖特豪斯 / 240

52

威尔斯 / 245

53

朝圣之旅 / 251

英雄 / 253

54

彼得伯勒 / 255

55

贝拉西斯庄园 / 260

56

少女夏洛特 / 264

亚瑟王的宫殿 / 265

57

露天矿 / 268

58

大自然与科学 / 271

59

古路 / 274

后记 / 278

序言

　　记录和传递某一印象，如对某个建筑或地方的印象，通常有两种方式：一种是对某一特定地点的景物进行描绘，这样既可以纵览景物的全貌及其艺术之美，又可借助于午后或黄昏的阳光，尽享周围的景致，感知它那匀称和谐的轮廓。另一种方式，就是不断地变换方位，从不同的角度对景物进行描绘，记录下它的每个细节，每个精妙的姿态，每个独具匠心的创意与特色。这种方式可以令我们更好地了解景物与众不同的气质、变幻万千的形貌、风情万种的姿态、娇柔敏感的秉性，乃至于它的缺陷与不足。但问题的关键在于，你到底喜欢的是现实中的景物，还是理想中的景物？因此，这里阐述的方法，既无可比之处，又无主次之分。艺术家从不选择方法，因为他自己就是方法。这本书是一种尝试，更确切地说，是历经百次尝试之后锤炼的作品，它从一个简单的角度，白描生活中的细节，无意于遵循某种理论，也无意于寻找确切的答案，更无意于依据个人偏好而去刻意地忽略什么。作者自始至终都只有一个想法，就是要描绘出自己决心要表达的真情实感。我选择了一种生活，一种当时自认为健康、节制而简朴的生活，告别了之前那种复杂、忙碌而机械的生活。这种选择绝不是对沿袭的背叛，而仅是出于一种显而易见的信念：传统习惯并不一定会带来满足。不做出全方位的思考，就不会有具体的收获。坦率地讲，我并不打算逃避自己作为自然人所应负的责任。假若相信自己有能力肩负起重任并从中获益，我希望自己不放弃这种责任。只是我仿佛过久地负载了这种责任，再也无心探寻其中的奥秘了。重新翻开这本书，大部分的内容虽然已不再有什么特别的意义，但却真真切切地凝缩于我的生活，对这些文字我已如对《爱丽丝梦游仙境》①中白衣骑士的骏马一样熟稔，它们的存在只为了防止不虞的发生。我只想过一种自己突然间领悟到的那种简单惬意的生活，这种生活虽非完美无瑕，却建立在简朴和理性的基础之上。

　　我是以一种悠闲的心态写这本书的。就像一个人，在长时间的伏案辛劳之后，终于放松下来，在一个阳光明媚的清晨，信步来到风景如画的异域小镇，此时的心神怡然，溢于言表。这时，景致、声音和琐事如果都能带上敏锐而微妙的气息，让我回到无忧无虑、懵懂无知的童年，无所事事地恣意逍遥，那么，我就已心满意足。我只需尽情享受生活中的美酒佳肴，而不必继续徒劳麻木地吸吮索然无味的生活。我无意将自己的精力浪费在喧嚣的生活之中，也不愿品味钩心斗角和追名逐利所带来的亢奋和狂喜，哪怕有人认为这些象征着精力旺盛、生机勃勃的生命，我也根本不会因此而带上伪装虚与委蛇。坦率地说，我不是特别在意别人对我的这种评价，似乎长久以来，我就是过于温顺听话了。这次，虽不希望斩断一切世俗纠葛，但我想，也许该

---

① 《爱丽丝梦游仙境》（*Through the Looking-Glass*），英国作家刘易斯·卡罗尔（Lewis Carroll）的作品。——译者注

是时候大胆地冒险一次了：找一个无人的角落，捧上一本好书，好好地享受一下"逝者如斯"的感觉。谈到人生的责任时，大多数人都喜欢夸夸其谈，谈及享受时，也毫不含糊，极力推崇，并喜欢从哲学的角度对自己的选择加以伪证。归根结底，他们喜欢享乐，没有了享乐，就会感觉生活索然无味。我想，我也有权利拥有一种乐趣，尤其是当追求这种乐趣并没有给任何人造成不便的情况下。

这种选择，明智也好，愚蠢也罢，皆有脉可循，其结果也终将大白于天下，但我决不放弃自己的信念。我认为，也坚信，许多人还沿袭着旧有的生活，是因为他们过于尊重传统，没有与之一刀两断的勇气。我认识一些才华出众之人，他们非但不认可自己的价值，反而会因偶尔的懒散自由而自责不已。在我看来，那些腾出时间倾听交流之人，那些懂得享受并愿帮助他人学会享受之人，远比那些整日穿梭于各种会议和演讲之间的人为世界做出的贡献更大，因为后者从事的碎杂之事，十之八九做不好。

总之，以上所言就是我的所见、所感、所为，此次尝试并非一场规模宏大的盛典，只是一段波澜不惊的生活，我发现生活并感知生活，也愿意将之付诸笔下。

1

空气的声音

寂静之岛，这是我给这座小岛取的名字，因为它没有任何水的喧嚣与浮华，在这一点上，我以往居住过的任何一个岛屿都无法与之媲美。水，缓缓地从大地溢出，流向排水管道，再从管道流向沟壑，然后从沟壑落入堤坝，静静地奔向通往大海的水闸。这不是鲜活的风景，也不明艳生动，它匆匆而行，带着些许神秘与静谧，极不情愿地一路奔去。尽管如此，它带给我的仍是水的那种特有的感觉，绵延不绝，遥不可及。这座小岛拥有广袤的平原，在上面踏出的每一步仿佛都提醒着你：它那轻柔绵软的土壤蜿蜒不断地奔向绿意萦绕的山川，山脚下那片高低起伏、绿波荡漾的牧场、古老的榆树以及那片单调平淡的平原,都各具特色,却又相映成趣。距此一英里远处有座村庄,它坐落在这古老小岛远端的海岬上,看起来像个分布凌乱的海港,随意散落到各个大大小小的码头。目光所及,桅杆点点,渔船穿梭于陡峭的街巷之下,环绕四周的平原可以在突然之间变成波涛纵横的大海。在这样的沼泽之中,既无小路可循,更无捷径可言。在晴朗的天空下,看起来近在咫尺的山村,沿着河堤走过数里,仍发觉没有靠近它一步。有时,不知不觉间来到庞大的水陆边缘,发觉它淡蓝色的水道就像一根钢钎,无须任何金桥连接,就可直插天际。芦苇丛生的几条小径,也是一路笔直地延展开来。这一望无垠、碧水如绸的海面,让人感受到了无比的宁静与惬意。堤坝如漂泊的水流,形成了一道道浅浅的平行线,那环绕着孤单农舍的杨树林,那高耸的泵站,都格外醒目惹眼。在这片无垠的海平面上,可以感受到平静之中所蕴含的那种浑厚与伟岸。极目望去,是浩瀚无垠的苍穹,翻卷的云堤和如絮的白云曼延天际。这里的天空,比世上任何一处的天空都更高、更远、更广,这里的清晨也来得更为安详,可是,橘红色的黄昏却总是姗姗来迟。火红的太阳,总在最低的地方燃烧,甚至低到了世界的尽头,然后在黝黑的树林后,在隆起的山脊后,悄然垂落。在这玫瑰色渲染的云朵之间,在这绿意荡漾的空气之中,西边的天际璀璨的霞光慢慢转淡,悄然消失,它的动作多么曼妙轻柔啊!身处这寥廓的天宇之间,感受到的是宇宙的浩渺空茫,深奥无涯。在内陆的小镇上,条条道路像道道光环交会到一起。每一条河流都是一种忙碌的生活,通过河流,这里的世界悄悄流到你的身边,它自己也因此变得更加精彩,更为从容。这里似乎根本没有生活的潮涌,有的只是旅人平静的交融,他们的罗盘之上,没有一点指向渲染。在这里,有的只是沼泽上榆木环绕的村庄,那平凡生活的潮起潮落。焦渴与期盼之心固然可以将忙碌运送到任一地方,但要读到这绿意掩映下的幽静生活中的匆忙与紧张,不啻讲述一个单调无聊的故事。这是一片何等寂静之地啊!在这里,生活倾吐了自己的声音,比我在任何地方所听到的声音都更具特色和价值。我大部分时间都住在城镇，在那些地方，即使没有听到什么特别的声音，也会模模糊糊地感受到某种声音在空气中流动，让听觉显露出迟钝。但在这里，无论是树篱上传出的黄鹂清脆的歌声，还是灌木林里猫头鹰发出的鸣叫，都剔除了任何低鸣的杂音，透过凉爽的空气清晰地传递出来。一英里外长长的车队沾满泥土的轮子发出的咕噜声，脱粒机的低吟声，甚至丛林外小路上孩子们的喳喳细语，都似乎在我的耳畔轻快地响起。在这里，我意识到自己过去的生活是那么喧嚣与匆忙。我承认，过去的生活足够快乐，但它所有的一切：教室、街道、操场，虽然一如既往的鲜活，但是现在似乎都变成了刺耳的铜管以及那破音弦乐嘈杂的前奏，不知不觉间失去了甜美的旋律和流畅的和声。无疑，这座寂静之岛，也有阴郁笼罩的时候，但至少在今天，它是宁静透明的，似那流动的河水清澈沉静，又似苍穹般逍遥自在，更像无垠的平原一样绚丽多彩。但我并不想永久地寄居此地，终日无所事事地虚掷人生！我有自己要编织的网，有自己想要的明澈之境，但我不会再虎视眈眈地争权夺利了。我只想除去凡尘和杂音，寻觅一处安静之所，悠然地欣赏这一切。在忙忙碌碌中，我已辛苦劳作了二十年，真的能腾出时间去收获成果、清点果实吗？如果可能，我想看看这寂静之后隐藏的一切，读懂这一切所蕴含的意义。就百合花而言，人们说栽种它们无须辛苦，但这并不能成为我们漠然视之、不理不睬的理由，任由其蔓延滋长，像甘蓝一样疯狂膨胀，最后一簇簇、一排排地在粗粝的垄沟中腐烂。人们似乎无法从必需的尘世劳作中获得满足感，于是就从事一些徒劳无益的活动，把诗人的诗词歌赋和智者的至理名言都统统变成了哑铃，用来强健我们的肌体。人们还把娱乐时光变成了充满妒意的竞争和怨气冲冲的效仿。于是，不屑情绪一股脑儿地倾泻出来，指责屈指可数的那些心态平和的梦想者们缺乏精神，指责享受悠闲的人们缺乏活力，而我们却在徒劳地垦殖着野花丛生的荒地，养育了无数看似欢快的黄金鸟，并为能在冬日的午后，把天空中飞翔的它们打得鲜血飞溅而得意扬扬。直到这时，我们才会心满意足地想到了天国，自以为所付出的一切辛劳都只是为了催促它的早日降临。

无意义的工作

讲个有趣的寓言故事：一位热心的传教士请求某人为世界末日时的一项活动捐款，于是，这个人就拿出一先令和一枚金币说："一先令捐给这项活动，用另一枚金币帮我把这项活动找出来。"这个寓言故事很好地点明了我们西方人工作的实质：直接让人受益的工作可谓凤毛麟角，而牵强附会的工作却又多如牛毛。当校长时，我把百分之九十的工作都放在检查孩子们的作业上面。这些作业，通常都是为了防止孩子们调皮捣蛋布置的。这种教育体制下培养出来的孩子，最糟糕的地方，就是要求孩子们一生都要乖巧听话，不要胡闹乱来。也许世上最离谱的胡闹，莫过于用毫无意义的功课填补孩子们的生活。从屋子里走到后花园有两种方式：一种是直接从后窗跳进后花园的草坪；另一种就是从家的前门出来走到街口，在第一个路口向右拐，在下个路口右拐，再从后花园门口进去。但这么做有什么意义呢？这带不来任何满足感，更不值得你告诫那些头脑简单、喜欢直行的人们，说世界正变得懒惰和腐化，总是想方设法避免麻烦。关键是，我们要过的是生活，而不是仅仅要活过。读大学时，我们利用暑假去苏格兰的某个地方度假，那地方非常好玩儿，我们到那儿纯粹是寻开心的。一天晚上，有人提议第二天去乘快艇，我欣然响应，但因为驾驶技术实在不尽如人意，我就说自己只有在天气好时才会去。我们原本计划早早起床出海，但被叫醒时我发现天气实在糟糕，就心存感激地继续倒头睡去。最终那天我去钓了一整天的鱼。我的房间里还住着一位少校，外表冷峻，性格倔强。他随队坐了游艇，但过得很不痛快。那天晚上，在吸烟室回顾这次冒险经历时，这个老顽固开口对我说："我想给提你个建议。你说你要出海，却因为害怕大风临阵退缩了，请原谅我作为一个算是见过世面的人冒昧地劝告你，这样不行。一旦下定决心，就要坚持到底,这是条黄金法则。"我回答说只要刮大风,我是不会去的,否则我宁愿自己染病,但我的回答对他毫无触动。"啊,这都是胆小鬼的瞎话。"这老顽固说,"我常说只要值得做,就要做到底。"我怯怯地回答说我一直晕船,而且我认为只要晕船,就不该在大风天出海。我的话让他有些恼火,说这是妇人之见。他的建议让我感受到的不是心悦诚服,而是冒犯和羞辱。两三天后,我体会到了一种幸灾乐祸的快感。少校因打猎时不愿乘坐提供给他的马匹,坚持要走到森林,结果不仅累得半死找不到路,而且连续错过了两头牡鹿,最终两手空空而归。他当然找到了相当圆滑的理由为自己开脱,而且听上去也颇为合情合理。

放错的良心

决定,必须要由自己做出。如若不喜欢放松,认为放松乏味、无趣,就不要刻意而为。如若良心告诉我们继续从事某项特定的工作,那我们就最好遵从良心的引导。但在这些事情上只遵从习惯,很难培育出同情之心。如若惯常于玩弄思想和良知,就会像海中老人[①]那样,最终难以自拔,并遭报应。若对他人过于负责,终日忙碌于不必要的沟通和采访,甚至更糟糕的,总爱不无骄傲地宣称工作让自己没有闲暇读书或思考,那么,真正获得满足的肯定不是自己的良心,因为良心已然麻木。如果一个人真正有责任感,那么帮助他人和引导他人就是自己义不容辞的责任,就必须确保抛弃那些经不起考验的陈词滥调,由衷地做出具有实际意义的贡献。极具神秘色彩的马大和玛利亚[②]的故事,就很好地阐明了这一点。故事中,马大受到了指责,不

[①] 在阿拉伯寓言故事中,水手辛巴德第五次出海时,遇到了一个两腿紧紧夹住他脖子、骑在他肩上不肯下来的蹒跚老人,一连几天,弄得他疲惫不堪,几乎绝望,最后他灌醉了老人,摆脱并杀死了他。——译者注

[②] 《圣经·约翰福音》11:17。——译者注

是因为她好客，而是因为她过于斤斤计较。虽然还不清楚玛利亚为什么受到表扬——当然不是因为玛利亚予人帮助，也不会是因为她看望病人，参加教会活动，仅仅是因为她能够静静地坐下来认真聆听耶稣的教诲，并对宗教表现出了浓厚的兴趣。虽然俩人都富有同情心，但马大表现出来的是对人行善和对家务的关注。真正为人所需的是什么呢？玛利亚所选择的且让她难以割舍的又是什么呢？《福音书》对于人们积极从事的活动几乎没有交代。但如果这么说，就会招致嘲笑，因为其中有许多关于友善待人以及邻里和睦相处的记载，可是关于如何赚钱或组织社会活动的记载却无从查起。在贫穷的乡村，这类问题更为显而易见，但在我们这种较为复杂的文明社会，却并不容易看到这类行为的准绳。假若突然有了某种行善的冲动，该如何作为呢？在古老的故事里，人们会为病人读书，分发餐食，现在却很难找到这种合适的对象群体。如果我端着一盆苹果派到处分发，人们会感觉受到了侮辱，并有充分的理由心生芥蒂。至于我生病时人们过来看望，为我读书，这种出于仁慈的目的接踵而至的探望是我最深恶痛绝之事。如果是出于真诚的爱心，我会选择忍耐，但如果只是责任使然，反而会增添我的烦恼，令我坐立不安。许多悲伤和困苦之人，只想独自一人不受打扰。若他们真想博取同情，他们知道在哪里可以获得。从个人角度讲，遇到烦恼时，我并不想获取同情，这样的同情只会让我感觉雪上加霜。这时，真正的安慰就是一如既往地自然而为，仿佛世间没有烦恼一样。要做到这一点，就必须努力表现得自然得体一些，这是实现忘却自我的最佳时机。

同情

在我看来，如若可能，人们唯一可做之事就是去爱他人，这是一种心态。同情和帮助也是来自这种心态，而不仅仅源自找个对象倾诉或者得到物质上的资助。对于人们那些凄惨无比的遭遇，我们往往表现得无可奈何。知道别人爱你，并不能抚慰失去孩子、爱人以及朋友带来的创伤。如今已是民主社会，人们拥有了社会责任感，不仅知道要举行慈善活动，还知道孩子应该按照《教育法案》接受教育。医院认为，当今世界已变得非常专业化了，病人必须有专人看护。诸如此类行为，使简单易行的慈善变得复杂起来。很显然，用钱财解决人们的燃眉之急，并不一定是在做慈善。同样，在我看来，对人们的过失和罪过含糊其辞地进行教诲，也毫无益处。我们必须拥有战胜邪恶的意识，并知道如何将这些意识付诸实践。若像我一样无法完全避免个人过失和过错，就难以接受牧师的态度。若热爱大众，问题就不再成为问题，甚至可以自行消解。人们可以互相交流思想，探讨良好的品行，尝试了解心中所钦佩的美德到底是什么。总之，唯一让人们变得美好的方法——假如那也是人们心中的终极目标的话——就是让自己变得美好起来，而且这种美好也正是人们心中渴望已久的期盼。

清晰的视野

若想与众不同、出人头地，必须要有清晰的视野。我们当中大多数人从一开始就本着无所谓的态度，对世俗的观念和旧习采取来者不拒、全盘接受的态度，并且一直在浑浑噩噩中行进着。他们唯一的目标，就是站在自我的角落里木然接受生活中的所有美好。必须承认，在行善的众多动机中，还应包括善行所带来的荣誉以及随之而来的权利和影响，但这些对行善者并无益处。在现实生活背后，还潜藏着某种神秘莫测的力量，它比我们所掌控的任何力量都更为强大。通往上帝之城的道路千万条，虽都能殊途同归，但没有任何两条道路别无二致。要肩负起对世界有所贡献的责任，就存在一种风险：容易像路标一样被固定起来，虽然能为他人指引方向，但指引的范围却有限，而且再也无法找到自己的出路。这里的误区在于：想当然地认为，不为人知的事物就是不可知的。事实上，在朝圣者的目标明确之前，在山坡上的道路清晰之前，迷雾早已散去。我所指的清晰的视野，正是所有人的期望所在。必须竭力探索事物的真相，不让偏见、特权、情感或自私模糊自己的视线。罪孽也无法像愚蠢和自满一样蒙蔽视野。虽难以用语言描绘出来，但我对自己的所欲所求有一个梦想：学会明辨轻重、美丑和真假。世事的浮华与荣耀，都无关紧要，所谓的诱惑，不过是源于自己的欲望。金钱，也无关紧要，它虽代表了自由，但崇拜它也会让自己感觉到种种诱惑所带来的痛楚。传统观念，无论关于行为、生活，还是关于思想、宗教、教育，都无关紧要。还有什么是紧要的呢？那就是勇气、耐心、纯真、善良、美丽和信念，这些才是要紧紧抓住并能生死相许的品质。即便如此，我们也难免会为所有浪费的时间与精力，为所有的蠢行与误解，为所有无谓的忙碌与无聊，为所有的怨恨与恶意，为所有虚伪的规则与制度，为所有艰难的评判、恐惧与丑陋、残酷的世界，为它们的早熟与晚凋，为这所有的一切感到困惑、悲伤和好奇。

一小时前，我在路上遇到两个孩子，一个男孩和一个女孩。小男孩从树篱上摘到一些花朵，一边走，一边心无旁骛地欣赏着花朵。他姐姐做什么呢？她想找些乐子，于是就抢走了男孩手中的花朵，男孩追她，她躲闪着，最后干脆把花儿扔到了木栅上，然后得意扬扬地走开了，而小男孩则坐在地上伤心地哭了起来。他们为何不能和睦友好地享受快乐呢？

我的桌案上放着一些信，其中有我两位老朋友的来信，他们正在为一个只值几镑的小事争执不休。一个人抱怨对方巧取豪夺，另一个因被指责为卑鄙而恼羞成怒。结果可想而知：他们之间亲昵的友情戛然而止了。人无法预防悲伤、痛苦和悲剧的发生，但有一种力量，在赋予了我们获取丰富的快乐资源的同时，又用魔鬼一般的力量戕害我们，让我们对这些资源肆意糟蹋，我们因此而担惊受怕、互相鄙视、互相憎恨。这究竟是一种什么力量啊，让人表现得如此丧心病狂、不可理喻？它又怎样无情地摧残了这勃勃的生命？在这种状态下，生命即使得以苟延残喘，也会变得游离不定、步履蹒跚、萎靡不振。他的肌体会变得如僵尸般脆弱不堪，他会满脸愧色、无地自容。更糟糕的是，这台内心早已疯癫的机器却仍自我感觉良好，自觉年轻而理智。如果知道在某个地方，某一时刻，无论多么遥远，总有人给予我们帮助，让我们变得坚强、快乐、勇敢、善良，那么，承受这所有的一切该是何等轻松自如啊！我们就会对一切置若罔闻，只知尽情享受，这样的人生会变得多么璀璨多姿啊！无论是光秃的树林中黄冠绿顶的乌头草，还是躲在云彩后面的太阳漫射出来的绚丽霞光，我们每一次回眸，都能欣赏到这美妙的景致。我们会遇到各种各样的人，迷人的、古怪的、好奇的，从坐在马车上的男孩——他细腻的皮肤和明澈的瞳孔映照出几多古老的浪漫啊——到皮肤干涩的农民，他们穿着不合体的脏衣服，手中拿着镰刀——他们代表了世上最坚韧的耕耘。这些人群，虽付出了如此艰辛的劳作，却又如此地感到无助，他们的人生意义也如此地让人困惑。无论是国家、家庭还是个人，生命之路都曲曲折折，不时遇到突兀袭来的邪恶，这些邪恶极具毁灭性，令人惊骇，又无药可医。但邪恶至少还带有一丝血色和火光，更为可怕的是卑鄙与嫉妒，它们仿佛一道道黑暗的黏液，原本一无是处，却可以让轻快的步伐变得缓慢而沉重，让明亮的道路变得朦胧。

生活的快乐

所以，在这里，在我的寂静之岛，在片片沼泽之间，在寥廓的苍穹之下，我想尝试一种戒荤茹素般的生活，没有懒惰与匆忙，也没有时光的虚掷与贪恋，不推卸应负的责任，也绝不平添无益的负担，不把自己禁闭在孤独之隅，也不放纵地攀附无谓的权贵。坦诚而言，如能明辨上帝的神谕，我由衷地希望完成上帝的旨意，但这需要坚强的意志去支撑，尽管如此我也从未对完成它产生过疑虑，我相信就算我在完成的过程中会流下傻傻的泪水，我也会坚持到底。驶向山下的港湾时，为什么会遇到如此之多逆行的狂风、劈头的巨浪，它们为什么如此强劲地袭来让你船毁人亡呢？我无从知晓，我也无法知晓。如若我真的驶过夕阳，对岸的风景到底会是怎样的？那里一定有正在等待着我的家园。我想，所有的人，这个恬静的家中所有的人，正欣喜地列队成双，站在古树下，站在沾满露珠的草场上，等待着我，他们的身影虽模糊却很美妙。也许，我会寻得梦寐以求的美景；也许，我只能满脸鲜血蜷伏在生命的荆棘之中，谁又知道呢？正如我描绘的那种场景，我在眺望远方，看见淡淡的夕阳渐渐隐没在树梢之后，花园在黄昏中若隐若现，屋中的灯火忽明忽暗，鸟儿穿过寂静的天空展翼飞向巢穴。现在，在这怡人悠然的时刻，太阳正围绕着广阔无垠的天空一路盘旋，我呼吸到了我所渴望的、来自仁慈的上帝之心的气息。假如没有这样的气息，我也心满意足，因为我确信，也根本无法怀疑，在所有的混沌与谬误之后，必然隐藏着一条真理，在所有的朝圣之旅中，必然潜伏着一个目标。我将要找到它，实现它。终有一日，荣耀会从天而至，希望得以实现，悲痛必将终结。到那时，无论在绝望和疲惫中跋涉，还是在得意与欣喜中狂奔，我再也不会多迈出一步，因为我已学会不再恐惧、不再妄言，我已然摒弃了猜忌、抛却了鄙夷。在那一刻，我会睁大双眼，因为我终于知道，自己已找到平和喜乐。

2

小说

就在刚才，我发觉自己的阅读能力有些迟钝了。一直以来，我总是悠然地抱着几本老书不放，没有任何创新，思想也变得过于狭隘，如同一个不再为晚宴打扮自己的客人，不会再去计较大衣和拖鞋的新旧。人们很容易把这些行为当成不善处世或心境淡然的表现，认为有哲学家的风采，但说实话，这纯粹源于懒惰。真正不善处世的哲学家，在任何场合，无论穿着什么，都会表现得轻松自然，潇洒大方。

我从未以一种轻松或者纯娱乐的方式看待小说阅读。开始读时，我就像待在一所陌生的房子里，见到的全是陌生的面孔，各种各样的生人难以回避，等待着我去结识，对于评判他们的所长所短，我煞费苦心、苦恼不已。实际上，我更愿意从事一些严肃的事情。我知道，这种浪漫时刻只属于作家，不属于历史学家或道德学家，因为他们对生活太过挑剔，太过热切。现在，也许没有杰出的心理学家或理想主义者会从事创作了，从事创作的伟大的艺术家更是凤毛麟角。若一个人想要千方百计摆脱当代小说，这不仅是一种病态，更是一种道德上的堕落，至少也算是一种懈怠、愚蠢和保守的表现，因为这意味着一个人的思想已然僵化，脑中尽是些拾人牙慧的枯燥理论，人性的良知和乐趣也终会使人变成干枯空洞的躯壳。

人们总是无休止地争论：小说是该具有伦理目的，还是应完美地呈现出那些为公众所清晰认知、忠实信守、精心分类、巧妙剥离的真理呢？现实主义者认为，对于前者而言，无论主题、事件和情节如何，小说中必然隐藏着某一伦理目的，而且这一目的有赖于小说自己去表达。而另外一种理论则认为，小说家应有一个特定的动机：要么证明某一理论，要么进行某种忠告，要么实现某一目的。狄更斯和查尔斯·里德[①]都拥有根植于社会变革时代的慈善动机，他们希望改善学校、济贫院、疯人院和监狱的条件，这一动机在诸如《尼古拉斯·尼克尔贝》《雾都孤儿》《硬币》和《亡羊补牢，犹未晚也》等作品中也都可见一斑。从道德角度上说，这些小说所反映的问题合情合理，无疑能让大批读者对这些问题予以关注，而这是从布道书和蓝皮书上无法获得的。这些书籍引起了大众对这些问题的关注，公众情绪也就自然而然地推动了立法的脉搏。慈善动机是否会损害书籍的艺术性，这是另外一个话题。的确，慈善动机总会或多或少地让作者偏离初衷，要么夸大其词，要么搬弄是非。而出于艺术目的，又总把背景置于济贫院或者监狱里，这些都可以理解，但如果人道主义动机导致了真相的歪曲，小说的艺术性就会受到折损，因为事实的选择和分类应遵循艺术的指导原则，而非出于慈善动机。

[①] 查尔斯·里德（Charles Reade，1814—1884）：英国小说家，他的小说通常反映他在社会改革方面的兴趣。——译者注

当代爱情

在众多浪漫情景中,表现得最为抢眼的情感就是爱情。人们会发现一个有趣的现象:爱情的动机也可以有艺术和慈善两种表现方式。《酵母》是查理·金斯莱①的一部重要作品,是一部富有早期维多利亚时代特色的小说。这部小说在将艺术和慈善两种动机合二为一方面进行了有益的尝试。兰斯洛特对阿吉莫妮的爱情,就是以艺术兼慈善的手法描绘的。这位爱慕者的激情,通过种种古怪而混乱的社会现象表现出来,就像寂寞草地上流淌的溪水,人们可以清晰地看到并感知到它流向附近磨坊时跳动的脉搏。同时,这份爱情的慈善动机也有迹可循,因为爱情常被当成一种补偿动力,一种治愈私欲的良方,一种抚慰心神的香脂。在恨嫁未成的阿吉莫妮临终之前,艺术动机占据了上风。女作家之手,往往自然而然地会从人道主义的角度描写爱情,这是女人所能提供的最完美无敌的礼物,也是她们施展影响力的绝佳机会,更是一个她们实现自我的难逢机遇。古语说,女人即是媒婆。有一先生更为露骨,他认为女人这么做是出于一种狩猎本性,尽管这种本性得到了某种程度的褒扬,可还是会或多或少地加以回避。伟大的女作家夏洛蒂②,就是从艺术角度处理爱情的。有人指责她把书中的女主人公简·爱、卡罗琳、雪莉③描绘得过于温顺,对男人给予的恩惠表现得过于受宠若惊。这些女人用异乎寻常的温顺,宽恕了欺骗、苛刻、冷漠和绝情。然而也正是这些行为,才产生了艺术之美,这种艺术之美用奉献而非索取温暖着这些美丽无瑕的心灵。在那部质朴的小说《教师》中,男主人公的塑造充分体现了夏洛蒂·勃朗特是如何把大自然的刻板与男性的刚毅完美地融为一体的。在书中,男主人公的

---

① 查理·金斯莱(Charles Kingsley,1819—1875):英国著名作家、诗人。——译者注
② 夏洛蒂·勃朗特(Charlotte Bronte,1816—1855):英国著名小说家、诗人。——译者注
③ 卡罗琳和雪莉都是夏洛蒂·勃朗特的小说《雪莉》中的人物。——译者注

妻子一反往日的安静与矜持，宣泄的情感如决堤的猛流，随后，这股激情又如干涸的枯井，沉重的缄默横在二者之间，这一切让男主人公惊异不已。他就问妻子，她的爱呢？它去哪儿了？"我不知道它去哪里了。"妻子回答，"但我知道，只要你需要，它就会折身而返。"这真是美妙绝伦的点睛之笔。保罗·伊曼纽埃尔[①]和罗伯特·穆尔[②]都有着感人的美丽心灵，但他们都死守着一个想法：报答他们卑微的情人。于是，他们先对她们进行了苛刻甚至残酷的考验，之后再用他们的挚爱回报她们。罗彻斯特先生——情人当中的至圣者，虽然爱得荒唐，但他那桀骜不驯以及情节的逆转，都让他成为一个有血有肉的鲜活人物，那是男人特有的激情，如同心灵祭坛上的圣火在熊熊燃烧、在不断跳跃。这部小说的魅力令人难以抵抗，因为简·爱从未意识到自己在奉献，她只知道自己在接受施舍，也正是这一点，才使她的爱超凡脱俗、令人感叹。

自我意识下的爱情

现在有一本书可与之媲美，那就是丘蒙德莉女士[③]的《受刑人》。这本书的精妙、高雅体现在诸多方面，然而其中最闪光之处，莫过于它从女性的角度诠释了爱的价值。在书中，爱情被描述为一种可以救赎生命和改变人生的力量。为了证明这一命题，两位男主人公温特沃斯和洛西茅斯，不再像罗彻斯特那样因犯下致命的错误而变得面目全非、一无是处，相反，他们一个成为老女仆自我中心主义的奴隶，另一个变成了赤裸裸的兽性主义的奴隶。这两种情况都令人"感同身受"。这位女作家，没有像圣人一样掌控自己的创作，而是带有明显的倾向性，她的目标就是更清晰地诠释主人公爱的本质：

[①] 夏洛蒂·勃朗特的小说《维莱特》中的人物。——译者注
[②] 夏洛蒂·勃朗特的小说《雪莉》中的人物。——译者注
[③] 丘蒙德莉（Cholmondeley，1859—1925）：英国女作家。——译者注

爱是一种纯净心灵、改变人性的力量。对这一立场，我想，没有人会持有异议。但人们若意识到爱情的自身价值，就会失去谦卑和无私，爱的力量也会减半。即使是莫德林，书中最完美无瑕的人物，也难免表现出居高临下的态度。在那场动人的爱情戏中，她接受了洛西茅斯爵士，然后宽慰他说："你不仅回到了我身边，也回到了你自己身边。"这是画蛇添足的一笔，它让说话者带上了高人一等的色彩，这还让人想起《公主》[①]中的情节，当仰慕者看到不幸的艾达公主把床榻当成祭坛时，就教导她说："不要责备自己，重温错误，人生才会更为珍贵。"你无法想象简·爱会对罗彻斯特说：爱让罗彻斯特回到了他自己身边。在这令人无限遐想的场景中，在这精彩绝伦的时刻，说这样的话还真是有些不伦不类。这种话带有牧师的口吻，绝非真爱的表达。因此，在情感达到白热化之时，应该格外小心，因为总有一个能熄灭火焰的力量在旁觊觎。

爱情礼物

存在于艺术之中的爱，应是珀涅罗珀[②]与安提戈涅[③]之爱，应是科迪丽娅[④]、苔丝德蒙娜[⑤]、依默琴[⑥]之爱，应是伊妮德[⑦]之爱，应是布朗宁夫人之

---

① 维多利亚时期代表诗人阿尔弗雷德·丁尼生作品。——译者注
② 珀涅罗珀（Penelope）：奥德修斯忠实的妻子，奥德修斯远征特洛伊时，她一直守在宫中，拒绝了无数求婚者，终于等到丈夫的归来。——译者注
③ 安提戈涅（Antigone）：希腊神话中俄狄浦斯之女，不顾其舅父克瑞翁的禁令埋葬了阵亡之兄而被囚入岩洞墓穴，自缢身亡。——译者注
④ 科迪丽娅（Cordelia）：莎士比亚小说《李尔王》中李尔王的女儿，她正直、骄傲、不愿意说取悦人的谎言。——译者注
⑤ 莎士比亚小说《奥赛罗》中奥赛罗的未婚妻，为了争取婚姻自由，以秘密结婚的方式反抗了她的父亲，用具体行动反抗了封建社会的家长权威。——译者注
⑥ 莎士比亚小说《辛白林》中辛白林的女儿，她违背父意，爱上了寄居宫中的孤儿波塞摩斯，并与其秘密结婚。——译者注
⑦ 伊妮德（Enid）：《亚瑟王传奇》中杰蕾恩特之妻，爱情坚贞的典型。——译者注

爱，应是女人之爱，应是男人之爱，应是但丁之爱，应是济慈之爱，应是莫德①的爱人之爱，应是高老头②之爱，应是罗伯特·布朗宁之爱。

这是男人对女人或女人对男人难以琢磨、不容置疑的爱，爱就是这样，只为自己而存在，如蒙田③所言："只因我和你。"这不是对良好品行的敬佩，只是对美的崇拜、对力量或优雅的感知，是精神与躯体命中注定的结合，是一种内在本能的和谐，一种崇高与亲昵，它没有任何夸耀、恩泽或宽恕的意味，只有对温顺、分享、奉献必然的渴望。因此，爱情里，缺点和弱点无须改正，也无须宽容，只需慷慨地给予机会。牺牲不是痛苦，而是最为深切、最为敏锐，甚至可以触及的愉悦。这种爱无关对友情的容忍，也不是加减法的运算，更不是对收入的斤斤计较，它总能提供一种理智而快乐的伙伴之谊。因此，当作家有能力并有幸感受这种爱的场景时，任何深远的动机或目的已无关紧要。的确，恣意添加额外的动机，只会令这一神圣的礼物蒙羞失色。切勿虚妄地假设任何人都有这种爱的天赋，这种完美之爱唯有天才可以独享。

因此，花费些心思描绘一下其他种类的爱，还是值得的，因为爱有无限种类别与内涵。爱的预言家们常犯这样的错误，就是以冷淡生硬的口吻去预言，而这些预言会让许多男女压抑内心的情感。这是一个令人感到可悲的错误，这种错误完全可以用意志和努力来避免。很多传道者也犯下了同样的错误，他们要么认为每个人都拥有同样的道德意识，要么认为道德意识几乎可以不费吹灰之力就能培养出来。虽然有些人能够感知崇高——这一完美之爱的升华——却无法激发这种崇高。拥有这种天赋之人要感谢上帝，这种天赋匮乏之人也不必羞愧自责，因为良好的智力与艺术天赋也并不一定能与力量

---

① 莫德（Maud）：丁尼生独白诗剧《莫德》（*Maud*）中的女主人公。——译者注
② 高老头（Pere Goriot）：《高老头》，巴尔扎克最优秀的作品之一，野心家追求名利的挣扎与高老头绝望的父爱交错之下，使小说内容更显得光怪陆离，动人心魄。——译者注
③ 蒙田（Montaigne，1553—1592）：法国文艺复兴后最重要的人文主义作家。——译者注

结合。人性中存在一种补偿法则，但同时也存在限制法则，忽视它既是愚蠢的，也是怯懦的。

爱情与激情

我曾经尝试过，把文学领域和生活范畴中的伟人——罗列，可最终感到既沮丧又震惊，因为我发现这是一项何等艰巨的工作。诠释完美的女人之爱，要比诠释完美的男人之爱容易得多，于是，我心酸地想：难道就是因为纯洁、真情和永恒之爱自古罕有、感天动地，所以才使爱的诠释如此不易吗？现在的书籍名目繁多，无论虚构的还是传说的，人们都可以恣意挑选，然而，真正的可与之结为友伴的书籍却又凤毛麟角，这难道是因为我们过于挑剔了吗？这是一个我不愿面对的答案，但很显然，我们把爱的力量过于理想化了，难道是因为文学作品中充溢了浩如烟海的浪漫史的缘故吗？爱，真的像浪漫故事留给我们的印象，在生活中起着如此巨大的作用吗？无数的浪漫故事就真的能表明，人生中的爱能超越一切吗？超然的爱情在罗塞蒂①的十四行诗中得到了充分的诠释，然而我们了解的所有关于罗塞蒂的故事，都似乎证明了他的爱是真实的，而非超然的。从爱情角度而言，有人把罗塞蒂归为酒色之徒或爱的奴隶，认为他不是真实且和谐之爱的倡导者。我更倾向于这样的看法，对于男人，尤其是现在的英国男人，爱是迷惑的插曲，绝非必不可少的行动指南。最令人感觉幸福的婚姻，就是把激情平静地转换为真实而温存的友情。这也似乎证明，爱是肉体上的激情，并非精神上的激情，它从人生穿插而过，并非沿着人生之渠流淌不息。

我不禁想到，回顾人生中伟大而真挚的情感时，面对挚爱的对象——一个没有任何身体魅力的女人，也能产生强烈的激情，这样的情况存在吗？当

---

① 丹蒂·加百利·罗塞蒂（Dante Gabriel Rossetti，1828—1882）：英国画家、诗人、插图画家和翻译家。——译者注

然，我没有把魅力局限于传统意义上的美丽，可我自己就回想不出有关这样的情况：一个人，会为一个毫无魅力的女人点燃激情。这种魅力，也许来自声音、目光、姿态、手势，但总有那种理想中的魅力存在着。

超然的爱情

我所认识的一些女人，她们或深情款款，或满腹同情，或机智过人，或善解人意，或忠贞不渝，但往往都因为缺失身体上的魅力而与良缘失之交臂。的确，为了使爱美丽起来，必须把爱想象为像罗密欧和朱丽叶那样的才子佳人。若把爱的蜜意柔情与丑陋笨拙联系到一起，总会有种怪异的感觉，甚至会暴露出亵渎之意。若爱在人们眼中超凡脱俗，若爱能触手可及，那么，身体上的特征就再也无法对爱产生任何影响。我希望那些充满激情的爱的阐释者，能充分发挥想象力，把怪异畸形的爱诠释出来，却不令人感到荒诞不经。我不希望爱取决于身体上的魅力，但必须承认，充满激情的爱的确来源于身体。没有身体魅力的女人，假如她富有柔情、忠贞和奉献精神，也许可以获得快乐的友情，人们愿意信任她，向她袒露心声，但无论人们怎样仰慕她，假若想以此补偿爱情、创造爱情，她却毫无机会。这虽然是一个很难堪的问题，但必须得问：爱情抵抗湿疹获胜的概率有多大？湿疹也许会与任何身体上的或者精神上的恩典一并存在，因此很显然，如果听凭身体的摆布，当代那些超然的爱情理论就会顷刻瓦解。

归根结底，就像人类的快乐一样，爱情的分配也是不公允的，除非上天赐予，否则，任何欲望、钦慕或希望都无法催生爱情。即使是《受刑人》中受到无情鞭挞的那个懦弱男人，也曾去探望自己的爱人，但却不会为她登上远行的列车，这难道不是身体魅力的表现吗？我不想辩驳超然的爱情观，只想说，有些人永远无法追逐到这种爱情，所以对爱情极尽唾弃，如果超然的爱情观与这些人相伴而行，就容易变成一种虚伪和刻薄。任何一种宗教都不能单单凭借责备冥顽不化之人、蔑视柔弱无力之人就得以传播。

夏洛蒂·勃朗特的天赋，在于她能让爱情变得神采奕奕、风情万种，她没有把脂粉与子弹浪费在精神贫瘠之人身上。读完之后，那些还没遇到爱情的男女会说："我所错过的到底是什么，竟然如此美妙，它可不可能正在某处等待着我？"他们会充满希冀和好奇，在同行的人脸上找寻着。这种心态，因爱而生，似乎是上帝的刻意安排，绝不是生于鞭挞之下。众多的男女必须面对这样一个现实：他们可能不会与超脱的爱情产生瓜葛，必须决定自己要不要接受那种低俗的爱情，或是纯朴的情投意合，或是简单的商业同盟。

如果不能接受，那就请自寻烦恼去吧！人们应该尽可能地组织起自己的生活，明白失去爱情并非失去一切的道理。当爱情来临时，我们应该能随时证明自己的价值。世界上唯一不可能从责任感的角度去考虑的事，就是谈情说爱。爱情，既平凡又伟大，不能像捉虫一样用网捕获。爱情越超脱，爱的诠释者就越同情那些无法见证爱情之人。该受到蔑视的，不是那些没有遇到爱情的人，而是那些因谨慎和安逸而拒绝爱情或对爱情漠然视之的强者。法制、教育、宗教和社会改革，都致力于摒弃弱者的过失，而不是打击强者的过失，这的确是当前最大的道德缺陷。今天，爱的诠释者也如出一辙。若爱情如此无所不能，如此神圣至上，就应有一些爱情故事去证明伯爵与女仆、女公爵与男花匠之间结合的真实性与价值。但爱情过于顺服，无法逾规越矩，任何尝试都没能打破传统习俗。莎士比亚说："让我无视那些障碍，不相信它会隔绝心中的灵犀。"[1]但谁会做出如此大胆的尝试呢？谁又会将它们付诸楮墨呢？我们仍然无望地为封建思想所束缚，仍对爱情百般挑剔。"这种结合是不可能的。"我们会说，"这会将人类置于难堪的窘境。"人们阅读黑兹利特[2]的《爱之手记》时会心生厌恶，只因为女孩是在公寓服务的

---

[1] 选自莎士比亚的十四行诗第116首。——译者注
[2] 威廉·黑兹利特（William Hazlitt, 1778—1830）：英国随笔作家。——译者注

女仆。但如果黑兹利特放弃自我,将激情倾泻在一位出身高贵的女孩身上,人们就会认为这个故事充满了浪漫色彩。因此,在超脱的当代爱情观下,隐藏着势利的脉络,这是显而易见的。夏洛蒂·勃朗特笔下能够突破世俗规约的《简·爱》,还有《雪莉》,它们都让爱情熠熠闪光,令人怦然心动。但在《受刑人》中,贵族的光影笼罩在那个令人憎恶的洛西茅斯身上,而女主人公,给人的感觉,已做到仁至义尽。如果社会规约真是一道屏障,那么,就该效仿《酵母》中猎场看守人特里加瓦与乡绅的女儿霍诺丽亚之间的爱情,他们的爱情使贵族蒙羞,也挑战了社会规约。他们的爱情并未因过分的挑剔而辱没在市政厅的咖啡杯中。

  爱情具有强大的力量,隐藏着深奥的秘密,但若想真实地描绘它,就要直面一些真相。必须勇敢地承认,爱情的确受身体和社会条件的规约,虽然这会令爱情失去一些超凡的魅力,但切不可因此就顺从地接受那些狭隘的观念。一旦我们用一只手挖掘出情感之渠,另一只手就要攫取和平之流,这股和平之流,拥有难以抗拒的力量,拥有美妙的情感,它吐着气泡,穿过一座座山岩,从荫翳的山谷一路奔腾,流向无垠的大海。

3

热情

通常,人们谈话的方式,就仿佛人类已被悲伤、不幸和灾难所击垮,然而并非如此!击垮我们的是人类自身的性格。正如约翰逊博士[①]谈论写作时所言,只有自己才可以记录自己,所以,我们不是环境的牺牲品,而是性格的受害者。譬如,像格米治太太[②]那样遭受苦难的人,却常常自感高人一等。那些在残暴的侵蚀之下,在邪恶的环境中,在单调的劳作中容易崩溃的人,都

[①] 塞缪尔·约翰逊(Samuel Johnson,1709—1784):常被称为约翰逊博士,英国文学史上重要的诗人、散文家、传记家,编纂的《英文字典》对英语发展做出了重大贡献。——译者注
[②] 格米治太太(Mrs Gummidge):狄更斯作品《大卫·科波菲尔》中的人物。——译者注

属于具有神经性气质之人，这种神经性气质在顺境时，借助于刺激和兴奋，借助于阳光和愉悦，就会转变成艺术气质。当然，我们常常会忽视人们的心理规律，而且总是从机遇或者运气的范畴来解释人生。不良的健康状况、单调的生存状态以及空白的感情生活，会让人们在竞争中瞬间溃不成军，而在相对富足的环境中，人们就会生活得非常愉悦而且富有尊严。本性挖掘得越深入，生活探索得也就会越深刻，同样，规律的把握也就越牢固。巨大的货轮在隆隆声中驶向陆地，波涛汹涌、浪花飞溅，有什么事比它遭遇撞击、发生海难更为偶然的吗？每一粒子的运动都是规律发生作用的结果，这些规律可追溯到亘古混沌的造物时代。在风力、物质和引力的精准作用下，数学家可以预测出每一液滴的运动轨迹。同理，每一微妙的心理过程，所有归因于意志、目的和动机的现象，既不可避免，又难以改变。

几天前，我按约去拜访一位熟人，她是位上了年纪的女士，一位乡绅的遗孀，居住在她丈夫在伦敦留下的旧房子里，房子很不起眼，位于一条偏僻的小巷之中。因为是乡绅的妻子，她表现得一直非常活跃。她热情好客，喜欢家里宾客满座的样子。她是最慷慨的慈善家，也是朋友们的热心顾问。现在虽然老了，不能自如活动了，但她仍面色红润、爱好广泛、充满活力，同时经营着十几家小企业。她举止端庄、高贵正直、富有爱心，却也一如既往地得理不饶人。她与一些亲属关系紧张，甚至达到了剑拔弩张的程度，但却是另一些亲属强硬的后台。发生在她身上的每件事既"令人吃惊"，又"不同凡响"，甚至"美妙无比"。听她描述凡人琐事，比如她与仆人间的冲突、家庭纠纷、社交聚会、旅游出行，真的是妙趣横生。她的谈话中永远少不了那些耳熟能详却又素昧平生的奇人奇事，不晓得到底什么样的情形才能不让她那么兴高采烈。她能绘声绘色地描述她与牧师之间因极其琐碎之事而发生的不可思议的争吵，还能兴致勃勃地讲述她如何揭露一些她看不惯的亲属们的阴谋诡计。一方面，她因心怀怨气和怒火而愤愤不平，另一方面，她又因充满同情、善良和热情而令人钦佩不已。她认识的每个人要么喜笑颜开，要么不忍直视。她把许多人眼中逼仄狭隘的行动区域转变成了隐藏无限力量的巨大空间，在这个巨大空间里，冲突如暴风骤雨般恣意横行。

今天很特别，让我等了几分钟之后，她才急匆匆地走进房间。先是一阵道歉，说她刚刚得到一个坏消息，她正在印度服役的二儿子，因高烧不退突然亡故。她是位贤妻良母，说到儿子死讯时悲伤难忍，忘情地痛哭起来，然后又陷入了深深的哀痛之中。然而，很奇怪，我有种感觉，虽然丧子之痛是一件令人极其悲伤之事，但对于这位勇敢的老人来说，却更加让她领悟了生命的价值，仿佛把火焰送入了脉搏，加快了生命的跳动，增强了她生存的意识。她并不是不感到痛心疾首，事实上，她已悲痛欲绝，但这次难以忘怀的经历，满足并维系了她对那些强烈感情的不懈渴望。她为孤儿寡母安排好了一切，自己的整个身心也因悲伤而融化。她没有因这次经历而萎靡不振，相反，这唤醒了她的力量，特别是承受悲伤的力量，毕竟痛饮苦酒比起单调乏味的生活更符合她的意愿。我深深地受到了她生命力的感染，我想，能够带着如火的热情靠近悲伤，没有歇斯底里地掉入消沉的深渊，一定需要非同寻常的坚韧毅力。现在，她有很多事情可做，她也打算一件件地去落实，并正为此而暗自欢喜。尽可能翔实地描述事件的悲痛，对她也是一次难得的窃喜吧。这种情感，不令人唏嘘感叹，也不奢华矫饰，只是一次酣畅淋漓的宣泄，它伴随着心灵的狂吼，得意扬扬地前行。如若我把自己此刻对她的真实想法坦露出来，她一定会感到失落，甚至有些愤怒，然而事实就清清楚楚地摆在那里。她没因凡尘琐事而踟躇不前，也没因凡尘琐事而心烦意乱，她正勇敢地面对人生中难以回答、难以捉摸的现实。思想吸吮了现实的残酷与伟大，如久旱之后的花朵正纵情畅饮不断滴洒的甘露。

忍耐

我不会说，这是生命的傲慢，但这是人之本性，无法后天获取。命运强悍无比，在命运面前，我常常感到困惑与胆怯，但我想，人的品质会表现得更为出色与强大。有一点，注定会成为人们的目标，那就是安然地直面经历，无论甜美还是苦涩，都要对其进行严厉的质询，只为明白它真正的意义。遗忘过去，分散心神，游戏心灵，忘记热病般时断时续的悲痛，会有一定的效果。但这好比涂抹了麻药和止痛剂，不但麻木了自己，也拖宕了人生。生命中，心灵注定要漂泊，于是就总想竭尽全力获取安全与稳定。所以，切不可把软弱和怯懦搭建在财富和安逸的靠枕之上。让我衷心敬佩之人，既能走进悲伤、不幸或病痛的黑暗之谷，也敢踏入那个死亡的幽谷，带着好奇和热情去面对、探寻出没在那里的幽冥。敢于迈出如此步伐的人，他的记忆不再是一片令他流连忘返的沃土，虽然那里覆盖着阳光铺洒的山谷并充满了快乐的回忆，相反，他的记忆变成了一片令他心有余悸的险隘，那里有幽暗的河谷，泥泞的道路，需要艰辛攀爬的崎岖山脊。逃避关注的目光，很快就能穿越阴影，这是乐观主义的思想，但却是一种谬误。同样，怀着懦弱之心匆匆走过明亮宽阔、鲜花盛开的草地，也是一种错误的悲观主义思想。越认识到生命的永恒，越要感激我们所经历的欢乐与痛苦。在闭上凝视世界的双眼之后，如仍能让生命延续跨越山河，那么，生命与山河，将注定成为一片更为宁静、安详、快乐的大地。如果它们仍像现在这样需要我们忍耐，交织着痛苦与愉快，那么，我们的人生目标就应该是不遗余力地学习这一人生课题：学会忍耐。或者，我就该紧紧把握人生规律，这一无所不在、无所不含、万世不移的定律，勇敢地向希望迈进。在沉重的悲伤与痛苦中，有种意识最值得赞美，这种意识让心灵从最不堪忍的痛苦中清醒：无论多么痛彻心扉，人的心中总会存有一些难以割舍、用之不竭的力量与活力。

4

烦恼

真是一个风和日丽的好天气。天空万里无云,阳光如淡淡的黄金,又似浅色的玛瑙,远处弥漫着薄雾,空气清新怡人,微风轻轻拂来,扫走一切不快。昨夜已知天气会好,因为狂风用尽了全力。日头出来时,市政厅的烟囱和房脊在橙色的微光中格外耀眼。我挚爱的家园似乎正在欢迎我的归来,当我穿过小径、越过牧场时,看见灯火通明的厨房里有一个人,脸庞模糊不清,双手在金色的灯晕下灵活地翻转,他正在准备晚餐,也许正在为我而准备。

但是,我仍感心绪不宁。今天,在阳光和煦的小路上散步时,虽然我步履轻快，可思想却在不断地撕咬着我，刚刚把它从身边赶走，它随即又咬上了我的脚。这纠缠不休的经历令我心情索然，可隐隐之中仍感受到一种力量在积蓄。种种经历裹身来袭，就像巴珊的壮牛围住诗人时那样①，诗人已无路可逃，生命取决于上帝之手。可是，当无数条吠犬嗷嗷围拢上来之时，必须做出孤注一掷的反应，而这往往正是有违人愿之事。

这些吠犬是何种类型呢？我今天收到的一封愤怒的来信就如同这样的吠犬。这是一位老朋友的来信，我说过他的一些事情被某个好事之徒传到他耳中。虽然我的话属实，没有过错，但它竟演变成一场闹剧，被人为地歪曲了，披上了不幸的外衣。我说过这些话，这我决不否认，而且我保证我所说的是真话。说这种话友好吗？写信人质问我。我不认为这是不友好的说法，正是他人的歪曲让我的朋友感觉受到了伤害。我也无法否认，转述的大部分内容都是我的原话。我朋友问我，为什么不直接跟他说，而非要与一位熟人说呢？他还问道，如果跟他本人说，相信会起到作用，但是跟第三者说了，就毫无触动了。我的确无法回答，因为除非迫不得已，我不愿当面指出朋友的缺点。我说的那番话，无非是在闲聊谈到朋友的行为时讲的一些未加思索、轻率而笼统的印象。无心的批评被肆无忌惮地转述给批评对象，如果想一厢情愿地不让批评对象受到伤害，这实在有些勉为其难，至少我无法保证。把谈话原原本本赤裸裸地转述出去，似乎这些话是谈话者的有意而为，可实际上根本就不是这么回事儿。在回信中，我坦承，自己对朋友充满钦佩、尊重和热爱，但并不会因此也钦佩他的缺点。只要不是面对面，我并不介意朋友批评我。但我知道，尽管我态度诚恳，在这件事上我已出了洋相。可以料到，我的回信注定毫无意义，招人厌恶，甚至如敝屣一般被丢弃。后来，我向传话人写信表达了我的不满。他回信——当然他的态度会非常客气，他说如果这非我的本意，而且我也不想面对这件事，那么我就不应该说

---

① 《圣经·旧约·诗篇》22:12—31。——译者注

出这番话。他感到很恼火，因为他自认为并没有做任何不当之事。对此，我回答说，将来再对他说话时一定要倍加小心。他非常赞成我的决定，也对我没能坚守这一原则表示遗憾。他一定认为自己是公正的一方，这点着实令人很郁闷。

还有一些其他烦心事。我的两位亲戚因房产问题发生了争吵，该怎样裁定，我也很头疼。无论我做出何种决定，一定有人感到气愤。我根本不想介入此事，可他们百般恳求让我评判，而且除我之外，再无他人愿意插手了。做这样的事情，需要不停地往来通信，还要经常往城里跑，一则人们对面谈极其热衷，二则律师喜欢拖延，因为这意味着大笔可观的收入。这场纠纷的双方都是女士，不会像男性那样直言不讳。"如果您能过来跟我商量一下，"一方说道，"我会感觉不胜荣幸，这比写信要好得多。"我就不得不花费大量的口舌和时间，也付出了不菲的成本。正如我说的那样，其结果总会惹得一个当事人不满，甚至让双方都感觉不满。

误解

还有一位刚刚去世的老朋友的遗孀，就她丈夫未完成的书稿事宜征求我的意见。我认为她丈夫的这本书写得不太理想，不值得出版，但这位遗孀坚持认为把这本书献给世界是一项神圣的使命，而且我作为她丈夫的忠诚朋友，完成他的遗愿，编辑出版这本书是神圣的责任。于是，我理所当然地成了这本书的出版责任人。也许评论家会说这本书物有所值，我却不置可否。

另一件闹心事就是一位年轻人，我不认识他本人，但他父亲是我的一位老朋友。这个年轻人给我写信，想借助我的影响力谋求一个职位。他说他与其他竞聘者一样称职，现在只需要我给认识的一位名人写信推荐一下，让这位名人把机会给他。我不愿这么做，不愿用私交为人谋职。但如果我不写信，年轻人就会认为我忘恩负义。一旦他得不到这个职位，就会责备我对此事漠不关心。如果在我的推荐下,他谋得了这个职位,大家皆大欢喜。可假如他胜任不了此工作,我就会受到责备,因为我在没有充分了解这个人的情况下,盲目推荐了他。不管怎样,我有些勉为其难了。

眼下我正忙着写一本书,但这些杂事让我不得不一天天把它搁浅。即使有闲暇时间从事创作,也得不到必要的安宁,因为我无法把这些烦心事置之脑后。还有一些其他的事情,也让我烦躁不已,在此就不一一赘述了。也许人们会说,获取清净的关键是与这些烦恼之事永断葛藤。我想,如果我意志坚强,决断果敢,就会像迦流①那样,果断地把纠纷双方赶到法庭之外。但对这些老朋友,良心驱使着我,我无法袖手旁观。至于把这些事情当成自己的事情来完成的理由,我仍如坠入雾中。关于这类事情,《福音书》中唯一有的先例就是给了我一个理由,能够让我置身其外,但我不会像基督徒那样去做。据《福音书》记载,有两个人因为遗产纠纷求助于耶稣,耶稣没有按照他们的要求去做,而是说:"人哪,谁立我做你们的审判官,或分家业的人?"②此外,我也无法表现得像绅士一样,因为我没有个人的荣誉参与其中,我这么做,只是不愿拒绝别人的托请,只是因为希望表达善意,所以只好以一种得过且过的方式取悦他们了。

但事情的发展远远不止这些。无论动机如何,诸如此类的事情所有人都会遇上,怎样处理,才可以不打扰个人的宁静呢?道德家们会笼统地说:"做你认为正确的事情,不要在乎别人怎么想。"但不幸的是,我非常在意别人怎么想。我恨透了误解与冷淡,这已然在我心中留下伤口,每次触碰都让我感到疼痛不已,任何天才的理论都无法去除这种疼感。似乎应该这么去想:这些事情总有积极的地方,可以培养人的耐心和智慧。但就这一件件的琐事而言,假如最初的纠纷从未发生,假如争议的事情不值一提,假如当事者明智、善良并有耐性,那结局又会如何呢?在第一起纠纷中,假如我的熟

---

① 《圣经》中不过问自己职权范围以外事务的官员。——译者注
② 《圣经·路加福音》12:14。——译者注

人不那么如小人般传话,给人造成了伤害;第二件事中,假如我的两位亲戚不那么贪婪自私;第三起事件中,假如我朋友的遗孀没有让爱意蒙蔽了判断;第四件事中,假如我朋友的孩子甘于让业绩说话,而不是去依赖个人的影响力,那么,所有的这些烦忧就根本不会存在。坦诚地讲,我从这些过程中看不到自己的收获。这些琐碎之事所带来的痛苦和愁闷,竟然都转嫁到一个对这类事情根本不感兴趣的人身上,这的确有些不太公平。这些摩擦只会让我下定决心斩断与这类事情的瓜葛。我确实难以信守自己的决断,但也于事无补了。

此外,这种事也没有给予我任何乐观的希望和信心,只让我感到可怕与龌龊,假如这些事情不总是与生活纠缠不清,生活将会变得平静、安宁而美好。牵涉任何局外人,都不会让事态有所改善,只会愈演愈烈。暴露出人性的卑鄙与吝啬,意识到自己的软弱与缺陷,既不会令人振奋,也不会激发斗志。有些悲痛和失落可以净化心灵,振奋精神,增强意志,而诸如此类的琐事只会玷污心灵、消磨意志,其直接的后果就是,我能做且想做之事以及我来此世注定要做之事,都受到了耽搁和阻碍。即使花费心思试图弥补,也徒劳无益。我所列举的这些当事人也不会从中受益,因为他们已经不再那么笃信我的评判,也不再那么相信我的友善。

上帝之心

走在沙地上,感受清新的空气,明媚的阳光,伸手所及之处一片平和。可是,我的心却被一种不安所裹挟。上帝同情软弱之人,可他却解救不了我,他怎会同情自己创造的软弱和渺小呢?此时,上帝似乎那么遥远,冷漠而粗心,只顾忙于自己的造物天机。上帝的力量神秘莫测,强大无比,可他却把软弱敏感之人丢弃在一旁,虽然赋予了他们希望和梦想,可这些希望和梦想相比于他们脆弱的神经和大脑,显得过于复杂庞大,所以,他们只好跟踉跄跄地跨越山川，一路上，没有一个安慰的笑容，没有一只援助之手。我还会抱有其他的幻想吗？上帝赋予我们力量，让我们铸就充满希望、平和、甜蜜和勇气的理想，却嘲笑我们为实现这些理想而付出的努力。我不奢求看清路上的每一个脚印，只渴望知道我们是否正在前行。我知道我必须服从，但我不相信上帝只需要温顺而悲哀的服从，他一定希望我勇敢无畏地面对他，作为他的爱子，永远拥有希望和信心。

5

付出

在布道中,有多少次它劝告我们要努力付出啊!然而,能够准确地告诉我们如何努力的布道,却又凤毛麟角。我们总是以为每个人都拥有同样的精力,可精力其实是一种素质,一件性格赐予我们的礼物。像理查德·格伦维爵士①那样的人会说:"继续战斗。"而实际上我们已无所有,既无同伴又无目标,只剩下难以说清的荣誉,安德鲁·巴顿将军②会说:"我会倒下,流淌鲜血,但我仍会站起,重新战斗。"

---

① 理查德·格伦维爵士(Richard Grenville, 1542—1591):英国海军将领。——译者注
② 安德鲁·巴顿(Andrew Barton, 1466—1511):苏格兰第一任海军司令。——译者注

不管怎样，他们都是气度超凡、英勇盖世的豪杰。古人说："做下一件事吧。"至于下一件事是什么，并不重要，也许有许多，也许同时要做几件事：读一本好书，或者坐在温暖的炉火旁与朋友畅谈。弥尔顿说："谁要是能够欣赏这样的逸致闲情，并能偶一为之，倒真算是聪明。"①世上大多数人都有一些必做之事，但就此受到束缚而不得不做一些琐事，绝不是什么明智的想法。一个人若心存慈爱、富有悲悯情怀，宣泄的方式不下百种。正因为很多人心中都蕴藏着这样奔腾汩汩的爱心之泉，慈善家们才有了存在的理由。假如所有人都富有耐性，愿意付出辛劳，愿意给予爱心，慈善家就没有存在的必要了。在病人和丧亲者的家门前，总有长长的队伍排列，这是行善者在等待着进入他们的家门。但是，并不是所有遭受苦难之人都想获得安慰，有些人只想默默地一个人静思，接受自己并不想要的善行会成为他们额外的负担。一些人热切地期盼能有机会对人施以自觉高尚的抚慰，但这只是一厢情愿，而且十分无聊。如果有求，必须给予，但绝不是不管不顾地强施于人，阿里斯多芬尼斯②如是说。随时乐于帮助他人，是一种良好的品行，胜于那种强加于人的助人方式。如果生活是一门专业，学习的目的就是要找到摆脱困境的办法，而不是靠连拖带拽挺过困境，正如狄更斯所言："跌跌撞撞地走上了平和之路。"正义需要仁慈的考验，同样，精力需要无为的考验。但对于那些懒懒散散之人、喜好沉溺幻想之人、挑三拣四之人、无所事事之人、游手好闲之人，指望他们去主动摆脱困境就比较困难了。人的精力与性格息息相关。生活在富饶之乡的人，他们无须温暖奢华的豪宅，也无须丰厚的衣装，就可以维持生存，因为那里气候宜人。耶稣在世时生活在加利利的人，苏格拉底时代生活在雅典的人，都不需要特别的辛劳就可以轻松自在地生活。想过奢华生活的人，就该比不想过奢华生活的人付出

---

① 选自英国诗人约翰·弥尔顿的诗《赠劳伦斯》。——译者注
② 阿里斯多芬尼斯（Aristophanes，公元前448?—前385?）：古希腊早期喜剧代表作家、诗人。——译者注

更多的辛苦，道德上一定有这样的约束吗？耶稣和苏格拉底似乎并不这么认为。耶稣毕生传道、施善，但无证据表明他30岁就已开始这些工作，相反，在此期间他多处于隐居状态进行自我反思。如果工作信条至高无上，耶稣一定会用狂热的工作热情填补每天！但有大量的文本记录和历史事件表明，他自始至终都认为过分劳作是一个陷阱。他措辞严厉地指出财富的不良影响，告诉门徒不要为易逝的东西而努力，不要为食物和衣装焦虑，而要像鲜花和小鸟一样生活。在《圣经》中，他贬斥了一个热情好客的忙碌女子，却赞扬了一个听他传道的安静女子[①]。他总是鼓励反思，贬斥行善，他引导人们去思考，去探讨德行，而不是投身于俗世的琐事。对于忙碌而成功的事业，对于生活，《福音书》中给出了更为合理的解释：人们应当过一种简朴自然的生活。基督教所倡导的是热爱上帝、热爱邻居，而不是热爱权贵、热爱财富。根据基督教教义，只有诡辩理论才能解释得清人们为什么要去追求财富。

遗传

传统理论认为，人们应接受救赎，但不应该是通过后天的付出获得救赎。这种观点所依据的理论是，如果环境和遗传的制约是上帝的礼物，那么救赎也必然是上帝的礼物。可是这种理论有悖于这样一种观点：在极端理想情况下，德行高尚的人和恶贯满盈的人会过着一样的生活。我们不知道，在何种程度上，人的选择能力和行动自由受到约束，但很显然，在某种程度上，它们的确受到我们无法控制的因素的制约，因此如有可能，最好在此事上完全相信上帝，抛去认为他不公的疑虑，尽管这也许会让那些无辜的孩子很难接受，让他们成为祖辈不良基因的传承者，但祖辈们相信，他们已经为

[①]《圣经·约翰福音》11:17。——译者注

后辈倾尽了全力。

因此，关于辛勤付出，不是一个简单的问题，但可以说：每个人的理想总高于行动，让行动稍稍服从于自己的理想是个简单可行的办法。

责任

有时，人们看见一些现象时会感觉很困惑。有些人似乎应有尽有，完全可以过上富足、快乐而有益的生活，可他们偏偏没有充分利用这些资源，自觉不自觉地进行了一些错误的尝试。不过，热切地从事看似不可能的事情，却是一种无比珍贵的行为。但有些人，而且为数众多，他们从骨子里就缺失这种热忱，这又该如何解释呢？有的人就是天生不够热心，有什么办法能让他们变得热情起来吗？恐怕没有。每个人可能做到的，就是实现生活的和谐，获得想要拥有的生活，到达特定的区域。有的人，终生默默无闻，四处漂泊，没有清晰的想法，只知一味顺从他人的意愿，这样的人很难真正有益于社会。像我这样当过校长的人都知道，学校生活会存在很多不健康因素，但这并不会给孩子们带来致命的影响，真正致命的是学校里太多的孩子生性怯懦。有些孩子，想象力匮乏，既不慎行也不能唤醒内在的本能去保护自己，他们抵制不了诱惑，不值得人们去同情和鼓励。比他们强势的人会利用他们、鄙视他们，招之即来、挥之即去，视他们为无须付费的"差役"，就像《伊利亚特》中的那些希腊英雄们，他们像对待绵羊一样对待士兵，而这些士兵，撑着"无力的头"在战场上四处乱跑，本意虽好，结果却不尽如人意。那些趾高气扬、自命不凡的主子们对他们颐指气使，把他们叫作陪衬、布丁、懒汉和白痴。这与学校生活是相似的，可是学校里的孩子居然不清楚自己在整个人类设计中的位置，这才是真正令人感到震惊的啊！的确，要不是慈爱的父母相信他们、鼓励他们，他们的命运注定会很凄惨。这样的孩子该如何付出努力呢？他们学习的知识只会令他们感到既困惑不解,又心力交瘁,没有任何出路可言。他们没有施展谋略的天赋,为人也不有趣,更不讨人喜欢,做什么都做不好,真的是一无所长,他们最应该待在道德的疗养院里,让那些理智、真诚而富有恻隐之心的牧师们去保护、教诲和鼓励他们。

学校生活有一个致命的弊端,就是在培养学生的性格方面只对一部分学生竭尽全力,这就意味着另一部分学生正在或已经变成道德缺失者或思想上的矮子了。这就是万物之道,哲学家们所说的粗暴的公正!终有一天,人们评价我们这一代的教育者时,会说我铁石心肠,简直不可理喻,而且不负责任,缺乏德行,因为我们对那种牺牲弱者、满足强者的粗暴文化采取了默许态度。我想这一天终会到来的,我等待着它的来临。

有人会问:如果有些孩子不能坚持不懈地努力学习,就不再对他们抱有希望了吗?我们就应该认命,抛弃我们的道德信仰吗?决不!因为即使我们是宿命论者,也必须考虑一个事实:社会总是在某一动机的驱使下前进。从合理性的角度上讲,无论是有关人道主义的,还是有关反奴隶运动的,无论是有关教育普及的,还是有关工厂法案的,抑或有关公立医院的,都应该获得普遍认可。把19世纪的人所持有的处世原则与14世纪的进行对比时,我们会发现,人们对道德的诉求有显著的升温,并且对社会进步持有乐观而理性的态度。

当前社会,人们都十分明确自己的责任和义务,因此,宿命论者应承认,工作中需要用改良思想或人道主义原则来指导人们的行为,这一点,就算不适用于全人类,也应至少适用于西方民族。如果一味姑息错误的行为,同时又想追求理想与进步,就算进步的实现基于外因而非内因,这种情况也不甚协调。如果人们的行为或多或少地都是为了追求理想,宿命论者就有理由相信:人们的行为会更理想化。宿命观也会有这样一种指向:人们为实现理想与进步而不断地排除万难。但从个人角度而言,道德家做得很好,他们用理性的宿命观铸造人们的希望。如果他们向人们清楚地说明屈从诱惑会产生灾难性的后果，那么，当目的与行为不能协调一致时，人们也不会感觉灰心沮丧。很多传教者理所当然地认为，无论身体素质和智商存在怎样的差异，人们都具有同样的道德观念。如果这种观点得到认可，那会是全人类的悲哀。可问题是，就因为道德家们付出了努力，他们在面对有道德缺陷的学生时，就可以理直气壮地认为自己是强者，也许还会对自己说："只要有人具有自我掌控能力，就可以假设所有人都拥有这种能力，因为相对于单纯安抚那些脆弱的心灵而言，这样做会起到更好的效果。"但这还意味着，他们已经走上了一条危险且容易陷入迷途的道路。

建议

一个病人，即使时日无多，如果你告诉他会好起来，也要比告诉他准备后事强过百倍。从医学理论上讲，这是有道理的。但如果一个精力充沛的年轻人，难以抵制诱惑，整日耽于声色犬马之中，我们出于责任感，肯定会义愤填膺地予以斥责。同样，如果有人因遗传了暴虐的秉性而滑向道德的深渊，他自然不能健康地成长，这时，我们也会予以谴责。对此，耶稣的态度似乎与基督教导师们不同了。耶稣未对沾沾自喜之人有所责备，也未对那些有罪之人进行谴责。相反，他的不满往往针对的是正直之人。他对那些天谴的罪行只表示同情，对那些因攫取不义之财而犯下的罪行反而稍有愠怒。他把落魄者视为朋友，把受敬者视为敌人。他认为，罪过教会人们去体谅、去宽容、去热爱，这是接近天父之心的捷径。耶稣非常严厉，总是无情地揭露他不认可之人，但他对弱者却从不挑剔。

可以说，我们是经历了千辛万苦才树立了伦理道德，如果不站稳立场，不果敢地摒弃其中的糟粕，不将其扼杀在萌芽里，那么，这种伦理道德就会分崩离析。虽然我们进步缓慢，但这难道是我们混淆了是非的后果吗？也许我们对一些事情，如自我满足、沾沾自喜和残暴不公，出于正义而感到愤怒的话，我们会进步得更迅速一些。我们以往做的，都是与弱者的不足做斗争，而不是与强者的过失做斗争，因为强者会愠怒并报复我们，而弱者则不会。耶稣对弱者的罪过比较宽容，但对强者的罪行却非常苛刻。我们应当以耶稣为榜样。人们都清楚姑息错误所带来的劫难，甚至有些令人尊重的富有之人，也会放纵自己行恶犯错，只要这些恶行没有威胁到健康、财富以及舒适的生活，他们就很容易以各种借口姑息自己的恶行。假如基督教的导师们追求财富和功名，沉溺于个人的野心之中，附庸于上流社会，践行法利赛人的道德标准，他们就永远不可能实现耶稣的理想。

6

标准

  保持一种前进的步伐，极其重要，无论多么艰难，都不要退缩，执着地探索心灵的深度，也许就会发现，人们真正全身心地、发自本能地去热爱、渴望和尊重的东西到底是什么。不迈出这一步，发展就无从谈起，更不可想象，因为无论上帝给予了人们多少有关本性、美学、劳作和情感方面的外在启示，上帝其实只给予了每个人一种直接的内在启示。这种启示有些与众不同，无论好与坏，自人类初始以来，它所施加的影响，赋予的理想以及生存的环境，总在左右我们，塑造我们，但它却又总是若即若离，难以识别。经常有人告诉我们应该去仰慕什么，去渴望什么，久而久之，我们自己的心灵与真实的生活就变得丑陋和模糊起来。我们必须要抛弃这些陈规旧俗，如果这些旧俗已为人类社会广为接受，也许为了社会的安宁，在某种程度上做些让步，可能会更为稳妥。也就是说，有些事情，我们并不认为是错误的，但因为世俗观念认为这些事情不该为之，所以一旦在这种事情上被误解，就会损害与他人的关系，这时，我们可以做的就是选择抽出身来。举个大家熟知的例子。国家可能允许土地所有者拥有在某个河段捕鱼的专有权，虽然就算我们去那里捕鱼也不一定会受到良心的谴责，但也尽量不会去捕鱼，因为这会招致一些麻烦。再者，假如社会认为某种行为体现了高尚的德行，即使不相信这是一种明智之举，也要保持缄默。也许有人会认为，结婚典礼毫无意义，因为夫妻相互之间的爱情比牧师主持的典礼更为圣洁，可为了尊重教会传统，结婚时就应对这种庆祝仪式适当地保持沉默，因为无论我们认为结婚这一美妙之事是否合乎礼仪，我们都没有任何理由对它进行公然反抗。有一种顺从是不道德的，那就是社会大众明明知道这是不道德之事，却仍在刻意纵容。因此，如果认为狩猎是不道德的，就不要参与其中，不能因为乐在其中，也不能只顾友谊，更不能因为做了亏心之事却能免于惩罚，就更加恣意妄为。处理这种事情的唯一原则，就是哪怕这种事没有受到任何社会惩罚，哪怕我们得到了宽恕并将之渐渐遗忘，我们都必须扪心自问，做此事时是否怀有羞愧之心，做完后是否受到良心的谴责。有些事人们不喜欢让他人知道，因为即使事情本身并无过错，他人知道后也会带来不必要的误解、烦恼、嘲讽或悲痛，甚至受到谴责。举个有些荒唐的例子。也许有人认为赤身裸体坐在户外或走在大街上，是一件令人身心愉悦之事，但这并不值得提倡，因为会被人认为行为怪异，有失体面，甚至还会被认为缺少教养，除非认为这是责任所在，否则就没有人愿意去感化这个人，去强迫他认同完全不同的且更为质朴的道德观念。

不雅行为会受到良心的谴责，却不受任何法律的制约，诸如此类之事还包括：有限的危害行为、无谓的恶言恶语、恶意的行为举止、邪念的肆意传播、破坏人们的梦想、做令人失望之事等。可悲的是，做这些事情的人非但不会被当成人渣败类，往往会被认为有勇气，有男子汉气概，是英雄豪杰。无论出于何种动机，哪怕这些行为是由双重人格引起的，只要做出了违反伦常之事，那么，他的人生就会受到传统道德观念的奴役，也会因此扼杀自己内心的光芒，如同在黑暗的悬崖上吹灭了灯火。一个人，能够认真而谨慎地审视自己的灵魂，然后坦坦荡荡地对自己说：我不想了解真相，不羡慕自我牺牲，不希望有人爱我，那结果会是怎样呢？一个人，坦坦荡荡地对自己说：他之所以仰慕所谓的美德，就因为如果他拥有了这份美德，就一定有众多拥趸仰慕他、追随他，结果又会是怎样的呢？要是我，我会让他再仔细地想一想，看看世上是否有这么一个人，一位母亲，或是一个姊妹，又或是一个孩子，是他无私热爱之人，是他倾尽所能想带来快乐之人，即使他这么做会一无所获，即使当他奉献了全部也终将无所回报，他也不会感到遗憾悲伤。坦率地说，我认为，总有那么一个人，能够在自己的精神世界里找寻到无私，虽然微茫，根基也不太坚固，但却构筑了他的立身之本。所以，除了纯粹的真实，生活不可能构建于任何其他虚幻的基础之上。

憧憬

一般说来，虽受到理性和物欲的禁锢，大多数人的心中还是会有一种根深蒂固的渴望：想要出人头地。认清自己内心这种渴望的人，会不遗余力地把渴望的火苗扇成熊熊烈火，用来温暖自己颤抖的双手，并把它塑造成恒久的抱负，与那些燃着微弱之光的渴望、充满希望的人们、书籍和艺术终生相守。他们会经历无数次失败，但不管怎样，这是希望和爱的种子，是种植在花园中的生命之树。上帝不会让我们原地踏步，进步和成长要靠我们自己。也许会有阻碍，也许会有延宕，但只要敢于希望，愿意去经历不同寻常的人生，体验难以想象的生活，一粒小小的种子就会长成参天大树，浓荫和花香将会充溢整个花园。此时，若想再前进一步，想变得更富有魅力，却发现受碍于自己的软弱与肤浅，有什么切实可行的方法去实现这一看似遥远的目标？此刻，我能感悟到的，就是承担责任，这种责任虽微不足道，可一旦你推掉它就会感到无地自容。环顾四周的人群，也许就能找到一个可以帮助之人。承担这种责任的最大益处在于，责任会慢慢生长、分叉。总会有一个人，我们可以安慰、鼓励、倾听，让他快乐。如果可以找到前进的动力，引领一个依赖自己的人，就根本不会抛弃曾经鼓励过并且相信我们的人，这时，我们已经在泥淖中颤抖地迈出了第一步。

7

灵魂与躯体

过分珍爱或过分糟蹋自己的躯体，都是有百害而无一利的。如果对自身过于怜惜和溺爱，当身体的某个部件不能自如运转时，我们会陷入无尽的茫然与失望。如果虐待了我们的身体，无论是逐渐适应了肉体的创伤还是坚持做不屈的挣扎，躯体都会变成我们的主子和暴君，给我们带来失望。必须把躯体当成自己的庇护所，给我们提供庇护和保障。因此，我们要尽可能地保持身体健康、干净、卫生。孩提时，几乎认识不到身体的重要性，也认识不到身体之外的任何事情。在步入青年走向成熟后，我们就深切地感受到身体带来的快乐与力量。即便如此，也会时而很悲哀地发现，躯体会令我们蒙羞，会变成一只野兽，带给我们耻辱、软弱、懒惰或不堪。一想到自己被一只野兽囚禁，灵魂就会时常发出叹息或低吼，不停地撕咬着铁链，发出啪啪的声响。有时，躯体会表现得乖巧听话，一副心满意足的样子；有时，躯体会变得憔悴虚弱。于是，灵魂只好闷闷不乐地在朝圣之路上蹀蹀躞躞，踟蹰不前。

一旦知道了真相，躯体就不仅仅是生理意义上的躯体，而变成了灵魂的栖息之所，成为我们进步发展的武器。它任性时，就控制它；它懒惰时，就鞭笞它。当感到心灰意冷时，灵魂就可以坐在它身旁，无须关心和同情，希望和忍耐就可以战胜它。

在大多数人的生活中，有些时候，灵魂是快乐的，它敏感而热情，安慰他人、帮助他人、鼓励他人，唱诵赞美之歌，搅拌起欢乐的涟漪，而有些时候，躯体会感到不适、低落和脆弱，总是对工作和言行疑神疑鬼，让我们在本该勇敢时软弱无力，本该和蔼时一脸愁容。可这个时候，正是灵魂蹁跹的时节，因此，我们不要让身体抑制住灵魂。也许，我们必须珍惜自己的身体，让抱怨失声，让善良、勇敢和快乐放声歌唱。

灵魂的轨迹

身体上的不健康，或多或少地归咎于我们自己。之前一直有人认为：纵使曾经的生活放纵无度，无论是屈从于卑劣的欲望，还是恣意损耗自己的肌体，只要有崇高的目标，不再放任自己做后悔之事，谦恭平和地接受现实，竭尽全力去奋斗，仍能取得最终的成功。但这其实是一种幻觉，一种彻头彻尾的幻觉，它让我们相信通过努力我们还是可以获得一些成果。上帝对每个人的关怀并不都是直接的、有针对性的，我们所能感知到的影响力与感召力，都是他神圣天机的一部分。我们唯一可以确定的是，上帝会让我们沿着预设的轨道行进。我们在沉默和沮丧时爆发出的潜力，要比勇敢行动时释放的力量更为强大。不幸夭折的生命，未曾兑现的诺言，都会让我们唏嘘感叹。但可以确信的是，在每一种情形中，上帝都是真诚地对待着灵魂，让灵魂尽可能以最契合自己的方式呈现价值。因此，原本积极活跃之人，只因疾病缠身，就悲叹自己的才华被荒废了，这就大错特错了。同样，终日劳作仍一无所获，就为此悲叹，也是一种错误，因为生命的意义都是按照上帝的旨意而安排的。生命的意义，不在于去从事自己喜欢从事的事情，也不在于去践行他人不能为之事，而在于履行自己对他人的责任，这些人无论是谁，都是遵从上帝的安排来到我们身边，和我们发生特定的关联。我们会发现，躯体的力量远远超出了我们的想象，尤其当心境平和的时候。纵然身体辜负了我们，那种挫败感也只是上帝放在我们肩头的压力，上帝会说："不必悲伤，在逆境中前进吧！"可以给躯体施压是一种错误，忽视这种压力，更是错上加错。总之，躯体在履行职责时，平和的心境会促进职责的兑现，而内心的不情愿则会给躯体增加额外的阻力。我们失去信念的真正原因，在于往往把陶醉自我的那种生活当成自我实现的唯一途径。如若这样，我们的所言、所行，都已无关紧要，因为当躯体与尘土混杂时，灵魂也会如吹灭的火焰一样，终将凋零。

我站在甲板上，凝视着无数的海豚在身边嬉戏、追逐。这些庞然大物皮肤顺滑，发出棕色的光亮，不时闪现在蓝色的波涛之中，一个轻灵的转身之后再跃入海底。人生亦即如此。我们时而在生命的光亮中闪现，时而在生命的波涛下沉身，但灵魂却一直在追逐着真正属于它的轨迹。这条轨迹，无迹可寻，无踪可觅，像飞掠的海豚划开茫茫的碧波，在礁石和暗滩之间徜徉，这些礁石和暗滩装饰了四处飞扬的彩带，纵横交错间编绘了海洋中的丛林。

8

礼拜仪式

宗教，如按常人那样领会和践行，就会产生一种危险倾向：机械呆板，传统守旧。更糟糕的，宗教甚至会生成一种幻觉，人们要么把它当成一种终极追求，要么向它寻求所有奥秘的破解之道。宗教生活，对一些人而言是天职，正如有些人把艺术当成天职一样，但不要期望所有人都向往这种生活并愿意履行这一天职，它只是通往上帝之路的其中一条，仅此而已。人们在宗教问题上的误区，就是把它看成一种普遍的生活方式。有这种使命的人履行这一天职，本无可厚非，但把它强加在所有人身上，就勉为其难了。宗教人士通常认为，正式的礼拜是所有人必须践行的。他们把礼拜与精神的关系看成了食物与肌体的关系，但这并不适合每个人。公众的礼拜仪式是一种艺术，一种美轮美奂的艺术。宗教借助礼拜，将其精神魅力传递给一个群体。同样，我们也可以借助艺术、诗歌、情感乃至行为，将其精神魅力传递到另一个群体身上。可是，耶稣并没有过于强调这种礼拜仪式，他虽然会去参加教堂活动，却从未把这当成一种必尽的义务，也从未责备过那些没有参加的人。他提倡祷告时要言辞诚恳，却建议祷告尽可能私下进行。他把与大众一起进餐当成主要仪式，而洗礼却被他放在了退而次之的位置。他确实严厉警告过信众，要抵御形式主义的风险，却从未因怠慢这些仪式而斥责他的信徒。另一方面，可以肯定地说，当宗教礼拜成为一种普遍的社会行为时，信奉宗教就成了名正言顺的事情，而且在改变信仰时也会三思而后行。如果是因为懒惰，是因为怕被人认为过于精明，是因为渴望独立，是因为不重视情感，才摒弃宗教信仰，那就不对了。只有对形式主义抱有深切的恐惧，他才会有理由对其发出抗议，而这种形式主义，正是许多人认为能够通往精神世界的阳光大道。对礼拜仪式缺乏认同，对虚伪行为的不屑，对宗教传统观念的怀疑，都让人有充分的理由卸去神职，即使他心中没有憎恶，即使这些动机都是细枝末节的，也无法再实现自己与信徒之间的契合。显然，连耶稣自己都认为，许多民间宗教的倡导者拘泥于正统的传教形式，这是一种误区，但他并不因此而厌弃参加习以为常的宗教仪式。表达对某种观念的认同更为重要，即使对这种观念不能完全接受，也胜过以形式主义束缚人们的思想。形式主义的误区在于，出于从众心理把礼拜仪式当成崇拜上帝特有且唯一的宗教活动。其实，每一种行为，只要宣扬精神生活高于物质生活，就会受到上帝的青睐。经常阅读动人的诗句，满怀渴望去获取心灵的纯净，乐于行善和相信真爱，这样的人才是真正崇尚精神生活的人，与那些按照固定的姿态站立着、口中念念有词却没有任何灵性之人，有着云泥之别。

　　宗教的精髓，就是迎合上帝的渴望，接受神的意志。对于至高无上的真理，个人如何去表现无关紧要。有的人喜欢圣洁的仪式，因为这些仪式纯洁而美丽，有的人甚至只是因为他人喜欢这些仪式——因为仪式是上帝允诺的，不是上帝命令的——他可能会用"同等权利"或"同质性"[①]等字眼表现上帝，甚至渴望大声宣扬自己的观点，与一些志同道合之人一起实现肌体的和谐，借此实现精神上的升华。但当这样的人因认为他人没有自己这样的远见卓识就擅自主张告诉他人应该如何才能认识上帝时，他就谴责和中伤了他人，也就与基督精神背道而驰了。事实上，教会越坚定地固守琐碎的教礼，就越与基督精神渐行渐远。

教条主义

正是依赖一些基本常识，人类才得以生存和进步。有的人信仰《亚他拿修信经》[②]，认为它既神秘莫测又美轮美奂，也更接近上帝。但假如他进一步说："我在某一信仰中找到灵感的关键在于，我相信这一经文中的每一句话，因此，置身其外的人要么是贼人，要么是强盗，至少是个无知且走入歧途之人。"那么，他就有了失足的危险。心灵之光，很容易为人们所察觉，而真理却容纳也超越了心灵之光，假如持有这样的观点，就会迈入光明大道。但凡谴责那些与自己观念相左的人，他就背离了上帝。上帝如果发出这样的指令，说人类必须经受迫害才能获得灵光，这难道不令人感到恐怖且难以置信吗？无论哪种迫害，身体的抑或精神的，都无关紧要。关键是，人类想要理解上帝，渴望接近上帝，却又为此受到诱惑、威胁和恐吓，使人类屈从，这真是荒谬至极。真正有信仰的人，不受时间、地点的制约，随时会向上帝敞开心扉，祈祷上帝保护自己、引导自己。假如人们能一起这样祈祷，说出这样的渴望，那人们之间的友谊和亲情就会更加深厚。但问题在于，这种渴望，关注了同伴间行为上的和谐，却忽视了他们精神或思想上的默契。这种渴望，只要有人教导或

---

① 基督教认为上帝三位一体的同质性。——译者注
② 传统基督教三大信经之一。——译者注

认同，就会让人们产生一种想法：参加公众礼拜活动是在积累功德。可实际上，这种活动至多是牺牲了一些人的不情愿，让他们萌生了对宗教生活的渴望，而对那些本身就热爱宗教生活的人来说，则无任何荣耀可言。喜欢画画的人去美术馆观看展览，也是如此，因为这么做让他们获得了精神上的餍足。

也许，最好清楚地认识到，礼拜仪式只是一种特殊的爱好，一个特别的职业。人们最好知道，那些喜欢参加礼拜仪式之人所渴望的，不过是友情以及志同道合的朋友，礼拜仪式与道德根本毫无关联。但有一个例外：迄今为止，所有纯粹的精神本能都站在了道德一边。那些执着于宗教仪式的人，认为仪式不可或缺，我们应该对这种观点表示批判。我认为，应竭尽全力鼓励人们去从事那些能够陶冶精神的活动，这是所有临近圣灵之人的责任。

灵性

只要陈规旧习没有模糊和歪曲真相，受到启示之人就不需进行反抗，他只需融入现存的生活模式，尽可能置身其中简单而真实地生活即可。对我而言，无论礼拜形式多么简朴，只要它能振奋礼拜者的精神，唤醒礼拜者的激情，就足以美妙动人，足以让我获得精神上的升华。此外，在庄严肃穆的教堂举行的礼拜仪式，历经岁月的洗礼，承载深刻的底蕴，让礼拜变得圣洁无比，神圣的艺术和动听的音乐，让礼拜变得多姿多彩，就像纯洁高雅的殿堂，令我的精神本能心驰神往。但我也清楚地认识到，对有些人而言，这种仪式毫无意义，不会激发他们任何的灵性，这种人出现在这样的场合，只是对美妙和谐的亵渎。

还有一件事至关重要，既然我们渴望去接近上帝，就应忠诚地表达自己的决心，通过特定的方式，付诸特定的行动，从而更好地靠近他。这条道路，需要我们怀着一颗真诚而平静的心，坚持不懈地探寻下去。

9

悲情

今天是耶稣受难日。早晨,我漫无目的地走着,来到一个刚被雨水冲刷过的狭小世界,隐蔽于树篱中间,可以通向远处的大教堂。远方的教堂若隐若现,耸立在地平线上。中午时分,我穿过这条小巷,走进宽敞的教堂西门。威严的教堂在金色光芒下熠熠生辉。中间的灯笼下,礼拜者三三两两地聚在一起。一位庄严而慈祥的牧师,穿着肃穆的长袍,正引领着这群人走过耶稣受难像。在人群中,我坐了许久,感受到上帝传递给我的信息,可我又如何将它们表达出来呢?这信息,微妙而庄严,充满恩典与甜蜜,可在我看来,却又与生活毫无关联。在这里,我不想一一详述那大的布道,我想,所有的一切都被牧师的一种观念玷污了，牧师似乎想让我们意识到：救世主那憔悴的身体悬挂在十字架上，满心痛楚，可围观的群众却嘲笑他，而他，在经历生命弥留之痛时，突然认识到了自己的人性和神性。这种想法，牵强附会，不可理喻。要是耶稣知道自己非凡的出身和命运，要是他知道只需象征性地经历这一切痛楚，就可以很快在胜利的音乐声中，穿过一列列屈膝的天使来到上帝的圣坛之前，来到上帝的心中，那么，他在受难日所遭受的一切痛苦，都根本不值一提。这种场景，对我没有任何的启示与帮助，甚至他那绝望的呼喊"我的上帝，我的上帝啊，为何离弃我？"也变成了令人不屑一顾的闹剧。如果有人认为，那些人曾巧舌如簧地劝说耶稣开口，因为他们记得他曾在几小时前这么做过，无数的天使也曾来到他的身边给予他帮助，那么，就不可能不认为，耶稣知道自己的身份，也知道自己即将前往何方。我无法说这种想法何其荒谬，我只想说，如果耶稣知道真相，他为人类的绝望所承受的痛苦就真的无药可治了。牧师似乎隐约感受到这种矛盾和困惑，因为他又重新提到了一个观点：耶稣的痛苦，是来自他为人类的罪恶所承受的重负。我感觉，不管怎样，这种人类的罪恶在某种意义上，是得到上帝许可的。如果上帝无所不能，无所不在，任何人的自由意志都无法逃脱他的束缚，那么学习科学知识，实际上就是人类摆脱野蛮传统、为实现纯洁和光明而努力奋斗的渐进过程。因此，按照上帝的律法，人类从邪恶的祖先那里继承了邪恶，他就不是一个自由人了。就是说，上帝制定的律法准许邪恶恒久地存在，而上帝自己又要承受这种邪恶，这对上帝而言，真是一种积重难返的绝望。这种说法，既可悲又不敬，无异于一种亵渎。

　　进一步说，牺牲会带来什么呢？它不会立竿见影地改变人的秉性。在我看来，认为耶稣通过肉身的死亡实现了上帝对尘世的天机和大爱，似乎是对上帝的亵渎。上帝必须亲自到尘世死上一遭，只是为了表示对人类的仁慈，纵使这是事实，我也认为这是一种无可救药的形而上的把戏。如果上帝能做出这种事情，那么他还有什么事情做不出来呢？这位牧师，据我所知，家道富足，品行端正，一直忠心耿耿地侍奉上帝，可他的话却未给我带来任何启迪，他如同隐身的鸽子，栖身于天窗的僻静之处，阳光和煦，心满意足，独自咕咕地鸣叫。牧师和鸽子都在大教堂的阴影下过着安定而满足的生活，即使他们自己没有意识到这一点，毫无疑问，他们也都赞同这种生活模式，因为这种模式能够让他们平静地生活。

信任

当牧师站在神枯①的黑潭旁，当灵魂似乎要与上帝分离时，我又一次发出心灵的疾呼。牧师用动人的腔调祈祷："众所周知，上帝之爱永存于世间，我们只是无法融入其中，上帝之爱似乎又在我们身外。"这位善良谦恭的牧师，他真的感受过耶稣遭受过的磨难吗？我想，他感觉到了，他是那些悲伤人群中的一员。他说的一句话深深地烙在我的脑海中："信念可以超越所有的视线。"这的确是肺腑之言。所以回来时，走在午后的荫凉中，看到广袤的平原无限延伸，想到自己渺小的生命竟然也受到种种羁绊，就觉得，耶稣的信息传递的是一种信任，虽难以捕捉、难以定义，却带来了希望。它不是一个机械的宽容和救赎的过程，而是一种保证：世上还有一种东西，向心灵发出仁爱的呼唤，当我们向它伸出双手、敞开期盼之心求助时，我们就实实在在地接近那未知的上帝了。

---

① 基督教用语，表示对天主、宗教事务失去兴趣，感觉枯燥无味。——译者注

10

忍耐力

我一直好奇,约伯①是如何成为忍辱负重的典范的。我猜测,这来源于圣·詹姆斯的《使徒行传》,其中有一章节专门描述约伯的忍耐力。但就像《民数记》赋予了摩西②极其温顺的形象一样,这要么是不恰当的描述,要么是修饰语的含义发生了变化。摩西是有名的火爆脾气,他所受到的惩罚也全都是因为他难以抑制自己的脾气而造成的。我们经常把温顺与从不敢转身

---

① 约伯(Job):《圣经》中的人物,是上帝的忠实仆人,以虔诚和忍耐著称。——译者注
② 摩西(Moses):犹太人的民族领袖,史学界认为他是犹太教的创始者,犹太教、基督教、伊斯兰教等宗教都认为他是极为重要的先知。——译者注

的虫子联系到一起。而动物里最典型、最有耐性的则是驴子，对极不公平的处罚也能无动于衷、毫不记恨，甘心忍受重负。而约伯恰恰相反，他选择忍耐，因为他没有出路，但他一刻也未对自己所遭受的折磨的公正性保持过缄默，他的抗议既具体又持久。在痛苦折磨之下，他连起码的忍耐力都未表现出来，因此，与其说他坚忍有耐性，不如说他执着如一，而他的顽固自负，甚至到了自以为是的地步。当然，他也只能如此，因为当时是形势所迫，这个遭受痛苦折磨的人知道，他的行为不值得惩罚，他所遭受的痛苦得到了上帝的允诺，那只是为了检验他对上帝的信仰以及自己的正直。

其实，在英语中"忍耐力"这个词有双重含义，其中一个含义指的是以不可理喻的愚笨和麻木的态度接受折磨和痛苦。但丁认为，忍耐力是把现在的不幸与过去的不幸相比较而产生的痛苦。但丁所说的忍耐力与这种含义的忍耐力，有着天壤之别。同样，这种忍耐力也没有遭受过由期望而引发的折磨，更不涵盖比肯斯菲尔德伯爵①所说的恐惧：人生最可怕的灾难，就是那些从未发生过的灾难。有能力预言痛苦，知道痛苦会绵延不绝，是九成痛苦的成因。而狭义的忍耐力，指的是对当前负担的承受能力，这不需理智的思考，出于纯粹的本能，它的含义很好地体现在谚语"当前苦难难承受，何必再作杞人忧"的精髓之中。

还有一种更高尚、更纯粹的忍耐力，作为一种品质，它已是人类最高层次、最能带来希望的品质了，因为它是在丰润的土壤中孕育，用雨露般的泪水浇灌而成的。这种忍耐力，在无可挽救的灾难面前仍表现出满足，平静而勇敢且无怨无悔的满足。它在本质上是神圣的，传递的是影响广泛且恒久的人类思想，这种影响的传递比那些宣扬人类独特而伟大的天花乱坠的狂热颂词更铿锵有力。人类有一种根深蒂固却如孩童般幼稚的本能，认为道歉和忏悔能暂缓痛苦和惩罚。世上最难的一课就是宽恕罪过，但罪过所造成的后果

---

① 指本杰明·迪斯雷利（Benjamin Disraeli，1804—1881）：第一世比肯斯菲尔德伯爵，曾任英国保守党领袖、英国首相。——译者注

却必须由人类承受。透彻地知道这一点，我们才能实现真正的完美。圣·彼得[1]在一封信中提到，因过错遭受打击时所需的忍耐力，并不比因美德遭受痛苦时所需的忍耐力值得夸耀。但恐怕我无法苟同这种观点。人可以被说服去接受判决的公正性，但越是信服这种公正性，就越后悔当初自己的过错。为自己的罪过遭受惩罚，不仅要遭受来自惩罚本身的痛苦，还要遭受因羞耻感和自我谴责所带来的痛苦。因行善而遭受痛苦之人，承载秘密的同时，还会产生一种疑虑：上帝是否真的站在公正的一方，但他不会无谓的自我贬低，他没有感受到羞耻感和软弱，而这些却是那些有罪者必须要承受的。因此，经常出现这样的情况：善意的违法者不愿学习忍耐这一课，因为他在含糊不清的形而上学的意识形态中受到了保护，把惯性和世俗环境当成了自己恣意妄为和反复无常的温床。

如火的献祭

真正的忍耐力，无论其来源何在，带来的永远是由坚定的信仰所孕育出的幸福感以及对上帝的丰硕挚爱，而上帝也会让那些哪怕是最脆弱的罪人获得最酣畅淋漓的满足。上帝的手中高擎着惩罚，这惩罚如火一般灼热，带着痛苦飞快地前后挥舞，把激情和欲望中的卑劣悉数燃尽。

---

[1] 圣·彼得（Saint Peter）：耶稣的十二门徒之首，是他们的发言人。——译者注

11

独处

　　我喜欢独处，对此我确信无疑。早晨醒来，发觉有一整天的时间供自己任意支配，这是世上最大的快乐。喜欢工作时就工作，天气好时就外出散步，温饱自知，冷暖随性，这个幸福世界的其中一隅，独属我一人。周围的邻居住的较远，很少有客人来访，我有很多事情要做，所以从未感觉到无聊，总感觉每天不够长，无法实现自己的预期。最惬意的事情，莫过于工作，虽然很多，却无人催促，很少有必须要在某个时间前完成的。有些人总喜欢把工作拖到最后一刻，我却不然，把工作积累如山一般，是我认为最坏的习惯，所以我总是及时完成。我不喜欢与人打交道，愿意自己一个人吃饭、读书、散步。关于独处，已有大量的文章进行阐述，这是一个没有亲密家庭关系之人尽可享受的奢华了。无论喜欢与否，一个我行我素的单身汉一定有越来越多的孤独，生活就是如此——假若这个人不喜欢住在城里的话。我连外甥、侄女都没有，没有需要走动看望的人，因此，离群索居未尝不是一种明智而节俭的生活方式。

　　从工作角度讲，很难说这种生活不愉快。写作时，我总能一气呵成，从不需搁置思路，也不需中途被迫停笔，再花费好大的力气重拾思绪。读书也是如此。有了感兴趣的好书，就可以废寝忘食地读下去。以前从未有过这样的读书机会，如忒奥克里托斯①赞美上帝时所言："清晨，中午，下午，夜晚"。但现在，只要沉迷于一本书中，无论是悲是喜，就会让它的整个情节完整地在我面前铺开，我会顺着它一路走过，直至终结。因此，我对书有了一种全新的理解，可以把握全貌，完全彻底地走进作者的思想，走入传记的进程。读书的过程，就像在从头至尾细细品味一部戏剧。

　　这所有的一切，都令我通体舒服。同样带来舒服的，还有循着月色在乡间田野一整天地徜徉，完全没有了时间概念，忘情地驻足山顶纵览风光，走进乡村教堂在荫翳的环境中久坐，探寻铺满春花的树林深处，躺在翠绿的河堤倾听树叶的低语，坐在弯弯的溪水旁，在一泓水晶般的清泉边，在水草掩映之下，久久地凝望水中世界发生的一切。与情趣相投的朋友一起漫游，不见得不快乐，但这样的朋友可遇而不可求。现在的朋友要么意见相左，要么有代沟需要跨越，要么意识到总有一些思想的禁地，如若闯入，就会无可救药地迷失方向——一个人，并不是总有许多朋友可以毫无顾忌地敞开心扉。因此，可以痛快地断言：相比于孤独，我更喜欢与志同道合的朋友进行交往，但相比于难以情投意合的朋友的侵扰，我更喜欢独守孤独。

---

① 忒奥克里托斯（Theocrite，约前310—前250）：古希腊著名诗人、学者，西方田园诗派的创始人。——译者注

日落时，就盼望着静谧而悠长的夜晚，可以随性决定上床时间；酣然入睡时，怀揣着一个没有乌云、无忧无虑的明天。自由，无论如何，都是人生最丰厚的礼物。

审慎地思考

在对独居生活一番歌功颂德之后，现在，我要摆正心态，从公允的角度谈论一下它的弊端。

首先，虽然人没有变得病态，但总难免有一种失落感悄然袭来。我开始对琐事加以关注。一封烦心的信，在生活忙碌时也许只需匆忙回复，然后忘记即可。而现在，它像拨浪鼓一样在脑海里叮当作响。哪怕一件不起眼的小事，比如对仆人的责备，本无足轻重，若生活繁忙起来，就会毫无忌惮地宣泄出来。可现在，做出决定并不容易，我会认真考虑这是不是仆人的偶然所为，而且要尽可能做到巨细靡遗。认为仆人真有过错，自己也下了批评他的决心，在批评之后，仆人就会变成一个碍眼的人，他会时常出现在家里，这又成了额外的思想负担了。还有，读到一篇于己不利的文学评论时，就会无谓地考虑它对自己文学前景的影响，紧接着一阵阵的胡思乱想。虽然这种事情不会令我萎靡不振，却也花费了我不少的精力和心思。

但这些都无足轻重，我有足够的时间，可以慢慢做出决定，预测种种可能。的确，这也是独居的好处，可以一心只为娱乐，悠然地挑选和搭配生活的图案，养成极其精致的思考方式，有时甚至精致到了令人恼火的程度。独居是有风险的，喜欢工作的人会辛苦劳累到没有节制。笔耕不辍的人，因为总是忘记给思想的蓄水池放水，同样会感觉不堪重负，心力交瘁。像我这样健忘的作者，总喜欢新奇和独创，这会给我带来惊喜。于是，就把那些陈旧的诗句再次加工和创作——这可真是一种致命的诱惑，再次创作的最终结果往往是：它们都早已出现在欧美的书籍之中。

这些都是不值一提的烦扰，在生活中经常面对。独居生活真正的风险，是随之而来的自我沉溺。像我这样的人，对同时与三个人打交道抱有极大的恐惧感，我会本能地强迫自己竭尽所能美化自己，弥补自己的拙劣，尽量摆出让人接受的庄重举止。我唯一希望的，就是表现得得体一些。对独居的人而言，与人交往不是一次轻松自然的娱乐，而是一场费尽心机的游戏，我宁愿写十封信，也不愿有这么一次会面。独居生活让我变得如鬼魅般喜欢躲躲闪闪。我想，与人见面也绝非可有可无之事，上帝从未把妻子名正言顺地推荐到我面前，也未明白无误地把我从外甥或侄女身边拉走，所以至少在初始阶段，与他人保持亲近关系是一种责任，虽然这带不来快乐，但也不应过于斤斤计较。

自我约束

毋庸讳言，假如有一个精于盘算的妻子，一群胖嘟嘟长相普通的孩子，我也应该能成为一个更会持家之人。我会珍惜他们，热爱他们，为他们工作，让他们过得更舒服一些，为他们谋划未来、创造机会。这些都是为改变生活而产生的负担，虽弥足珍贵，可惜我都无缘承受了。如果仅仅为了改变我的性格，哪怕最严厉、最尖刻的导师就会恳求我去接受那种无爱的婚姻生活吗？"不！"他会说，"不是这样的！放开自我，多些冲动，坠入爱河，赶快结婚吧！这是你唯一的救赎。"但这如同告诉一个矮子，身高达到六英尺是他唯一的救赎一样——这是他想都不用想的事情。没有人能比自己更清醒地、不折不扣地、满带悲伤地看待自己的过失。这种态度，无论称之为冷淡也好，冷漠也好，懦弱也罢，都于事无补。如果是冷淡，即使假装流汗也不能让它温热起来；如果是冷漠，空洞的辞藻也是无法让它热情起来的；如果是懦弱，改进的唯一方式就是直面无法躲避的危险，而不是直接陷入其中。无爱的婚姻，如同一个眩晕症患者不顾风险独自站在马特洪峰顶①，本已无能，却仍莽撞冲动，这不是勇敢，而是令人唾弃的短视行为。为了增强忍耐力，必须充分利用上帝给予的磨难，切不可忙中添乱。对待蠢人，人类和天使都没有多大耐心，同样，对蠢行加以培养也是愚蠢的行为。充分发挥个人能力，不刻意选择自己无力驾驭的生活，努力克服自己的无能，才可以最好地发挥作用。为了让虚伪的法利赛人明白道德堕落带来的羞耻感，不妨坦诚地让他们了解我的想法，因为他们不是恳求我放任自我，纵情声色，就是恳求我为了学会责备之课而欺骗他人。我从不认为自己是邪恶的，我相信上帝一直在试图解救我，如古诗人吟诵道："上帝给予每人应得的一切，上帝珍惜人类胜过珍惜自己。"上帝给予过我许多礼物，好的，坏的，却没有送给我一位妻子，也许为了同情手中脆弱的生命，所以这个生命必须要忍受生活枯燥的命运！但我知道我所错过的一切，明白爱的匮乏会产生自私，而自私是独居最阴暗的敌人，刻薄的人称之为道义上的麻风病，如果可以避免，没有任何一个人愿意感染此疾。在这个混浊的世界，无论发生什么，都应该互相体恤，温情相对。愚蠢具有罪的本性，同情病人或穷人，却不同情遭受饥寒、孤独寂寞之人，就是典型的愚蠢。孤独之人，寄居于自己的阴影中，从阴影中寻求快乐。人类具有思维能力，这是人类独有的特权，但如果想阻止一个人体验有益的经历，这就是人最悲惨的权利了。即使在巴比伦一片狼藉之时，野山羊也会呼唤伙伴，鸵鸟仍会抚养后代②。那脆弱而颤抖的灵魂，一定会独守着孤独，也许终有一日，他会变得快乐起来。那时，他会看见黑暗之心仍在跳动，那颗心掩映在一群天使编织而成的璀璨图案之下，每个天使手中都高擎着生命之水。

---

① 马特洪峰顶（Matterhorn）：阿尔卑斯最著名的山峰，位丁瑞士与意大利之间的边境。——译者注
②《圣经·旧约·以赛亚》13:19—22。——译者注

12

浪漫

很好奇，其他人是否有过这种特殊的感受——每隔一段时间，我就产生这种感受，它的来临总是在某些特别的场合，也许是在读到某一类型的书时，它就毫无预兆、莫名其妙地袭上心头——这种体会从记事儿起就有了，与我曾经失去的那些美妙感受似曾相识，是我一直在寻找却总了无头绪之事，其中蕴含着模糊而心酸的快乐以及丰富却又未知的感受。下面就是我最近的一次感受。有时我想，这也许不是自己以前的经历，而是对他人沿承下来的往昔欢乐的回忆，我虽未曾分享，但有人，也许是许多人，那些我继承血脉的人曾经获得过。如果肢体、长相、品位和志向都可以从先辈继承，为什么就不能继承他们幸福的梦想、甜蜜的回忆呢？第一次有这种想法是在很小的时候，当时我们被送到乡下生活，所住的农舍建在惠灵顿大学附近的林中空地上，林中生长着巨大的松树。我想，农舍一定比松树还要古老，周围栽满了月桂树，农舍下面，是由女贞树篱围成的花园，松树把花园保护得严严实实，脚下则是一泓清泉，阳光暖暖地躺在菜畦和果园之上。有一个蜂巢，不是现在看到的那种彩色盒子形状，而是像又圆又大的鸡蛋，由稻草扭搓成的绳子搭成。天气暖和时，蜜蜂会在蜂巢周围发出悦耳的叫声，随着蜜蜂聚集数量的增加与减少，声音忽而高亢、忽而低沉。我家保姆就是在那里买的蜂蜜——我们称之为"蜂蜜女人屋"。我依稀记得，一位满脸皱纹的老妪，笑意盈盈地把门打开，招呼我和保姆进屋，一阵低语寒暄之后，邀请我们走进花园。花园里的情景美妙而神奇。穿过红松树，可以看见蜿蜒曲折的沙地，上面铺满了赤褐色的针叶。在下面靠近小溪的地方，有一株翠绿的菖兰勃勃生长。远处是浓密的树林，里面蕴藏着奇异的景象和魅惑，不时发出轻柔的叹息之声。花园里，黄杨树和菜畦散发出沁人心脾的香气。我们悠闲地欣赏着，似乎置身于格林童话中。卖蜂蜜的女人是看林人的妻子，她虽是一位质朴的女人，但并不简单，对许多事情都心中有数，只是不愿点破而已。夜幕降临时，陌生的访客们回到农舍，叽叽喳喳地讲述着令人感慨的奇闻逸事。但这些并没有让我产生任何联想——我只是有一种感觉，恍惚之间仿佛有什么刚刚与我擦肩而过，现在它就依附在我的身边，我却无法感知。在其他一些地方，我也有过同样的感觉。在森林里，在飘满了荷花的幽静的水塘上面，那种神奇的感觉也会浮现出来。在某一树丛的边缘，我也产生了这种神秘的似曾相识的感觉。那里的枝杈低垂着，一直落到陡峭的山路，路上的蕨草发出金属般锐利的光芒，蚊蝇在树丛中气哼哼地鸣响。

从那以后，总有这样那样的地方，让我体会到这种神奇的感觉。在温莎森林中，有一处林中空地，快行只需半日就可以从伊顿赶到那里。那是一片宽敞的草地，有几株古老的橡树，枝叶纠缠盘结，透过树冠可以瞥见远处绵延的青山。即使现在，当炊烟从林边的屋顶袅袅升起，当璀璨的夕阳映照着寂静的山林和远处明亮的河水时，同样的感觉也会再次来袭，虽是偶然为之，但它的强烈程度却毫不逊色。这种神奇的感觉来临时，总伴随着一种突如其来的渴望，我会萌生一种念头：此时此刻，有个人就在我的身边，近在咫尺，她有感情，有真爱，我可以向她倾诉衷肠。这个人，我曾与她一起分享过快乐和安宁，我曾深情地凝视过她的眼睛，她也曾挽过我的手臂。可是，我却无法把这种感觉描绘出来，因为这种感觉已决然地从欲望和激情中抽身而出。这种感觉，如同在漫漫夏日中度过的那种无忧无虑的生活，无须语言，无须表达，没有激动人心的冒险，没有欣喜，没有骄矜，只是一段无人惊扰的平静生活，一种只能在静谧中感受到的美好，摆脱了记忆、希望、悲伤或恐惧带来的烦扰。

这种感受具有永恒的品质，既无开始，也无结束，既没有门被打开，也没有门被关上，似乎无须任何解释或妥协，无须渴望和明了，只需醉心于好奇之中。它没有快乐日子投射的阴影，过去已然过去，都已尘封于记忆之中。这种永恒没有世俗的气息，也没有一丝的顾虑和焦急，更不会遗落下死亡或沉寂的阴影。它似乎是一盏灯，抑或是一个甜蜜的声音。它是世上唯一的真实，唯一的至纯。然而，我仍有一种感觉，虽然难以捕捉，却仿佛等待着某个时刻去揭示自己的身份，这是一种形影相随却又难以触及的身份。这种感觉，如此真实，让我甚至质疑世间的一切是否真实，会在瞬间剔除生命中所有的不和谐之音，剔除所有可怜的欲望、所有凡夫俗子的愤怒和冷漠以及所有怯懦心灵的私念。

秘密

今天，在这芳草萋萋的小小果园里，这种感觉又不期而至，它在微风中来回荡漾。微风吹着树叶沙沙作响，迈着如飞的脚步，让高高的绿草伏下腰肢，树丛中的一只小鸟突然发出欢快的叫声,仿佛为能目睹这些隐形的事物而欣喜若狂。我若能破解并拥有这个奥秘,摆脱困惑将会变得何等容易,向世人传递这一奥秘又将会变得何等真实啊!然而,在我漫步的途中,这种感觉如同隐形的天使一闪而过,留下我,仍在憧憬着未竟的梦想,未足的心愿。

13

回忆

  在城里住了几天,处理了一些事务。我一直在两个委员会任职,需要处理一些事情。此外,我还做了一场报告,出席了一次社交晚宴。现在,很高兴又回到了自己独居的小屋。我是傍晚时到家的,虽仍是冬天,天气却出奇地温暖。黄昏时分,我在花园里散步。鸟儿在草丛里啁啾,预兆着春天的来临。听到鸟儿的叫声,不知何故,我有了一种半是心酸半是甜蜜的感觉。鸟儿似乎在向我倾诉过去那些似已折起双翼的快乐时光,那些明亮艳丽的日子以及那些未加珍惜、一闪即逝的瞬间,所有的这些早已悄然藏身于往昔了。"我明白了。"如圣诗的作者所言,"好景不会长久。"这种柔柔的哀愁,虽有一丝矫揉造作的成分，但它的确是发自本能真实的感受，并不代表我就是多愁善感、抑郁寡欢之人。我的生活充满勃勃生机，我心境怡然，态度平和，因为那些注定毫无乐趣的枯燥约会已经应付完。这种感觉，不由岁月的消失而来，也不因未尽情享受快乐而去，它隐含更深切的遗憾，它是犹疑不决的阴影，因为我们还未定性。如果可以牢牢地把握不朽、永恒、成长和进步，这种遗憾就会悄然闪身，宛若枯萎的枝叶从树上飘走，再也不会感慨遗憾。但现在，我的感觉实实在在，上帝给予我们的美好日子，正在一天天地消逝。哀愁伴随着往昔不断消逝，突然让我产生一种奇怪的想法：人们通常所感到遗憾的，并不是那些失去的岁月。人们并不想重温过去的那些胜利、成功和狂喜，部分原因在于，人们已体验到它们的精华，甜蜜感有所减退，而且那种欣喜若狂总是伴随着一种精神上的高烧，一种亢奋中的紧张，所以，并非一切都那么如人所愿。人们渴望重温的，是那些祥和、舒适而满足的日子。在那段日子里，家人安好，不必揣测人们是否幸福，也不用探寻人们如何能获得幸福。当生活的静谧与力量达到巅峰，生命衰落的阴影和苦痛又能如何呢？更奇怪的是，记忆，仿佛攀附上了神奇的魔力，能不时让人回想起童年时光，回想起那些迷茫、娇柔、也许并不快乐的黄金岁月。比如，自己的记忆就如装满幸福阳光的童年包裹一样不断涌来，可我并未意识到自己的幸福。相反，却清晰地记得自己曾经的不幸。而记忆，总是拒绝保留不快乐的元素，删除恐惧，因为它们如乌云笼罩在头顶，预示着惩罚，甚至是暴虐。上学时，我受到的惩罚不多，更没受过虐待。但当看到别人遭受折磨，自己敏感、脆弱的内心就总要产生大难临头的预感。日复一日，作为一个孩子，我热切渴望拥有家的感觉和家人的疼爱，如同雄鹿渴望溪水一般。但记忆把这一切都推到一旁，固执地主张以田园般鲜活的视角看待那段时光。

我围着花坛散步，花坛里开满了尖尖滑滑的小雪莲花，它们破土而出，顽强地生长。《莫德》里悲伤的主人公"在可怕的微光中"发现了"闪亮的水仙花死了"。我走在淡淡的黄昏中，一切都那么温柔、甜蜜而惬意，我发现水仙花又焕发了新生，一种精神升华的渴望从心中油然而生，不是为了那些已然逝去的美好岁月，而是为了享受记忆中潜藏的宁静；不是为了一时的把玩，而是为了真正地拥有它，抑或为它所拥有。

社交

　　这忙碌的几日，对我也并非无益。与一些人见面、交谈，我发现独居生活非但未让我对社会产生不适应感，反而让我体验到了相互间交流与交锋带来的畅快心情和满足感，这或许也正是我一直为自己立足社会所努力奋斗的结果吧。现在，这些对我已不太重要。只要保持友善，我根本不在乎自己留给他人的印象。生活不再是一次希望超越他人的竞赛，它变成一次朝圣之旅，大家的命运都紧紧连接在一起。如能置身其中，是我的幸运，不仅因为它对自己选择的生活进行了一次比照，还因为它就像一次全身心的洗礼，荡涤了心灵，让灵魂变得纯净而甜美。平静的生活有其风险，容易让人变得懒惰，过分依赖舒适的生活。与人交往，鞠躬微笑，试着说些得体的问候，不失礼貌地进行辩解，权衡对方的观点，努力融入交谈，谈及从未敢涉及的话题，这些都令我受益匪浅。我再不可一意孤行地只想自己了，也再不可一心只希望有个合情合理的结果了。

　　人们认为兴趣盎然之事，对我而言，也许是愈发困惑之事。住在城里时，有天晚上我去参加一个宴会。晚宴的地点房间林立，装修华丽，摆满了精美的工艺品和漂亮的画像。男女主人礼貌有加地接待我们，互致问候后，把我们引入房间。大家围拢在一起，或坐或站或看或谈。我想，这是性格问题，我只感觉任何社交、智力、审美的娱乐因素在这种场合都荡然无存，令人无暇去欣赏挂在墙上向自己招手的精美画作，只有像打足了气一样一个一个地交流着空洞的语言。如果客人们要是事先知道晚宴这么索然无趣，大多数人是不会委屈光临的。这样的晚宴，它的魅力究竟何在呢？

对大多数客人而言，这个夜晚人头攒动，灯火辉煌，喧嚣而热闹。女人雍容华贵，男人意气风发，友情、温暖和荣耀四处洋溢，而我却只感觉兴趣索然，这可真是大煞风景。对于参加这种难得一见的聚会，我绝对比大多数人更加敏感，正是这种敏感让我充满反感，这一切都如同乐器奏响的噪音。我本可以与现场嘉宾深入交谈，本可以在这装饰华丽的房间里再逗留一会儿，饶有兴致地一幅一幅地欣赏那些精美的画作。但在这样的盛宴中，一次就品尝了上百种美酒佳肴，让人有种暴饮暴食的感觉。只要能给客人带来愉悦和快乐，我本无可厚非。但在内心，我仍坚信，许多人并非由衷地参加这种聚会，只是出于传统习惯逢场作戏而已。我期望去做的，是为那些以传统方式聚餐的人找到更为简单、更为真实的快乐之源，因为为了让豪宅华府喧闹起来，许多性格坚忍而默默无名的精英都失去了用武之地。在某种程度上，人们付出的努力没有浪费，因为他们创造了非同寻常的美妙效果。但若美妙出现过剩，这些过剩之美就变成审美疲劳——有些美妙，靠奢华的成本和高超的记忆才可以产生，所以它毫无意义。那些提供的茶点，很少有人品尝，造成了大量的浪费。如果将茶点分给制作它们的贫苦工人，他们定会兴奋不已。想想从气候不同的地区运来的食物，想想轮船飞驰着驶过海面，想想那些辛勤付出的收割者、搬运工、厨师和服务员，正是这些人的尽心尽力，才搭配出这样一桌桌琳琅满目的饕餮盛宴。我从不重视结果，这让我很容易从社会主义者的角度看待这些问题。让我难过的，不是这些工作本身，而是由工作造成的浪费；不是精美的食物拼装出来并得到人们尽情地享用，而是它们由默默无闻的劳动者精心制作出来，却既没有满足温饱，也没有得到尽情地品尝。

简朴

所以，我更喜欢那种宁静而简朴的生活。带着对简朴的渴望，我返回了自己安静的房间，返回到了古树旁，返回到了疏于打理的花园中，如同一名水手，从波涛翻滚的大海返回风平浪静的港湾。这里没有折磨我的那种紧张情绪，没有令我苦恼的浪费行为，我也不必数小时尴尬地享受阑珊的时光，不必为那些必不可少的应酬殚精竭虑。更重要的，我可以继续从事自己热爱的工作，它因城市的喧嚣已被搁置得闷闷不乐了。不知道为何自己会如此珍惜时间，实际上，我利用时间所做的事情对别人来说可能并不重要。但至少，我的工作意识可以确保自己在为他人提供帮助。而在城里，我却知道，自己花费数小时所做的工作对他人毫无益处，所以我牢骚满腹。

在这个避风港，只有流水惶恐不安。

伤感的诗人慨叹到。滔天巨浪更让我想念自己平静的生活，而这也正是这个世界所匮乏的。平静的生活，如同盛宴中的调味品，送给原本枯燥乏味的宴会一股清新的味道，这种味道沁人心脾、怡神醒目。

14

交付终稿

刚刚写完一本书，就给出版社寄去了。真是一个心力交瘁的时刻！起初，有一种完成任务后如释重负的得意感觉，但这种得意只持续了一两天，就开始想念那个可以真正交心的伙伴了。在某种意义上，这本书就是我的一位伙伴，它是我心血的结晶。它不是一部旨在传播有用信息的书籍，而是一部完成自己的创意和构思之作，几乎已具有了人性。在最初的六个月里，它从未离开过我的大脑。每日只要一醒来，它即刻跃入我的脑海。读书时，它从我的肩膀探出，向前凝望，并指着草稿说："这里有个想法，那里有个精彩的注解，可以使你含糊不清的观点明晰起来。"它与我并肩而行，形影相随,甚至比影子还贴近我的身体。它已被赋予了生命,变成了一个人,一个朋友,像我一样,却又与我迥然有别。

还记得上次通稿时,我心潮起伏,浮想联翩,柔情蜜意纷至沓来。这一章把我带回到那个狂风怒号、风雨交加的日子,我衣衫褴褛走在泥泞的路上,两旁的树木冷风萧萧,衣服沉甸甸地压在身上,发出吱吱的声响。我记得,写这一章的想法产生于我自认为身体足够强健,甚至值得自豪的时候。当时,我刚从怒吼的狂风中跑回家中,在那灯火相伴的安静长夜,恣意放纵自己投入到狂热的写作之中,直到疲倦的闹表响起了凌晨的铃声。而那一章的创意,是在一个静静的夏夜偷偷钻入我脑海中的,它洋溢着玫瑰的花香。曾有一刻,在写到某一处时,悲伤在纸张上划下了道道泪痕。几天后,再次拾笔时却已与之前的那个我产生了一道深深的裂痕。在这一章里,还洋溢着我欢乐而美妙的经历,记录了我宁静而喜悦的一天,让我庆幸曾在这个世界生活过,哪怕这世界带给我的并不仅仅是快乐。

诸多感受,都历历在目。我的生活已跃然纸上,有欢乐,也有悲伤;有欣喜,也有感叹。我想,画家和音乐家对他们的工作有着同样的柔情,虽然我认为他们的生活不可能融入作品,而此刻我的生活却流入了书中。画家记录他的所见所闻,音乐家捕捉那震颤耳鼓的微妙瞬间,但如果画家过于关注绘画形式,就会像音乐家过分沉溺于如风的和弦一样,那些美妙的过程就会把他们带离生活,隔离于情感的天堂。而对于我,却截然不同。正是生活本身,在我的书稿上不停地悸动,字里行间跳动着热切的脉搏,激活了我心中的热血。因此,书与我早已融为一体,任何画作和韵律都无法企及睥睨。我拥有了母亲对孩子般真挚的情感,孩子躺在她的怀里,她正用心血哺育着他。现在,书稿就要离我而去,就仿佛我身体的一部分从身体脱离出来走进了社会。

我又要过一段混沌、无趣的日子了,需要等待生活的种子在我内心再次发芽,等待脑海里另一个生命的再次复活。日子变得百无聊赖,因为头脑中已没有了甜蜜的耕耘,像垂落的风帆无精打采地飘动。我感到疲倦,不是身体的倦怠，而是生命匆匆逝去后产生的心灵倦怠。世界上再无任何事物，可与工作带给我的快乐相提并论。时间变得空虚、索然无味起来，我无法获得慰藉。现在，我又要一次次地尝试重新开始，可我却根本不在乎结局，因为我注定要在绝望中放弃。世界的魅力，金色的阳光，如血的残阳，奔腾的溪水，挂着露珠的青草，都只是在徒劳地召唤。读书，聊天，似乎都变成了琐碎无益的闲谈，无法餍足我的欲望。

很快，书稿付梓后又返回到我手中。看到它比自己想象中的更加精美，我会欣喜不已。但有时也会感觉沮丧，因为它从你富有创造力的大脑飞逝而过，瞬间消失了踪影，在外游走一番之后，经过精心的包装、打扮，披裹着新装重新回到你眼前时，已宛如陌生人一样。

接下来的日子，感觉最为揪心。成书会传递到朋友和读者的手中，他们的反馈会传回到我这里，有口头的，有书面的，但书已不再是我所熟知的那本书了，它已变成了我的过去。别人读你的书时，只是凭借一时的心情评价它，这是最令作者难以接受的。事实上，作者本人已把这本书当成了久远过去中一段苍白的回忆，比起那些批评者，作者与这本书的距离已更为遥远，所以，绝不会在乎它被批评得多么体无完肤。如果写书时或刚刚成稿时，就受到了这些批评，他一定会感觉心如刀割，仿佛受到了虐待一般。书稿姗姗来迟时，我自己就变成了最为苛刻的评论人，因为自己的立足点发生了变化，不再是那个只知爬稿的写书匠，我的视野开阔起来，比任何人都更有资格评判这本书落在生活之后的距离。世上没有任何一种自由比刚出笼的书稿飞得更快，因为在写书的过程中，人一直被牢牢地固定于一个位置，当自由来临时，思想会一跃而起急急地向前奔去，就像一件重物，被绷到极点的橡皮筋突然拉起。"我怎么会这么想？"思想一边扫视着书稿，一边自言自语。整本书都已面目全非，不再是他自己，而是一张自己多年前的照片，上面布满灰尘，版面发黄。但今天，我唯一的想法就是，我那个曾经挚爱的小伙伴，那个曾与我同吃、同住、一起散步、一起沉默、一起微笑的小伙伴，已经丢下了我，跑到外面那个残酷的世界去闯荡了。他的命运如何？迎接他的会是什么呢？我知道，当他回来对我说"我是你的一部分"时，我会立刻否认。假若我的孩子失明、残疾、软弱或可怜，我会更爱他，因为他不再活跃，也不再坚强，他回来时，我可以清楚地看到他的弱点和缺陷。但我并不希望他像现在这样改头换面，全无往昔的模样。

偶尔与一些作者交谈，他们告诉我写书带给他们的困惑与烦恼。他们谈到了写书时情感会变得反复无常，有时热血沸腾，激情澎湃；有时却文思枯竭，无从下笔；有时陷入绝望，满腹惆怅；有时为一字之立，旬月踟蹰。可是，所有的这些感受，我都一无所知。一旦起笔，我既无犹豫也无恐惧，日复一日笔耕不辍，就像与一位朋友推心置腹地交谈，不需隐秘思想，不需耍弄外交手腕，可以毫无保留地袒露自己的心声，而且无须担心受到误解。对于表达真情实感，我毫无困难。即使没有把它表达出来，也是因为想法本身模糊不清，仍需明晰。写作时，我从不知疲倦，也不会心生不满，可有些人明明不喜欢这样辛劳，却仍要从事写作，这一点我无法理解。也许是因为我生性懒惰、喜欢悠闲的缘故吧。怀着沉重之心还能完成这种创作，我更是无法理解。做一项令人恐惧的工作，需要保持庄重和忠诚，这体现了一种道德上的约束。然而，如能让工作融入快乐的色彩，这是多么令人期待啊！倦怠之人，即使成功地用纸板、树胶、蚕丝做出了蝴蝶，也毫无情趣可言。写书最重要的前提，就是要有活力，而活力绝不可能靠责任获得，只能寄托于希望、信心和期待。但今天，我的挚爱已离我而去，也许正在覆满厚厚灰尘的货车中挣扎，也许正穿过泥泞的街道来到红色的信箱，也许早已来到印刷厂，藏身于嗒嗒的排版声和嗡嗡的机器声中。我感觉自己就像一位父亲，儿子上学去了，孑然独坐时忍不住好奇地猜想：孩子在那宽敞而陌生的地方境况如何呢？但我不会悲伤，我要为所有美妙而神奇思想的激发者、为所有愉快的憧憬、为所有闪光的诗句、为自己曾拥有的所有的快乐，由衷地感谢造物之主。

15

年龄与诗情

虽然轻松自如的幸福感较以往少了一些,就像看到百灵鸟在蓝天展翅翱翔发出婉转歌声时的那种幸福感。但这种失落,已得到了充分的弥补。我获得了越来越多的安宁,没有了狂喜,没有了悲伤,宁静与我长久地厮守在一起。

但有一种痛苦——心中的伤口——仍久不能逝:我要成为一名语言艺术家。环视艺术家的作品,我既为之震撼,又充满钦佩和羡慕。几乎每位艺术家的情况皆是如此:他的处女作品,往往就是他一生的代表作。

在某一特定领域,比如纯粹需要发挥想象力的诗歌领域,这是一条颠扑不破的真理。但这并不只限于诗歌，还包括佩特①的散文诗，夏洛蒂·勃朗特的诗体小说。叙事作家，幽默作家，评论作家以及传记作家，在走下坡路之前，都会孜孜不倦地改进自己，以期获得更广阔、更深邃、更有容忍度的生活观。他的风格可以简练、可以深刻、可以感人、可以辛辣。但对于从事诗歌创作和自我反思的作家而言，某些特有的清新、幼稚、鲁莽等文风，一旦消退就再也难以捕捉了。举几个典型的例子。柯勒律治②，在他逐渐步入中年时，就已丧失了诗歌天赋。华兹华斯③的所有精品佳作都是他早年创作的。弥尔顿④亦然，晚年的弥尔顿已失去了他那至纯的抒情天赋。最典型的例子莫过于丁尼生了，他最早的两部小说无处不散发着魅力、优雅和气度，而后来这些却都消失殆尽了。他有了责任意识，因而变得严肃、做作起来。有时，在像抒情诗《莫德》那样的作品中，还偶尔能见到早期的精神闪光。与《国王叙事诗》相比，虽然《莫德》庄重而奢华，但其美妙的韵律和流畅的节奏，都带有早期《亚瑟王之死》的色彩。可是，他后期的作品却没有了那种美妙绝伦的特质，而正是这些特质，使《亚瑟王之死》成为世纪经典。《亚瑟王之死》浅显易懂，朴实无华，而想要理解《国王叙事诗》却需大费周章。此外，《国王叙事诗》充斥着道德说教、歌功颂德以及进化论的风格，这是何等枯燥无聊啊！《亚瑟王之死》只带有一种预言性的神秘主义，这尤为高贵，免入俗套。从某种程度而言，布朗宁也是如此。《波琳》虽不成熟，但有其独特的魅力，这部作品营造了莫名的渴望，毫无杂念、难以抑制的渴望，而这种魅力在布朗宁后期的作品中却难以再现。也许最突出的例子就是罗塞蒂了。在《洞房之夜》中，黑色的幕布不时拉起，揭开了异域风情，飘

---

① 沃尔特·佩特（Walter Pater，1839—1894）：英国著名文艺批评家、作家。——译者注
② 塞缪尔·泰勒·柯勒律治（Samuel Taylor Coleridge，1772—1834）：英国诗人、评论家。——译者注
③ 威廉·华兹华斯（William Wordsworth，1770—1850）：英国桂冠诗人，与柯勒律治、骚塞同被称为"湖畔派"诗人。——译者注
④ 约翰·弥尔顿（John Milton，1608—1674）：英国诗人、思想家。——译者注

来奇异的气息、异样的目光。灯光落下，情感升温，一首十四行诗悠然出现，它纯净透明，曼妙多姿，宛若倦怠中带着挑逗的灵魂，百无聊赖地穿行于香气四溢的香闺，突然透过窗户瞥见了一处林中空地；这片空地，默默地矗立在那里，伴随着习习凉风，沐浴着融融冬日。这首十四行诗，仿佛是以一种新的风格来诠释布朗宁的早期作品，在某种意义上，只是形式发生变化而已。

朝圣

这首诗是种种生活经历带来的阴影，熟稔而疲倦，悄悄爬上了心头。青春年华，思想如绽开的玫瑰，所见所闻一直在敲打着感官的窗棂，带来难以想象的新奇，隐藏着数不清的惊喜，轻快的秘密以及希冀中的神秘。青春奇妙的魅力在蒸发，这种魅力能使刚踏入成人门槛的热切少年意气风发，神采奕奕，虽然他带着些许青涩，有些语焉不详而且爱自我陶醉。谁能忘记大学时代的朋友，那些优雅迷人的才子佳人，也许他们并无特别之处，既非才智出众，也非志向高远，却仍在自己神秘的天堂里跃跃欲试。他们坚守着一份执着，怀揣着莫名的渴望，深深地感受到人生的变幻莫测、光怪陆离。随着日子延宕翻转、危机姗姗来迟，随着生活必需的劳作以及养家糊口的需要，随着爱情与友谊失去娇柔的光泽，苏醒正不断展开身姿，扩展开来。这时，他们需要安定下来追求舒适的生活。并不是说，越近身观察生活，就越能发现生活不那么公正，不那么健康，不那么富有活力，那只是上天严格的定律在发挥作用。梦幻突然黯淡下来，不再真实，不再具体，在白年一遇的某次回眸凝视中，朝圣者转过山隈，爬上了路旁的山丘，眺望远处的天际和那如波浪般起伏的山脉。清晨时，他刚刚从那里轻快地走下，知道哪里是理想的去所。也许，最幸福的，是那些随着倦怠的日子一天天流逝却仍能欣赏到眼前风景的人们，他们可以欣赏到同样美丽的山峦和飘散金色迷雾的山谷，那里才是长途跋涉的归宿。无论太阳落到尘灰泛起的路上，抑或落到两旁扎满树篱的大地，无论旅人当时多么疲惫，他们知道昔日的秘密一如既往地妩媚多姿，那美妙的青春奇迹仍待创造。然而，阴影重重，已笼罩在我前行的路上，也笼罩在如我一样前行人的路上。我们唯一的希望，就是在辞世之前，可以让美丽和快乐得以珍藏，并提醒后来者：每天第一缕璀璨的霞光和鸟儿催醒的歌声，都真实可信，而这不仅仅得益于空气、阳光和生命力的作用。经历、真相和残酷，都有其独特之美，这毋庸置疑。政治与商业，社会法治的进步，公民的责任与义务——所有崇高与单调的表现形式——都有其自身的地位、价值和意义。但对诗人而言，这些都似乎只是对梦想煞费苦心的组合，只是对所有本能与天性缓慢而笨拙的拼装。如果世界必须按照条条框框发展，如果人们必须在乌烟瘴气的工厂里劳作，如果人们必须在议会里进行白热化的角逐，那么，最好把生活的框架搭建得结实、紧凑和公平。但人类的希望并不在这里，他展望的是一个由法制保护的迥然有别的凤凰涅槃。他期盼这一时刻，那时，人心会变得质朴、明智而温情，可以笑对人生注定的组织与安排。那些为人类的福祉辛劳工作的人，经常忽视究竟为了何种目的而采取措施，他们把教育当成带给人们快乐的烦琐之事，却忘记了教育是一项精心设计的措施，教会人们热爱安静的劳动，享受闲暇的快乐。在编制法典的枯燥工作中，人们失去了快乐，忘记了法律只在人性残忍自私之时才有用武之地。道德施加于虚无，优雅产生于内在。诗人追求的是内在的优雅，他认为如果这种优雅得以实现，就会易如反掌地超越其他所有的品德。

清晨的露珠

但当我们周游世界时，就会发现人的自卑与自私。当我们学会为自己的权利斗争时，就会发现崇高的境界在渐渐黯淡。谁会为人类而悲伤呢？

他已经感觉到天启的光芒在内心深处的震颤,他穿行得越远,就会有越来越多的疲倦之人告诉他,这只是青春时代的一次蠢行,是幻想的骗局,是飞逝的心境,生活应赋予人更多的艰难,更多的卑劣。他最好对这些丑陋的声音置若罔闻,继续辨别身边人那宽宏纯洁之心,坚信生活并不只拥有神圣而甜美的奥秘,生活不是为了攫取一点点的舒适、尊重和愉悦而进行的一场枯燥的争斗。只有依靠人的力量,紧紧把握未曾黯淡的美丽,才能实现内心的希望,获得激励他人的力量。但令我伤心的是,看到有些艺术家已品尝到了晨露,心中本已装满狂喜,可他们却仍以循规蹈矩的形式,以令人费解的严肃,与珍藏这些美景的记忆讨价还价。更令我伤心的是,看见有些人对第一缕希望因怀疑而背过身来,宣称自己发现的一切都不符合实际。艺术家每天必须祈祷:视野不会受到玷污和蒙蔽。若感觉自己的声音变得微弱了,就必须时刻留存生活的乐曲,虽然这乐曲已筋疲力尽,虽然这么做会令你悲痛不已,但也许只有悲痛不曾止息,人类才会得到丝丝慰藉。

16

友谊之所

  今天一整天,都在想念一处旧居,没有什么特别的理由,只因我在那里度过了许多快乐的日子。那所旧居是我的一位老友几年前买下的,他单身,有工作,去那里度假时常愿意把朋友们召集到一起。我也年年去那儿,有时一年两次,一次待很长一段时间。房子在北威尔士,位于平原上梯形的树林之中,在一排长长的暗黑悬崖底下。陡峭的悬崖拔地而起,千姿百态,下面簇拥着趴在突兀的岩石上绵延而上的丛丛密林。房屋四周的景致真是美不胜收。下面有平坦而富饶的平原,与郁郁葱葱的树林相映成趣。平原的一边是耸立入云的山峰——一座岩石遍布的山脊。有一条小河缓缓穿过平原,河道一点点地宽阔起来,笔直地流向大海。在入海口处,有一座小镇。在风平浪静的日子里,镇里的炊烟袅袅升起。海的对面,远远的海湾处矗立着荫翳的陆岬,突兀而起,一个接一个地向南绵延而去。房屋的下面有几处坡地,一块草坪隐藏在树林之中,还有一座相当古老的砖墙花园,和煦的气息让人想起家中花草的味道。几条陡峭的小路在山林中蜿蜒穿行,一次又一次,越过跳跃的小溪,在一大片陡然垂落的荒野中探出头来,荒野的四周俯卧着宽肩的山脉。

房屋里到处是低矮却舒适宜人的房间,向外望去就是宽敞的大长廊。房间装饰简朴,这里的生活也简单静谧。我们常常到荒野或海边散步,有时在山中长时间地步行。这是个多雨地区,我们常被困在家中,但偶尔也会在细雨纷飞中轻快出行。这种天气,我不太适应,总感觉倦怠、嗜睡,但饭量却很好。我们之间的交谈从无激情四溢的火花,有的只是志趣相投者之间轻松自如的倾诉。我在那里生过病,不止一次,还常常感觉焦虑和困惑。除此之外,那里留存的都是美好的记忆,而且记忆一再提醒我,一生中从没有过任何地方能让我快乐如斯。必须要说,我朋友是位无可挑剔的主人,他平和善良,总担心客人们玩得不尽兴。他管理家务时和蔼中不乏严厉,他的这个特点,再加上他能给予客人极大的自由空间,让他的待客之道日臻完美无瑕,弥足珍贵。他不善言谈,却能营造出安宁祥和的氛围,让大家自如地相处,而他自己只是偶尔插上一两句俏皮话——经常带点尖酸的味道。还有一位朋友,不太常来,却分担了房屋的费用。他很健谈,魅力出众,总能让人眼前一亮。他眼光独到,但对人的评价却往往带感情色彩。这两位朋友的搭配,堪称天作之合。

现在回想我们一起在那所房子里度过的漫长而悠闲的夏日,仍然令我心驰神往,心境豁然。清晨起床后,我常在阳台看书。午后,则静静地在野外散步。不太令人心仪的是冬日,黄昏来得早,但房间里却总是暖暖的,亮着柔柔的灯光。大家有一个心照不宣的做法:晚饭后,如果有人想看书,不想聊天，那么我们就静静地坐在那里看书。那时，只能听见炉膛里噼啪作响的火苗声以及书页翻动时的沙沙声。这里有着与众不同的魅力，大家完全没有约束，可以自由自在地畅谈心声，而不必担心有被误解的风险。尽管如此，回想起来，我仍无法解释整个房子里洋溢的那些黄金般宝贵的东西到底是什么。我们无所顾忌，直言不讳，不用容忍他人的弱点，但从未有过乌云般遮蔽阳光的那种怨恨、不满和尔虞我诈。

告别

几年前，这一切都结束了，时势强迫我朋友必须放弃这所房子。现在回想起来，这所房子洋溢的氛围多么美妙！最后一次做客时的情景还历历在目。当时，大家已知道美妙的日子即将告别，生活总是团聚。记得那是在一个薄雾茫茫的清晨，我开车离开穿过树林时，感受到的只有温情和眷恋、无怨无悔的感激——这共同分享的快乐时光！树木、峭壁、隐蔽在草丛中笑意盈盈的花朵、堆满整装待发椅子的阳台、凌乱的书房，一切都似乎在脉脉含情地与我们告别，当年这些家什温情脉脉地欢迎我们的来临。没有遗憾，也没有伤感，房屋仍会迎来其他的朝圣者，提供给他们安全和舒适。也许失落令人悲伤，像一种背叛，一种粗暴的忘恩负义。但这种想法是不应该存在的，更不应表达出来。屈从于任何形式的抱怨，如同到人家做客，本来受到了真诚热情的款待，却在最后时刻指出主人家的种种不是。这是应该摒弃的。

象征意义

我们一生经常犯的错误，就是认为美好的往昔已一去不返。可事实恰恰相反，我们应该抱有这样的想法：美丽的往昔仍然存在，永远不会消逝，就像那些美丽的情感和美丽的事物一样,永远不会失去光艳。鲜花会凋零,树木会枯萎,艺术品会褪色,美妙的诗歌会被遗忘,迷人的古代建筑,伴随着优雅的传统和记忆,伴随着温存成熟的轮廓和细节,会被拆解和修复。然而,它们的美丽却从未随着形体黯然失色而失去魅力,它们的精神恒久长存于它们的伟岸、细腻、温柔和强大之中,长存于它们永不止息的工作、创作和生产之中,另一方面长存于它们让人热血沸腾的渴望和崇敬之中。美,隐藏于精神深处,不时探出身来,仿佛从灯塔的窗口凝视太阳之人,倾听着美的呼唤,期盼着、渴望着、迎接着。所有的力量都聚集在那里,精神发出号召,精神也响应着号召。我们的误区,就是把自己羁绊在胆怯、固执的形式上。当这种形式毁灭了,美丽就黯然失色。常常以为这是一种忠诚,为逝去的美丽而感叹,虽然徒劳无功,却能印证我们真挚的爱意。但事实并非如此。发现所爱的孩子长大成人,我们同样也会感慨,因为已爱上玫瑰花蕾,就不必鄙视盛开的玫瑰花朵。当孩子失去他可人的魅力,当玫瑰花瓣垂落在地,爱就变成了一种伤感,一种对美的反思。不必为美的逝去而遗憾,因为它仍带着芬芳的魅力,回荡着心灵的和谐。纵然不能再识别美丽,纵然歌声在空中消散,纵然夕阳余晖暗淡,可美与爱仍留存在那里,在我们的内心之中。我不是说征服美与爱易如反掌,因为人的辨别能力狭隘而有限,当听见甜美的歌声或看见微茫的光辉从天际逝去,就很难不相信它们已然消亡。但是,必须要提醒自己,要一遍又一遍地提醒,美的本性和美所激发的炽热爱意,亘古不变,虽然它会时聚时散、时涨时落,但它永远长存不灭。"他们在这城逼迫你们,"耶稣肯定地说道:"你们就逃到别的城去。"① 万事皆是如此,其奥秘在于,自己能意识到城市不是连绵不断的。当那个占据半个世界的人,那个我们所依赖的人,那个把思想和心灵在生活的每个角落都投射了希望和安逸的人,穿过纱幕消失之时,这种打击会令我们撕心裂肺,万念

---

① 《圣经·马太福音》10:23。——译者注

俱灰。因为，我们今后要面对人生最黑暗的时刻，我们会充满困惑和挣扎。如果抽身躲到内心的沉默之中，拒绝安慰，为自己恒久地坚守着爱而感到骄傲，那么，我们也许就犯下了可悲的错误。屈从于黑暗是一种背叛，大多数人会向周围的人伸出手来，迎接爱之礼物。因为我们追逐爱的象征超出了追逐爱的本体，不遭受惩罚，是不可能的，但这种惩罚也是满含爱意。我们应受到惩罚，因为理想化的爱已心满意足地站在爱的形式之上，却未能更深入地走上一步，走入它所代表的爱的本体之中。

我们所意识到的爱，只能在我们自己选择的狭窄经历中，在我们搭起树篱的平原和树林的小花园里，胆怯而谨慎地踯躅徘徊。可是，青春年少时爱上的老房子，那里度过的一年又一年的美好岁月，却仍萦绕在我周围，一如既往地充满温情与亲切。我绝不会认为它们一去不返，只会把它们当作美妙交响乐那舒缓而甜美的前奏。人生是一部长曲，激情豪迈地把我抛掷在悲伤的浪涛之上，这时，生命的主题就会破浪而出，而我只有奋力去追逐。还有更美的乐章在等待着我，同样精彩，同样美妙。

"现在，一切都已结束。"一位濒临死亡的老政治家有气无力地说到。但在经历一天悲伤的告别之后，他却改口说："一切还都不赖。"恐惧、不安，不是我们遭受的痛苦，痛苦只存在于我们没有信仰的灵魂之中。如果回首过去，看到一幕幕的往昔现在变得如此美妙而珍贵，就会相信，虽然古老的灯火似乎已隐身，但爱与美却一直在对我们翘首以盼，这难道不会令我们以更加平和的心态展望未来吗？

17

悲情与矫情

　　记忆，在与过去的周旋中，创造出来的某些场景、某种情感，竟然不仅从未存在，甚至根本就不可能存在，可见记忆的这种能力多么神奇、多么不可思议啊！回顾自己平凡而纯朴的童年，当时的我被包裹在微小的抱负中，总是故事不断，总有小小的不满，总为一些琐事而烦恼。然而，我却惊奇于记忆为这些场景附着的颜色，它精心挑选的是一些金黄色的时光以及一些与众不同且光辉四溢的景象。当时，古塔和绿树都抹上了漂亮的阳光，天空晴朗无云，心情轻松惬意；当时，人们沉浸在五彩缤纷的浪漫憧憬和友情之中。记忆恳请人们相信，童年总是明朗而美好的，虽然人们深知，童年的质地经常粗劣、可怜而自私，虽然理性战胜了自我，但仍心中充满内疚和羞愧，因为这么良好的环境，都未能让童年变得更为光明而勇敢。

这也算是一种凄楚吧——过于固执地关注细枝末节而忽视了最痛的悲伤。几天前，我感受到了同一情景，让我不吐不快。我想，再不会有人遇到这种事了。我有一位老朋友，独自住在伦敦，有时我会去看他。他勤奋好学，却不讲方法，人也不修边幅。他的房间久未打理，布满灰尘，但他自己却未意识到这些。在他钟爱的扶手椅旁边，有一张书桌，上面堆满了报纸、书籍、香烟、纸、刀和铅笔，乱得一塌糊涂。这种状况，经常给他造成极大且毫无必要的时间上的浪费。我常劝他收拾一下，可他总是笑着应承，随即置之脑后。

几周前，我去看他。仆人是位生脸庞，有些严肃，带我走进房间。我问朋友是否在家，他回答道："我猜您不知道发生了什么事，A先生昨天在布莱顿去世了。我想B先生会告诉您一切的。您要上楼吗？我告诉他，您在这儿。"

我走上楼来。阳光直射入房间，里面尽是名牌的家具和经典的画作，虽然有些简陋，却带着家的温馨，那熟悉的书桌上面，仍是凌乱地堆放着各种物件。他去世的消息让我震惊不已，一时无法缓过神来。看到书桌上一如既往乱七八糟的物品，我的心中无比失落。一切真的就这样结束了，我的朋友走了，没有留下一句话，一个字。

突然听到走廊里急促的脚步声。B先生，房子的主人，走了进来，他笑着道歉说："先生，恐怕这里有误会。A先生并没有去世，仆人搞错了。实际上，是住在楼上的那位客人去世了，他卧床不起有一阵子了，刚刚离世。仆人是新来的，弄混了。我与A先生几分钟前刚通过电话，他一切都好，如果您愿意等的话，几分钟后他就到。"

于是我坐下等他，心中却涌起莫名的反感，尤其对那张堆满杂物的书桌。几分钟前，它还曾令我感伤不已，可现在，在A先生走进来时，它却又变得同以往一样令人烦躁生厌。那张积满了垃圾的书桌，可怜兮兮地放在那里，没人愿意接触它，它已改变了模样。原本很早之前就该好好地清理它的，它现在这种脏乱的样子令人感到无地自容。

18

梦魇

　　一天夜里，我做了一个梦，十分古怪而可怕的梦。昨天，为了一项不得再拖延的工作，我被迫开足马力疯狂加班加点。接近傍晚时，几乎筋疲力尽，而工作仍未完成。睡了一个小时后，又打起精神继续工作，直到深夜才做完。这种高强度的劳累不可能不受到惩罚，因此，只有在迫不得已的情况下，我才会如此拼命。我想，我已成功地激发了大脑中的一些脆弱组织，而产生的后果就是，一系列生动形象的梦魇接踵而至，随之而来的还有一些莫名其妙的恐惧。并不是说这些梦原本恐怖，只是感觉有一种凶兆笼罩着我，让我感受到心灵的钝痛，令我见到每一事物时都不寒而栗。我在痛苦的情绪中醒来，脑海里充斥着无形的恐惧。这种恐惧若即若离，整天萦绕在我的身边。

  这种现象多么奇怪啊！病弱的大脑竟能在黑暗中把逝去的幻象描绘出来，然后再为自己的作品沮丧消沉。比如，在梦中，我在一间宽敞的大房子里游荡，房里空空如也，寂静无声。我路过一扇邪恶之门，情不自禁打开了它，发觉自己来到一个贴着橡木墙板的房间，房子虽大可窗户却很小，钉着板条，只有微弱的光线透了进来。地上铺着石子，中间竖立着一块外表光滑、带着镶嵌的巨大玄武石，黑黝黝的，被粗粝地刻成了大大的人头状。在长久地凝视它之后，我抽身退出，心中充满了难以名状的恐惧感。我知道，就是在这里，曾经举行过某个恐怖的仪式。我不知道这是什么仪式，也找不到任何迹象——没有凶器，没有杀戮的痕迹。然而，我知道，这地方代表了某种邪恶的奥秘，墙上、地上都浸透着恐惧和疼痛。梦，就是这样难解，在你毫无意识的状态下，竟然创造了种种场景和事件，虽然自己对这些毫无感觉，可仍有能力看见和听见。在清醒的时候，想象力会让人受到触动，有时愉快，有时悲伤，我知道，这只是想象力在作祟，因为它从未失去过责任感和创造力。

  正是知觉，让梦获得了外在的力量和影响，让梦在失去理性的大脑里变得一如既往地不可或缺。梦，似乎是与生活中其他领域的交流以及对外在自我的感受，某种潜藏的力量通过它传递着信息。有时，机缘巧合，梦恰好与发生的事情相吻合，这些事情有预料之内，也有预料之外的，缺乏哲理分析能力的大脑很难不去相信：这些都是某种可以预见未来的力量所施加的影响。梦，经常与广泛而复杂的经历打交道，难免不与第二天发生的事件产生瓜葛，无论预期值有多少，毕竟发生了联系。但有关梦的理论却一直不令人满意，科学性不强，也不考虑发生的场所，因为这些场所与梦中发生的事件根本没有任何联系。人的秉性在很大程度上，不是建立在科学基础之上，在某一单一场合只要梦境与接下来发生的事件相吻合，无论吻合的方式多么稀奇古怪，都比一千件没有这种巧合的事件更具说服力。而实际上，只有长长的一系列有预兆的梦，才足以构成科学理论的基础。

梦，对我而言，其最大的乐趣是能够表现大脑最本质的纹理。清醒时，我能意识到许多深刻印象的自然再现。梦中的大脑，可以随心所欲做出选择，在抛弃一些印象的同时，也让另一些印象恣意发挥。比如，在真实生活中，经常看到美丽的夕阳，这种场景常常令我感慨不已。但在梦里，我却从未见过夕阳。所有的梦都笼罩在苍白、暗淡的光线之下，却又不知光线从何而来。在梦里，我也从未见过太阳、月亮或星星。在现实生活中，一旦违规逾矩，就会被道德、伦理牢牢地占据，而在梦中，绝对没有任何道德观念束缚着你。在梦中，我担心过自己的行为后果，可在实施了谋杀或抢劫之后，良心却没有感觉到一丝丝的愧疚。

这是否可以证明，我的道德观，我的良心，在现实生活中纯粹是习惯使然、约定俗成呢？我不知道，似乎的确如此。一些现实生活中最习以为常的行为，却在梦中从未再现过。很多年来，现实生活中的我一直致力于文学创作，但在梦中，我却从没写过东西。虽然听说有人读过梦幻的诗歌或书籍，我却从未读过自己在梦中创作的剧本。在梦中，我从未想过要写点什么，无论目的何在，哪怕是写封信也好。然而，并非所有的素材都取自创作之前，因为有时梦会不断重复最近的经历，并把它们织入梦的纹理之中。

在我看来，大脑只有一部分在梦中是活跃的，它常常能创造戏剧效果，起着震撼作用。即便如此，我也很难弄清楚，自己的想象力为何常常把现实生活中那些耳熟能详的人物带入梦的舞台，让他们表现得如此离谱古怪，令我感觉困惑和震惊。前不久的一天夜里，我梦见自己去见一位教会长老，我已认识他多年。在梦中，他正在接受静养治疗，但是据我所知，他从未有过这样的经历。他走进房间时的样子让我十分吃惊，甚至有些难过。他穿着短上衣，领子上翻，手里拿着一些孩子们幼稚的玩具，说道："我又活蹦乱跳了。"可是，我根本笑不出来，反而陷入深深的困惑，困惑自己如何与他交流。如果他带着这身打扮，染上了这种习惯，又该如何回到自己那高贵的岗位上呢？那注定将是一场灾难。

整件事都是一个难解之谜。我只希望科研人员能以十分理性的态度认真地研究这件事，虽然很难看出他们按照何种方向进行研究才会有所收获。梦，这一恒久普遍的现象，人类却无从知晓它的起因和本质，真是令人匪夷所思，无可奈何啊。

有时，会梦到某个庄严而美丽的场景，一个让人难以想象的景象。在这样的梦里，经常看见自己生活中无法看见的情景：与那些久亡之人促膝交谈，这仿佛是与脱离肉体的灵魂在交谈——我难道不曾与同样的人交谈过吗？只不过这些交谈琐碎、荒谬、毫无亮点，甚至痛苦，以至于我所有的情感和敬意都引导我毫不犹豫地把它当成纯粹的假象。梦中最古怪的，就是记忆总会发神经出错，所以大脑才没意识到这些人已去世很久，仍在绞尽脑汁好奇为何近几年与他们见面次数这么少。记忆，似乎完全清楚自己最近未与他们见面，可无论怎样努力回想，也还是无力想到他们已逝的事实，尽管他们去世时的场景仍历历在目，一如既往地令人心痛。

梦，最古怪之处即在于此。有时，如与不熟悉的人在梦中进行过促膝交谈，就会对他们产生特别的好感，这时，梦中交流就变成了一段真正友谊的起步，因为如果在现实生活中遇到这个人时——这是常有之事——梦中的记忆依然清晰，于是就有了一种亲近感，很容易与他们增进关系，自然而然地达成了默契。我想到一位特别的朋友，坦白地讲，我就是借助梦境与他结交的。

在梦中，与朋友的会面有时也会产生痛苦和不满，这时，头脑中唤醒的是愤怒和仇怨，这会让友谊笼罩上乌云。醒来时，才明白这一切都是虚幻。但这不是关键，关键是它给朋友间的心心相印一个真实的打击，再次见面时会感到一丝尴尬，尽管会不经意间提起并一笑而过。这些经历的确非常神奇，但我不认为可以用普通的假设去解释。因此，通过运用不自主的想象力，能创造一种认同或误解，这些想象力真的可以影响与他人的关系——在此，感觉自己已经踏上了那无比神奇的奥秘的门槛。

19

敬仰

  热心的教育家们常认为,鼓励孩子积极参与学校活动至关重要。一般说来,在公立学校培养出来的孩子,他们大部分的热情都体现在了体育方面,而在学业方面,学校主要是鼓励孩子们尽职尽责。毫无疑问,一个孩子只痴迷于学习,其所言、所思、所梦的,就只是考试考得好,导师和同学就会认为他有些怪异。如果在体育上表现出痴迷,导师和同学就不会这么认为。我不禁要问,不论热衷的对象是什么,这种痴迷对性格的影响是否重要呢?正常的孩子,往往对体育着迷,却对学业上的成绩持观望态度。的确,一些名人,如大法官先生也曾大言不惭地这么鼓励孩子:他最近还揶揄教师做尽无用之功，挖苦学校里的报告一无是处。几天前，我的一位青年朋友，因痴迷一位短跑运动员，就写了一篇热情洋溢的文章对这位运动员大加赞美，尤其夸奖了他的跑步方式和形体。这篇文章满是溢美之词，语言用的真是慷慨大方又恳切朴实。我朋友还谈到了这位选手的跑步技巧——这些术语太专业，我恐怕无法以同样激动且敬佩的心情复述出来，也许雪莱在大学里谈论荷马和莎士比亚时也曾使用过同样的术语。虽然在电光火石之间跑完一百米并战胜他人的益处有待验证，但能够跑赢他人通常是好事，可我还是忍不住好奇：他们是应该抛弃这种热情呢，还是把热情用错了地方？也许，对所有人类的表现进行狂热的追捧，都存在这样的嫌疑。无论是怎样伟大的哲学家或诗人，都有其局限性，也有其才智枯竭的时候。与宇宙世界未知的知识相比，最智慧的科学家所拥有的知识也不过是沧海一粟。最精美的画作，与我们周围每天的美丽与精致相比，也一定会自惭形秽。我脑海中闪现的问题是，为人类的表现痴迷疯狂，是否会对自己造成伤害呢？问题不在于这是不是一种天生的诱惑，而在于人是否应该努力抑制这种诱惑，因为它扼杀了按人类标准所能达到的无限可能的梦想。在私立中学时，听见一个男孩子对校长表达敬佩之情——由衷而真挚的敬佩之情，只因校长惩罚犯错的学生时下手毫不留情。宗教热情的起源之一，就是对造物主的敬仰，因为大自然的力量让人类所有的防备措施都演变成了一场浩劫。也许，这是一个必要阶段，我们都经历过；在这一阶段，我们仰慕比自己强大或更有能力的力量。但其建立的基础是，这种力量或效力没有完全超出自己所获得的能力范畴，自己有希望在某些偶然的机缘之下获得同样或相似的力量。尽管这一阶段是进步的必需阶段，但我确信，它绝不是终极阶段，人类不应该花费终生的精力仰慕有限的人类行为，无论它多么令人敬畏。宗教力量，才是人类生活中伟大而必需的力量，因为它会对上帝倾尽崇拜之情，它会设立一个更高的标准，而非仅局限于对人类的力量钦羡不已。处理情感问题，也是同样的道理。擅长描写浪漫情事的作者，往往会不吝笔墨把心血都倾注于变幻莫测的爱情之上，在情节、深度、忠贞和忠诚等方面殚精竭虑，却也因此让文章重心失调。不要把自己局限在对体育天赋、艺术和文学的敬畏上，应把自己对人类杰出成就的仰慕和敬畏之情当成具有象征意义的标志，看成更为广阔、浩瀚、美丽的真理的象征。

　　问题在于，如何确定临界点呢？这些有局限性的热情，也许会对痴迷其中的人有一定的教育意义，但往往会因其过久痴迷而产生阻碍。一个孩子大胆地吹着口哨、哼着流行歌曲经过我的窗外，显然，他非常快乐，专注于自己的表演，正在体验艺术创作带来的愉悦。但如果这个孩子像许多艺术家那样，在生活中仍继续把音乐憧憬局限于创造出最美妙的口哨音乐，无论他多么执着地追求理想，那也注定是浅薄的。对人类憧憬的局限性有其丑陋的一面，因为这种肤浅的热情经常伴随着对人的极度强烈的仰慕，反而会削弱和毒害我们的仰慕之情。于是，我们想的不再是表演有多么完美，而是怎样才能打动和震撼他人，引起他人的嫉妒或羡慕。这种思想，在马休·阿诺德①的信中曾经出现过。他写这封信时，已经是文坛中的翘楚了，然而他却说，活得越久，越对自己的成功充满感激之情。他还说，接触的人越多，就越发强烈地感到，人类天赋是相对平等的，也越发清楚地认识到，成功的作家是通过发现而不是通过创造那些生动的辞藻来启发人们的思想的。这种心态非同寻常，也极为高尚。通常而言，成功的作家不会感激自己交上了好运，虽然好运让他们能够认识到他人无法认识的东西。相反，他们往往会把功劳归功于自己能够率先创造了这个好运。无论怎样，最好把自己想象成一个矿工，为自己能比他人提早一步找到金矿而感激涕零。

---

① 马休·阿诺德（Matthew Arnold，1822—1888）：英国近代诗人、教育家和评论家。——译者注

效仿

如果有人想仿效巴洛先生,总爱鞭策比赛中获胜的孩子,说他们应该有更崇高的理想,切不可沾沾自喜,因为这次获胜只是一时的好运而已,绝不是什么了不起的成绩,那这个人就过于吹毛求疵了。人们很容易说,这是一种虚伪的忠告,浇灭了孩子们自然流露的青春热情。实际上,它在很大程度上取决于说话方式,而且这可能是善意的忠告,尽管孩子们会认为这是保守的长辈们古板的说教,但真正谦虚且质朴的孩子还是会为了自己好,听从这样的忠告,而那些获胜者总好摆架子,所以不太招人喜欢。一般说来,世界越广阔,真正的伟人越易变得谦虚,只有二流货色才强行攫取人们的敬畏和仰慕。

错放了的热情固然可悲,但相比于怀疑一切的态度,还是稍胜一筹,因为这种怀疑主义,通常是失望与懒惰之人的避难所。此外,还有一种需要努力孕育才可获得且更为贪得无厌的热情——信奉宗教的热情,它往往会造成人类行为最无底线的一无是处和琐碎无趣。停留在这种层次的怀疑主义是邪恶的犬儒主义,因为贯穿其中的是一种藐视和讥讽的态度。还有另外一种怀疑主义,它效力惊人,能够真实地把人类的憧憬、前途与人类的实际表现、失败进行比较,让诗人和哲学家都在无限美丽与浩渺的知识面前谦虚起来。

人所表现出来的品质或精神,弥足珍贵。倘若表现出色,臻至无人之所能的地步,胜过迄今为止人的种种所做所为,那它就会拥有无限的潜力。如果一开始就认为自己的表现高人一等,那种优越感就会贻害无穷。高估人之可能,低估其表现,谦卑地看待自己,才是适度的行为,是有男子汉气节的强者的作风。

20

罪恶感

有一幅罗塞蒂的画作，从技术层面上看，手法有些粗糙。这是一幅卢克雷齐娅·博尔贾①的画像。有人宣称，这幅画把博尔贾家族的邪恶过分地夸大了，事实上，他们是不讨人嫌弃甚至受人尊敬的家族。可罗塞蒂创作这幅画时，确实把他们当成了生性邪恶且臭名昭著之人，想方设法地用令人感到恐怖的黑暗色调渲染背景。卢克雷齐娅的坐姿刻意展示了一种所谓的端正之美，可她的形体却没有表现出来端庄，她似乎有些肥胖，头发显得蓬乱。

---

① 卢克雷齐娅·博尔贾（Lucrezia Borgia，1480—1519）：罗马教皇亚历山大六世的私生女，以美貌著称，和她的兄长恺撒有过不伦之恋。——译者注

她那邪恶的父亲，亚历山大教皇坐在那里斜睨着她，她的哥哥恺撒①依靠在她身边，吹着她头梢的玫瑰花叶。一股不祥的预兆笼罩在这群人的头顶。在前景上，一个十一二岁的侍者和一个十来岁的小女孩儿正在跳舞。这个侍者瘦小、羸弱，带着兄长般的温柔看着自己的小伙伴。两个孩子完全沉浸在自己的表演之中，似乎是受命运的安排来取悦这三位观众。孩子们的眼神虽有些模糊、迟钝，但仍透露出无邪和天真。你会有种感觉：他们无奈地陷入网中，在瘟疫肆虐的腐败环境中成长，全然不知邪恶的花朵不久就会在他们温柔的心灵中过早地绽放。整个场景，都沉浸在死气沉沉的压抑气氛之中，让人担心这种氛围会与腻人的香气混杂在一起。尽管有人认为，艺术家的手没能成功地表现出他的思想，因为他绘画时带着一种孤注一掷的投入，头脑中的黑暗本性拼命挣脱出了牢笼。这幅画的艺术性非比寻常，它是一种男人艺术，用独到的洞察力让这一场景跃然纸上，虽然手法有些笨拙，有些地方表现得也含混不清，但它有着比那些技艺高超的成手更为纯熟独特的表现力，令人久久难以忘怀。整幅画交织着感伤与恐惧，即使那些天真可爱的孩子们的快乐也被这凝聚的乌云给遮蔽了。乌云席卷而至，掩盖了纯朴快乐的场面，行欢者的快乐沉降成麻木和混沌，也不知道到底是什么令他们如此烦恼。有人认为，正在舞蹈的孩子应受到褒奖，获得亲吻和糖果，可实际上，他们已把毒药吸入了灵魂。很难分析这罪恶的阴影对世界产生的影响，因为其中掺杂了大量的主观惩罚，所以，阴影大都取决于时间的脾性与信仰，而良心的大部分阴影却来自于对社会惩罚和法律惩罚的恐惧。比如，无须跋涉千里，就可以发现柏拉图正用朴实而浪漫的口吻讲述着形形色色的情感，而这些情感，我们却逐渐认识到，天生就是堕落且令人厌恶的。

没有任何带有罪恶感的阴影蛰伏在那个明媚晴朗的希腊天空，它的生活元素，除了在受到道德谴责的领域之外，似乎都十分崇高，令人深深眷恋。

---

① 恺撒（Casare，1475—1507）：意大利文艺复兴时期的军事统帅、政治家、贵族、枢机主教。——译者注

在那些生活更为不安的年代，人类对他人所遭受的痛苦反而能坦然面对，因为人们找到了一种轻松却残忍的方式对待生活，这种方式哪怕在今天也是难以容忍的。在对以色列的种族灭绝战争中，男女老少都被残忍地杀戮，因为敌人认为他们属于上帝所厌恶的民族。在一些政体当中，有些臭名昭著的罪犯与他们的家庭人员一起被处以死刑，无论他们的家人有无罪恶，良心的阴影都不会笼罩在刽子手的头上。相反，刽子手却有着发自肺腑的崇高感觉，认为他们履行了一项神圣的职责，执行了嫉妒的上帝发出的圣谕。从全局的角度考虑，人们需尽可能保持平常之心，从哲学的角度看，很难断定造物主的行为是否理智，因为他一点一滴地养育了一个种族，却有意让他们避开阳光和真理，只为了让他们灭绝，在血火和痛苦中被一个拥有绝对主宰力量和正义的入侵种族灭绝。的确，似乎罪恶感没有注入这一切的暴行之中，但在藐视光明和本性的行为方面，罪恶感已然入驻，甚至连我们自己的道德观，我们曾经引以为傲的道德观，都在许多方面变得混乱不堪！一个饿汉，因偷窃会受到法律的制裁，可家长和校长却滥用权力让孩子的生活变得年复一年如此沉重痛苦，这是何等令人匪夷所思啊！生活中这样的例子比比皆是，而社会却无法让、也无力让任何一个机构背负破坏人类幸福的恶名，只要这个破坏者足够谨慎和警觉。

良心

正是这一切行为都拖泥带水，才让人变得如此心灰意冷，让那些品行端正、善良正义之人的苦心孤诣付之东流，让那些反对旧俗、偏见和愚昧的努力荡然无存，让那些美其名曰为美德的冷酷得到默许，使得人们停下善行的脚步，让那些满腔热情的时尚追逐者的工作蒙羞、失控——所有这一切不时引诱着你，在失望和凄凉之时让你相信：人生的功课就是承受毫无希望的忍耐，对那些根深蒂固的罪恶麻木地默许。看见世界如此混乱，人们会感到十分困惑不解。人生之课本已艰难，它已被那些少数人类征服者的命运所左右，这些征服者要目睹胜利时刻的到来，但这一时刻却总是姗姗来迟，而在它们翩然到来时，征服者已在痛苦和绝望中吐出了最后一丝气息。

所以，要研究和分析罪恶的本质，总有一种阴暗的秘密存于其中，不时让我们感知到痛苦。避免失败，不背弃希望和目标，不必承受由无法释放的懦弱和刻薄带来的重负，这一切谁不知道呢？再灵验的宿命论也不能利用它们反对内心对灵魂的裁判，这种裁判是由无法预知的本能做出的，种种行为的记忆刺痛折磨着我们，而其意义我们却无法向人阐释。有一些我的往事，描述出来，定会遭到讥讽，回想的时候，总带着一种内疚和羞愧。之所以感到羞愧，是因为它已深深地刻印在我的脑海中，难以磨灭。还有一些事情，向人讲述时，我毫无愧疚之感，可也会招来猜疑和恐慌，因为人们以为我曾经这么做过。这就是良心的奇怪之处，似乎与传统或习俗毫无关联。正是这种负重感，诞生于无望的救赎之中，让所有人愿意付出最宝贵的财富从而得到解脱。把恐怖的权力交到毫无节操之人手中，就因为他们声称能够解救人类，拯救痛苦的灵魂。面对黑暗的恐怖，没有任何事情会让人类进行忏悔。有时我想，整个世界中最黑暗、最沉重的诱惑，莫过于来自对懦弱的恐惧，它在良心没有受到谴责之前，就已让你卑躬屈膝。

21

希腊精神

几天前，参加了一场社交聚会，听到一篇华美的颂文。是有关希腊精神的，朗诵者华丽的语言和铿锵有力的声音给人强烈震撼，其出色的表现获得了广泛的共鸣，我也顷刻之间就为他的魅力倾倒。真希望能够把他的演说复制下来，让我像欣赏一段优美的乐曲那样，尽情去欣赏它的美妙，它的抑扬顿挫、婉转起伏，因为我没有机会将它存入记忆中。有一句话令我印象深刻：希腊精神与任何后来发展的思想体系相比，都更符合当代科学精神。我想，在某种意义上，这一观点是正确的，是永不满足的好奇心渗透到希腊人的思想当中，填补着希腊人探索事物原理和获取真理的渴望。但反思之后，我认为他的这种观点值得商榷，因为当代科学精神热衷于划分门类，强调细节，而希腊精神则致力于对美的求索，带着轻松的心情和喜悦寻古探幽，拥有那种所谓的浪漫主义诗人般的情怀。

演讲者的谬误在于，他有意无意地给人一种暗示：希腊精神可以通过学习希腊语获得。我认为，希腊人从不亏欠任何外在的影响，希腊精神的精髓在于它的独创精神，它的无所畏惧和对传统的摒弃。希腊艺术的起源可以笼统地归宗于埃及人，但希腊人从不在追根溯源上浪费时间，而是硬生生地向前迈出了一大步。在文学上，希腊人也不遗余力地试图把文化与外来影响糅合起来，通过培养美妙生动的语言容器，把语言与自己活泼而华贵的个性交融在一起。

也许有人会认为，当时没有什么古代文学艺术的世界级瑰宝，才让希腊文学如此闪亮耀眼。问题的关键在于，假若希腊人处于后世，发现自己置身于浩瀚的经典之中，面对这不断闪现的人类智慧、努力和技艺的结晶，他们会做何感想呢？他们创作的冲动是否会湮灭？他们是否仍会一如既往、情绪饱满地投身于研究之中，热切地探索这些年代恒久的古代遗产的美妙之处呢？我自认为他们不会这么做。他们虽然会怀着满腔热情去欣赏，但更渴望去倾听和目睹使徒保罗[①]所说的那些新事物，也更深切地渴望去表现自我，摆脱对传统的依顺，摆脱将自己的文化给养建立在前人的思想、赞颂和丰碑之上的那种危险。比如，我无法想象希腊人会毕生投入知识的积累当中，也无法想象希腊人会像我们潜心研究希腊文学那样殚精竭虑地研究古代文学。此外，除非承认希腊文学已达到人类语言表达的巅峰，认为人类智慧自希腊文学起已日渐式微，否则，就绝不允许让古代文学的光芒遮蔽我们当代人的努力，放弃创造朝气蓬勃新文学的希望，因为这种新文学融合了古典与浪漫，且独属于我们自己。即使对希腊文学充满敬畏，折服于它精湛的技巧，我也

[①] 圣·保罗（St. Paul）：耶稣的十二门徒之一，发展新生的基督教教徒的最重要的先驱。——译者注

不相信人类最高深的智慧会为敬畏和屈从思想所左右,何况这种思想经常是古典教育的产物呢!

所以,对待文学,我赞美美国精神。美国人似乎很少拥有这些被我们视为圭臬的恭敬而独特的态度,他们沉迷于本土的灵感之中,自然而然地把莎士比亚、爱伦·坡、沃尔特·司各特和霍桑等人进行比较,却并不令人感觉荒谬。他们就像孩子,完全沉溺于自己的嗜好之中,充满了对新发明的欣喜。虽然现在除了凤毛麟角的个别发明之外,他们大多数发明都缺乏活力和特质,但只要具备这种精神,终能创造出新思想、新文学来。不希望看见美国人在对现在百般挑剔的同时,对过去也毫无敬意。不希望看见美国人带着绝望,把好奇转向研究英国的经典佳作。我的确认为,英国人对经典的敬畏感以及持久性,已经成为我们智力发展和艺术进步的障碍了。就像上了年纪的作家,往往容易重复自己钟爱的矫饰风格,对年轻人反对的呼声投以鄙视的目光,对未来也失去希望。若像古代女王掌权时的贵族王朝那样,国家总是为过去的荣光所照耀、超越这个国家就会过分依赖尊严而不是活力,把自己严密地围裹在自尊之中。我宁愿看到的,是一股弹性十足的活力,一种不顾一切的精神,一次慷慨无私的尝试,一个对过去传统表达不满的差评,而不愿看见一次对霸权的绵软无力的默许。我们目前的状况如何呢?我们缺少一流的诗人和散文家,也缺少一流的评论家、戏剧家和传记作家。我不希望贬低我们的想象力,因为它仍活力无限,尤其在小说创作方面表现出了强大的生命力。但即便如此,我们仍缺少大师级的人物,而评论家们对创作风格也是不闻不问,仍一门心思地关注情节、事件及背景。我们所欠缺的,是真正的原创精神以及从宁静中积蓄的力量。我们喜欢哗众取宠,只顾忙于给人以震撼。希腊人对这些是多么不屑一顾啊!他们追求的是美丽与魅力,追求的是那精妙的色彩,隽永的韵味,他们把一切都神圣化,却并没有带上阴郁严肃的沉重感。他们的尊严不是浮华的尊严,而是蕴藏于神圣悲剧中的尊严,充满毫无畏惧的勇气和冷峻无情的宿命。这种尊严不是装饰豪华的洋房，更不是温文尔雅的传统。

当代精神

当然，对财富和舒适生活的热衷，在某种程度上孕育了这种尊严。物质财富的迅猛增长，对自然规律的俯首帖耳，都让我们惊慌不安。过一种简单的生活，已成为当今世界最复杂之事了。只有获得丰富的简单，只有恢复对新思想的兴趣，抛弃对舒适生活的欲望，力量和生命力才能重新焕发在我们身上。我们都过于急迫地要做正确之事，过于急迫地想获得正确之人的青睐，但不幸的是，这些正确之人不是有活力、有智慧、充满热情的人，而是一些工业财富的拥有者，或是严谨传统和历史名分的继承者。有一个令人痛心且不忍卒读的真相：我们当代人都变得粗俗了。在剔除俗气之前，在意识到浮华、矫饰和奢侈是不容触碰的丑陋之前，我们将一事无成。清教徒的祖先们，虽怀揣着对艺术的憎恶，却仍挚爱着新思想。他们带着鉴赏家的神情品味神学，带着浓厚的兴趣饮下希伯来的品德。在之后的洛可可式矫饰的年代，整洁、利落而又自满占据了上风。到中世纪时，像约翰逊那样的人物赫然挺身而出，浑身洋溢着力量和激情。接下来又是知识分子的时代，国家诗坛发生地震，诗人们开始觉醒。在华兹华斯中，在司各特中，在济慈、雪莱和拜伦中，在丁尼生和布朗宁中，在卡莱尔和罗斯金中，又一个年代来临了。这个年代充满了对单调的富足真诚而激情的抗议。但现在，世界餍足于把玩精美的乐器和聆听动人的旋律，于是，号角归于沉寂，一切似乎已安静下来，惬意地进入梦乡。

也许，我们应该满足于科学的蓬勃发展，满足于探索奥秘的坚定决心，满足于寻求知识的执着精神以及不匆忙妄下结论的严谨态度；但科学的态度——那些科学奇才的态度除外——往往需要培养的是某种冷淡，某种对精神力量和想象力的怀疑，某种内心领悟力的迟钝和麻木的判断力。没有了这种心态，人类是不会更进一步、更上一层楼的。否则，他会变得谨慎、谦逊和果敢，却失去了以往的豁达心胸，也不再超然度外、满怀希望了。

  一个民族的习性，假如对年代过早地产生失望，并极尽鄙视和嘲讽，是一个严重至极的致命弱点。世界正耐心地向前翻滚，这股潮流势不可当，我们理应顺从这强大的自然法则。我们热爱崇高与美丽，我们这些人的责任不是对错误吹毛求疵，而是认清目标，看准希望，然后坚韧而努力地去奋斗，用心去表达和感受，互相真诚鼓励，不再妄加指责。如格言所说：要助人为乐[1]。助人为乐，是我们无法躲避的责任，但要轻松愉快地助人为乐，才是奥秘所在。

---

[1] 此处原文为拉丁文。——译者注

22

厌恶

  我忍不住好奇，我的同伴今天所消遣的到底是什么。这种东西有香味，一种古怪难闻的香味，它不再是烟草，就像烟草不是紫罗兰一样。它似乎是专为某一未知的目的而精心准备且艰难获得的，但却很难把它与快乐联系到一起。它有种受侵蚀的矿物质味道，我想，一定是从有害的土壤内部挖掘出来的矿物质。再看看抽烟的这个人！他衣着笔挺而古板，外表不知怎的就让人想到山羊，头发打着卷，像羊角，嘴唇薄薄的，总是不太安分地翕动，带着些许不屑。他的眼睛也像山羊，面无表情，却带些鲁莽之气，让我不由自主地感到一阵压抑。他缓慢而刻意的动作，令我心生厌烦。想到他呼出的空气中杂糅着这种气息输送到我肺部的血液里,我就感觉十分恐怖。我可怜那些侍奉他的人,还有那些被迫与他打交道的人。然而,我却无法道出这种厌恶产生的根源。世间有无数外表令人厌恶、长相更为丑恶的东西,但都不具有他这种令人作呕的特征。这种令人战栗的憎恶,也许深深地潜伏在外表之下,产生于灵魂。这种事真是说不清、道不明,超越一切理性和道德观念。我希望,如果这种人在困苦死去时,我不该袖手旁观,但我发自内心地既不希望见到他,也不希望与他产生任何瓜葛,更不希望他继续生存下去。

对他人的厌恶,到底大到何种程度才可以接受,这是个有趣的话题。如果可能,也应该热爱我们的敌人。《福音书》就树立了榜样,它在谴责法利赛人时既表现得宽宏大量,又做到了毫不妥协。传教士们喜欢习惯性地说,在与令人厌恶、不可理喻的人打交道时,应该表现得超脱一点,灵活一点,所谓:仇恨罪恶,却爱罪人。但那想必是很难做到吧?这就如同说,在考察一张非常丑陋、让人厌恶的脸时,尽管要憎恶这张脸的丑陋,却要尽量欣赏这张脸。把人与其品行区别对待,似比登天还难。人们会说,假如某人不是现在这个样子,就招人喜欢了。但只要这种语法家们所谓的不充分条件存在,人们口中的喜欢就带上了非常不近人情的色彩。诸如那些他如果不是现在这样子就非常讨人喜欢的论调,与惠特利大主教①在上议院的说辞如出一辙。当时,一位发言人正在介绍一项措施,说只要改变前提条件,这项措施就会非常完美。在发言人总结陈词时,惠特利大主教对他的邻座说:"这就像说,如果我姑姑是男人,她一定会变成我叔叔一样。"

与人打交道时,比如说与一位原本性格和善且宽宏的人打交道,假如这个人因意外而容貌受损,就能很坦然地接受这种事。倘若向来可爱可亲之人,偶尔爆发脾气,有些令人讨厌,人们仍然会爱他,因为人们想到的仍是那个平日里完美的他。但有些缺点却可以蔓延,侵入人的整个品行当中,就

---

① 理查德·惠特利(Richard Whately,1787—1863):都柏林大主教,英国经济学家、神学家和逻辑学家。——译者注

像康沃尔馅饼，在未烤之前，精美的培根土豆和其他美味的原料已经打成泥，伴随着油香，浸入令人垂涎欲滴的小乳鸽之中。

如果一个人心怀恶意，自私自利，这些缺点产生的劣质味道会不知不觉侵入到品行当中，尤其在他对自己的缺点一无所知的情况下。如果为人谦卑，意识到自己的不良缺点，感到难过，为克服也付出了努力，这些努力虽然看起来笨拙、可悲，但大家仍然会怜悯他，甚至不自觉地对他肃然起敬。大家会认为他天生如此，他自己也无能为力。同样，我们也会为此感到茫然，感叹人类为何竟受到如此莫名其妙的挫折。但一个人扬扬得意地展露自己那令人厌恶的缺点，如果他在卑鄙地利用他人之后，还大言不惭地把那些不愿与他为伍的人当成傻瓜，如果他刻意让人知道他讨厌和鄙视一个人，如果他只对那些用自己的武器打败他的人假意逢迎，如果他粗俗、势利、喜好挑剔、傲慢自大、满怀敌意，那么，对于这样的人，就很难把责任推到基督徒身上了。

谴责

几天前，在一家村舍，遇到了一个人。坦诚讲，我不喜欢他。他个头高大，表情严肃，看起来有些不好相处。当时，他一直在絮絮叨叨、没完没了地讲话，大部分的内容都是贬低人的，"别以为兰斯洛特[①]很勇敢，格拉海德[②]很完美。"他的主要乐趣似乎就是让听者感到尴尬。不可否认，他讲的事情很有趣，但其中的回味却全是苦涩的。他的听众都很认真，我想，主要是因为大多数人害怕他揭穿自己对他真实的想法吧。他见多识广，很喜欢揭露

---

① 兰斯洛特（Lancelot）：亚瑟王传说中最著名的圆桌骑士之一，素有"骑士之花"之称。——译者注
② 格拉海德（Galahad）：亚瑟王传说中圆桌骑士里最纯洁的一位，独白 人找到了圣杯。——译者注

他人的无知。我当时就想，真正有勇气的人，应该大胆地站出来反驳他，甚至努力去改变他，让他别再如此狭隘地看待人生。但他似乎不值得人们付出这么多的努力，很难与他争辩去说服他，对他进行转化也只好期待祈祷了，尝试没有任何意义。当时，一位和蔼的老政治家也在场，虽然出于礼貌一直保持克制，但也表达了自己的观点，使夸夸其谈者感到了难堪。显然，大家都站在政治家这边，连这位一直一言堂的暴君也开始怀疑：礼貌是否真是一种有益的品质。他离开后，大家就轻松自然了许多，谈话中洋溢着一种兴高采烈的气氛。

很难同情这样的人，他也不需要。他非常满足于现状，不想让人们喜欢他，认为那过于儿女情长了。对于任何一种情感，他都持抵触态度。他认为自己能力出众，与众不同，出现在哪里都可以让大家感觉到自己的存在。一想到他，我脑海里就情不自禁地联想起人世间的轮回，每每总愿意让他再投一次胎，从事某个不招人待见且单调无聊的职业，成为一名清扫工或下水道清洁员，甚至想象他投胎到某个古怪无能的动物身上，变成鼻涕虫或水母，他或许就能学会收敛一点，知道被人贬低的滋味了。当然，再令人讨厌的人，熟悉之后，也会改善关系的。我很少被迫花时间与不喜欢的人交往，但与他交往后，发现他要比最初见面时招人喜欢。人们经常发现，某些令人厌恶的品行常被当成自卫的工具，在某种意义上，它们都是曾经的不幸经历所带来的后遗症。认识这位朋友之后，知道了他的一些遭遇，对他的看法也发生了改变。他在上学时经常受欺负，他热衷于欺负别人就是来源于此吧。他骨子里就认为，人们总是充满恶意，自卫的唯一办法就是展示自己的毛刺。也许，他的正义感有些扭曲，这与他在无力自卫的日子里承受了无端的欺辱不无关系，于是，现在的他就愿意欺侮别人了。他就像《绑架》[①]里的那个小男仆兰塞姆，因受到了船员们种种粗暴的虐待，只得紧紧抓住船绳拼命进行

[①] 英国作家斯蒂文森的作品。——译者注

反击。不敢认同这是一种豁达宽厚的生活观。如果他说救救这个可怜人吧①，也许会更好一些，但他却模仿《埃德温和安吉丽娜》②中的隐士说：

我谴责杀戮
在山谷中自由徜徉的牧群；
欺辱我的人教我学会了
欺辱他们。

一个人，如果没人爱，是很悲惨的，但这么说，实际上表达的是一种可怜的安慰。他希望被爱，却无法获得，这的确可怜。如果他像黑兹利特所说："我不清楚为什么每个人都这么不喜欢我。"或者，他根本就不想得到爱，而真正渴望的是金钱、地位和影响力，那么，他根本就不值得可怜，即使假装可怜，也徒劳无益。

如我所言，一个人也许命中注定要与自己不喜欢的人打交道，一旦他发现这个人友好而无害，他就会卷起身上的毛刺，摇身一变，成为一个虽不是可以任意抚摸，却至少是不害怕接近和需要躲避的动物。一旦开始与人交往，除非这个人不值得信赖，一般都很希望与他和平共处下去。我朋友最糟糕之处，在于他过于坦诚地表现嫉妒了。如你获得了某种荣誉，他不认可，你的不幸就降临了，任凭什么都挽救不了你，他仇视你的成功，把别人的成功看成对自己的伤害。通常来说，人都要建立一种自己的生活方式，世上也有足够的空间容纳形形色色的性格，最好不去抗议，不去谴责，除非确定你不喜欢的这种性格的人于己有害无益。性格平和的人不愿争辩，但争辩也不见得是坏事。两个能言善辩之人，愿意的话，为何不能好好舌战一番呢？但

---

① 此处原文为拉丁文。——译者注
② 18世纪著名的英国剧作家奥利弗·哥德史密斯的作品。——译者注

这似乎毫无道理啊。真正欺负人的，是暴君式的人物，喜欢与一个手无缚鸡之力的人纠缠不休。这其实是一种懦弱，我们完全可以理直气壮地提出抗议。有一个真实的故事，讲的是一位有名的校长，他不喜欢性格懦弱的孩子，就经常让一个自己看不惯的孩子发言。因为这个孩子行动总是拖拖拉拉，讲话也扭扭捏捏的，校长就想借机出一下他的丑。这时，另外一个孩子，就是那种有英雄气质的孩子，挺身而出大声说道："先生，您这不是在教育那个孩子，您是在羞辱他。"校长是心胸开阔之人，并没有因孩子的仗义执言而心生怨恨。知道某人行为卑劣、残忍，在充分了解他的情况下才可以坦率直言。不是很熟悉某人的秉性和阅历，对他进行责备时就要把握好分寸。某人本应表现得更出色，或处于他的位置应该表现得更出色，诸如此类的说法，其准确性几乎没有可能。必须竭力抑制想表达不满的欲望，因为这种表达暗藏着某种道德上的优越意识，一旦拥有这种优越意识，就会像法利赛人和收税官的寓言故事那样，谴责者和受谴责者的位置瞬间就会颠倒过来。憎恨他人，是一个人所能享有的最危险的奢侈品，最公正的做法就是避免与自己格格不入之人交往。强迫自己喜欢排斥自己的人，完全没有必要。人生没有长到可以进行这种冒险实验。必须要果敢坚决，不必谴责他人，不必在他人令人厌恶的品行上纠缠不休，如悲情的谚语所说："一切都已天注定。我们要让大多数人有足够的气力去剔除自己田里的稗子，而不必兴高采烈地向路人指出他们田中的稗子。"

23

稗子

今天,茫茫沼泽烟气氤氲。一片片休耕的土地上堆放着正在燃烧的树根和枝叶,它们被精心地归拢到一起点燃并有人看护着。我向一位上年纪的农夫打听烧的是什么,他的回答让我迷惑不解,这让我怀疑他是否认得这些枯枝败叶。

也许是稗子,就像在《圣经》寓言故事中那样,被堆积在一起,燃烧!看到白色的浓烟借力9月的秋风,升入清澈无云的碧空,别有情致。村子坐落在丛林密布的山脊之上,姿态各异的房屋朦胧耸立于果园里漂泊的白烟之中，把村庄映衬得格外温柔而浓郁。它让我想到了《小岛之声》①，神奇的烟火升起、熄灭，幽灵般的声音在海风中回响。我慢慢穿过沼泽，仿佛置身于温情的寓言中，感受到灵魂的四季变迁。这一切都是为我而来。当收获季节过去，灵魂就会满怀感激和欣喜，烧掉堆积起来的失败。未竟之目标，懒惰之心理，病态之忧郁，自我之怀疑，疯狂之言语，粗暴之干涉，这一切，回首望去，恰似一幅无数错误堆积起来的别致远景！终有一天，会满怀欣喜和感激——感激事情没有变得雪上加霜，我们终于熬过艰辛，谷仓中还存有上好的谷物——把自己的失败堆积起来，放火燃烧。

难以想象这些失败已被烧掉。那个日久积成的错误，具有邪恶的再生力，我们想尽办法把它收拢烧掉，它仍会不断地成熟、结种，不停地扩张自己的地盘。但我们仍有足够的希望，可以再进行播种和耕作。

我刚刚就痛痛快快地烧了一回！有一本书，是我的一位熟人写的，我相信，他写这部书时没有任何恶意或个人情绪。这本书宛如镜子，让我看到像我这种性情的人是多么丑陋和卑劣啊！的确，我们不时需要这样的书让自己惊觉，人很容易滑入温柔的自满，粗暴地抛弃仅存的品质，甚至想当然地得出结论：虽然有许多羞愧之处，但对于深谙世故之人而言，人总体上还是值得夸赞的。我这位朋友，也深谙世事，但在他的书中，人的总值却是负数。

怎样将我的感激告诉这位朋友呢？坦白地告诉他，会让他感到有背叛之嫌，这不是他的本意。所以，我还要再保持一段时间的缄默。在受到这种羞辱时，人很自然地会产生抵触情绪，就像把尾部着火的狐狸赶入没有收割的庄稼地里一样。

我还是有种冲动，想把自己的不快告诉这位朋友。但没有任何一种冲动比这种冲动更需提防和小心了，必须要抑制这种冲动，强迫自己数完七十七个数②。听命于冲动的摆布，只会导致更为强烈的痛苦，所以，只要仍心存一

---

① 《小岛之声》（*Isle of Voices*），罗伯特·路易斯·史蒂文森写的短篇小说。——译者注
② 在《圣经》中，耶稣说："不止宽恕七次，而是七十七次。"——译者注

丝满足和热情，就该将冲动束之高阁。

今天，站在这里，凝视白烟从我灵魂的蔓草中慢慢飘向天际，这种经历并不让我感到悲伤，浓烟卷入长空，像飘逸的薄纱，或蜿蜒而上，或飘拂变换，我突然有了解脱的感觉，轻飘飘的感觉，身体的负重不是被粗粝地砍掉，而是轻柔干脆地掉落。

24

自我提升

　　人的一生，难免遇到形形色色之人，年老的、年少的、善良的、刻薄的、和蔼的、严厉的、温柔的、粗暴的、无礼的、文雅的、无聊的、有趣的。会遇到那些你认为德行高尚、受人尊重且有责任感的男人，也会遇到那些性格坦率并富有魅力的女人，但真正让我感兴趣的是这样一种人：与他的相识会很特别，开始时他的性格有些与众不同，经历耐心的磨炼，他会变得更加睿智和成熟，培养出另外一种特有的品格，博取了独特的同情之心。

　　人之初始，性情相仿；因尚存笨拙，还未学会从容；因心存简单，还未学会有趣；虽然聪明，但尚未学会拥有恻隐之心；虽然美丽，但尚未学会忠贞不渝,只知安心做当时的自我。真正令人心驰神往之事,就是遇到一个人,他能让人无比欢喜,他的目光中总是展露出柔情和交友的渴望,他的脸上刻印着久经风霜的精神烙印,他的自私和自满都已消除殆尽;他能够领悟笨拙的暗示,能阐释无语的情感;他总在四处寻找美丽的品格、高尚的友谊,能唤醒最好的自我,拾起最大的信心。而他却不屑于给人留下聪明、机智、出色的印象,只希望获得发乎灵魂的友谊和平等。

的确,初次见面时,人们无法辨清精神和智慧的宽阔度,外表表现出来的东西要比通过语言表现出来的多。有时,情同手足者之间有一座羞涩之墙,一时之间难以跨越,但终有一天,人们会辨清置身其间的那颗美丽心灵。一般说来,亲切和蔼之人,不会让人产生敬畏感,他们平和、淳朴,既不游戏人生,也不愚弄他人。

这些信徒般的人物,既有男性,也有女性。我见过他们,感受过他们的善解人意。他们成熟而平和,可以容忍粗粝的青涩,无论是年幼无知,还是年老无趣,都不会把你拒之门外。受到误解、感到困惑时,他们从不向人宣泄,更不会因偏见或癖好而看低他人,哪怕在他面前,有人表现出令人蒙羞的粗俗或无礼,都会像石子投入沉睡的池塘。有人远离他们,为的是能更好地欣赏他们,而不是因心生蔑视,人们希望美好的景象四处延展,希望了解得更多,认识得更多,信任得更多,拥有更多美妙的神秘感。

有时也会遇上一些截然相反之人。我就遇到过这样一位专家,他活泼、聪明,有点清高,讲起自己的专业来有条有理,滔滔不绝,但他会让别人感觉自卑、愚笨,乃至困倦。

很显然,他是个话痨。球只要滚到他脚下,他就能给上漂亮的一脚把球踢回,还自觉不自觉地显露出自己对那些孤陋寡闻之人的轻蔑。在他面前,也许忍气吞声地承受羞辱是不错的选择,因此人们会感到心情不痛快。更糟糕的是,人们常把话题与谈话的人混为一谈,认为话题之所以枯燥,就是因为谈话的这个人招人厌烦。

这样的人自我、自傲、目中无人，的确令人反感。我说的这个人生长在高墙耸立的城堡之中，把城堡外的人要么当成无赖，要么当成傻瓜。从城堡出来后他也没有变化，而正是他所欠缺的这种改变，才是心灵的进步，才能令人倍感亲切。

这一问题——这种改变，这种进步——对大多数人来说同样是令人难过的话题，它能否得以解决呢？是否一些人天生就被赋予这种成长能力，而其他人却被拒之门外呢？许多人生来就置身于硬壳之中，无法自由伸展，硬壳保护着他们，让他们感受不到伤害和疼痛的恐怖。而正是这种恐怖，才是成长的唯一前提。假若感受过失败，假若无意间看见自己的表现多么不可理喻、冷酷无情、荒唐任性，那么，就会想尽一切办法让自己发生改变。也许这一改变的动机不甚高尚，只是为了避免重蹈覆辙而为，但毕竟是良好的开端啊！

忘我

当然，偶尔也会遇见一些一生都不显山露水之人——女性更为常见，她们的起点就已经很高，她们的生活满是柔情、忠诚和无私，看到别人快乐比自我餍足更令她们感觉快乐。这样的人被世人称为无欲之人，因为她们没有任何自私的目标要实现。我有一位朋友，就是所谓的无欲之人，他从未有时间充分发挥自己的才干，而总把时间花费在为他人服务上。别人让他做的任何事，他都能做得一丝不苟、精准到位，似乎他的名声全仰仗这件事。他现已步入中年，交下无数朋友，比我认识的任何人都更为辛苦地工作，收入却很微薄，一直住在郊外的一处逼仄之所。见面时，他总是带着倦怠而迷人的笑容，一个问题接一个问题问你，却从未提到过自己。与这种人相识，我真的很难描述出其中的好处。几天前，遇见了他的表哥，一位富有的生意人。"是的，可怜的哈里，他一直缺少目标。几天前，我坦诚地讲了对他的看法，我说：'哦，你愿意牺牲自己的时间应人所求，为他人做出贡献，这很好，无疑能给人带来快乐。每个人都说你好，但亲爱的朋友，这太不值。虽然现在说起来有点晚，但你真的应该考虑一下自己了。'"

这位有钱的表哥没有告诉我哈里听到他意见时的反应，但他肯定会领悟表哥的好意，然后心存感激地走开。但对于我而言，坦诚地讲，我宁愿住在哈里那逼仄的陋屋，怀中装满爱意以及那宝贵的精神财富——为人服务的心意，也不愿住在他表哥那座豪华别墅中，置身于那外表恭敬而内心冷漠的社交圈内。

诚然，一想到这位朋友所过的生活，心中就会感觉到一丝酸楚。而看到他对如此众多之人的影响，目睹他光彩照人的人生，就又不禁产生一种好奇，想探究其中的原委。如果上帝把所有人都塑造成哈里的样子，哈里就不会把自己的本性发挥得这么淋漓尽致了。他这种人，是世间的宝贝，是社会的中坚，但如果所有人都成为中坚力量，世界就不会变得这么美丽而富有了。如果每个人都一如哈里那样，就不会有人需要帮助了。我想，让世界不甚完美，上帝自有其道理。人类的智慧有其局限，根本无法准确地发现上帝的奥秘。

25

美之品质

美，究竟为何物，这是长年困扰我的难解之谜，更没有人能告诉我它在我心灵中的栖身之所。哲学家告诉我，吸引每个人的那种最简单、最基本的形象之美，就是人之美丽，它扎根于人的欲望之中。而我却不敢苟同，这只解释了令人倾慕的某种活力之美，随着年老色衰，这种活力之美会日渐式微。除此之外，还有一种年轮之美，它经常比青春之美更为动人，更加高贵。还有一种表情之美，比五官之美更微妙，更令人怦然心动。比如，经常看见这样一张脸，无论以何种美的标准判断，它都令人倾心赞叹，然而这张脸却产生不了任何美感。相反，我们熟知的一些面孔，虽五官粗犷，比例偏颇，初见时甚至有些厌恶，可随着时间的推移，却渐渐显露出某种非比寻常的魅力，展示出发自内心的心灵之美，而且不带有任何欲望，如同耸立于悬崖的古松呈现出来的那种美丽。

在与自然之美的接触中，我听到哲学家说：美之魅力，可以追溯到富足感与幸福感。对风景的迷恋会产生满足感，祖先就是带着这种满足感捕捉到了森林中可利用的树木和可食用的猎物。但这种说法又一次与我的经历大相径庭。

今天，我漫无目的地走在迷人的乡村小径上，午后时分来到了一个孤独的小村庄。它位于宽阔的牧场之中，我之前从未来过。铃铛一般轻快的打铁声从铁匠铺中传来，在呼呼腾起的火苗烘托下，我忍不住在心中轻轻哼唱起来。转入狭窄的小道后，村庄开始与大路渐行渐远，途经的道路也变得偏僻起来，难以落足。这个村庄曾以生产乳制品而闻名，享受过一段富足的时光。道路两旁有数家农舍，在不同时期见证了村庄的兴衰。我看见一座老式的木质庄园，已然废弃，现在变成了一片废墟。还看见一所房子，两端砖砌的山墙很高，也很迷人。墙是梯形结构，带城垛，顶端是高高耸立的漂亮烟囱。另有一处房屋，乔治风格的，看起来很结实，带有厚厚的白色开窗，瓦搭的屋顶上长满了苔藓——所有的一切都显示出衰败和被人遗忘的迹象。

那座破落的庄园，四周环绕着护城河，长满了垂柳和高高的水草，只有通过一个带女儿墙的小桥才可以接近庄园。这给它带来无可挑剔的美感。然而，庄园所能勾勒出来的联想都是忧伤的，讲述了一个古老而富足之家的悲欢离合。这个家庭原本过着简单而幸福的生活，却因家道中落而沦为一片废墟。如圣诗的作者所言："我看万事尽都有限。"[①]庄园的对面是一座新建的农舍，看起来很舒适，住着村里唯一的富有之家。草坪被修剪一新，高高的谷仓覆盖着瓦楞状的铁屋顶。新农舍的一切，告诉我们的都是舒适与安逸。

---

① 《圣经·诗篇》119:96。——译者注

但是，人们真正希望的，却是让这间新农舍从视线里消失，因为对面那座败落的庄园，虽然它的美丽那么遥远，却装满了渴望与悲怆，打动着人们的心弦。时间之手，让万物换上新颜，经过它轻柔的抚摸，每一处景象无不饱含愉悦与甜美，让人久久难以释怀。

　　观赏庄园时，正处日落时分，夕阳西下，杂草与山墙开始显露光泽，庄园的美丽与荣耀虽渐行渐远，却愈发真切动人。一队长长的秃鼻乌鸦，穿过散发玫瑰色幻彩的云朵，静静地向巢穴的方向飞去。所有的一切，都倾诉着安宁与平和，告诉我一天即将在平静中结束。双眼合起，疲惫的心已然休憩。然而，情感却无法快乐起来，为终难开释这一切的奥秘而荫翳重重；欲罢不能的渴望又仿佛为这华美的场景添上了最浓重的一笔，愈发显得神秘莫测。谁能阐释这一切呢？谁能清楚，为什么这种美丽，这种发自内心深处的渴望，竟然都建立在难以企及的梦想之上呢？然而，它的确存在。这种美丽，无论究为何物，似乎都取决于一个事实：在美中，心灵捕捉到了翘首以盼的祝福，虽尚未牢牢抓住，但已意识到，若自己与这种祝福心有灵犀，祝福就会被粗暴地拖到别处。所以，从本性上，这种美丽就带着忧郁，也变得反复无常。我们所熟知的美丽，经常站在我们面前，可我们却麻木而愚钝，无法感受它带给心灵的魅力。也许，片刻之前，心灵还处于茫然无知的状态。可突然之间，灵性之门开启了，心灵瞬间就嗅吸到了那浓郁的芬芳，但这芳香终难久存，转瞬之间就会失去魅力。心灵的满足感似乎唾手可得，可让人倍感心酸的是，它至今仍未感受过满足。

26

隐私

  我曾经写过一本很私密的书并将之发表出来，这是一种新奇的体验。书中汇集了各种观点的交锋，总体上讲，是一部观点全集，而且基于各种各样的原因，也涉猎了一些新潮的内容。虽然出版时是匿名，但圈中的朋友还是辨认出书的作者是我。我读过几篇书评，看到评论家们千奇百怪地胡乱猜测，我总会忍俊不禁。他们说这本书是以第一人称写的，很可能是一本自传。有些人甚至还对我提出了一些批评，认为书中的人物描写过于生活化，他们还挑选了两个人物作为例子，认为这些人物都是凭空虚设的。另外一些人也提出了异议，可却认为这些人物不够生活化，因而容易误导读者。还有一些人认定在书中看到的只是现实生活的文字翻版，让他们不自觉地把纯虚拟的事件对号入座。而事实上，我选用这些事件只是为了效果生动而已。此外，这本书还顺便捎来了普通读者的来信，很多信既有趣又感人，带给我许多快乐和鼓励。但不管怎样，这些都证明了这本书已深入一些人的内心了。

我的一位老友，他的品位和判断力向来令我钦佩，可这次却对我进行了严厉的批评，责备我居然写了这样一本书，他说："你知道我说的是为你好，我总感觉在公众面前赤裸裸地暴露灵魂，有伤风化。"我不会误解他的好意，也根本不会怨恨他真诚的批评，但我实在无法苟同他的意见。

袒露心声

我一直在从事创作，写过一些书，但这本书不同以往，我甚至可以自豪地说，它无可挑剔，因为它没有任何内容背弃信仰或道德，只是想让思想更清澈一些，让希望更明亮一些，想解开生活中错综复杂、多处交织的美丽与兴趣之结。我在努力放弃一些悦目的场景、一些思想的灌输以及一些曾经帮助过我的东西。我根本不知道写作的目的还有什么，我想它只是一种人与人之间交流方式的延续。我不善谈，思想也不活跃，无法让言语如泉涌般汇集唇间。与我交谈的人，往往个性过强，对我影响过深，以至于让我无法保持自然或真诚。有些人与你的兴趣有天壤之别，有些人过于挑剔，喜欢时不时地给你设下圈套让你入彀；有些人则过于喧哗，总喜欢发表异议，经常挖苦嘲讽人的多愁善感；还有些人过于讲究实际，不喜欢他人的异想天开。但在书中，我可以自由自在、毫无约束地畅谈自己的思想，就像在无人在场的情况下与心灵的知音把酒言欢。写这本书时，我没有任何事先规划，思想自然而然地涌入脑海之中，仿佛突然之间拥有了勇气和技巧，竟然喜欢上了与路人攀谈。真的，一想到找对了人，找到了路，我就欣喜不已。至于把自己的内心袒露给世界的读者，我不明白为什么不可以这么做！对于我所讲的，我问心无愧。对于任何想了解我思想的人，只要他们愿意，我来者不拒。可以毫不夸张地讲，我的语言与鸟儿的鸣叫一样自由，根本不在乎它的听众姓甚名谁。在花园中徜徉之人，如不喜欢这歌声，可以不必倾听，因为这花园属于小鸟，更属于我，他们不应该按照自己的心愿在草丛中摆出丑陋的姿态吓走小鸟。有些人，对自己的思想有着极强的保护意识，同样，我也无法与这样的人达成共识。我喜欢独处一隅，拥有一方自己的城堡。那些思想陈旧、无法心神相通的人不要在场，他们只会令我感到无聊和厌倦。书，还给我呈现了另一番美好天地，让我不会受到打扰，也不会久久呆望，只需真实地袒露内心的想法。当然，有些事无法付诸笔端，甚至不能向朋友诉说，但想向我挚爱而信任的朋友倾诉的一切，我都已写入书中。书，还让我交到了一些温情而陌生的朋友，虽然他们因时空的限制经常无法与我谋面，但想到能与他们结交，我仍不胜欣喜。有些人喜欢我的书，可他们做的一些事情，一些诸如外表或举止那些表面上的东西，我都不喜欢，我甚至不赞成他们的一些观点。但现在，通过这本书，最好的我与最好的他们建立了友谊。一切艺术都依赖于创作者与感受者之间的心心相印，如同画家与画中人的心神交流，亦如传道者在布道中展示内心，作家也往往在书中展现自我。最真诚的友谊就是这样，不囿于肤浅的外表、习惯、传统和家教，因为这些只会在这个难解的世界中、在每个灵魂之间竖起一道屏障。

  也许，人生中最高尚的情趣，就是满足所有不同的性情和见解，这不仅有趣而且有益，促人奋进，帮助我们摆脱自我意识，让我们拥有同情之心。我真诚地希望，人们能在书中融入纯洁，无论如何，那才是真实的。但是，作家们经常做的事情，却是讲述虚构人物的冒险经历，描绘着一些在现实生活中根本没有可能的行为。有些作家甚至转向所谓的严肃文学，写出的历史故事却无人知晓其真相。一些作家开始转型，批评伟大作家的作品，他们的批评委婉、讨巧，为的是给自己铺设金光大道，但却如蜗牛爬过院墙，留在身后的只是一摊摊黏液。还有许多作家的作品，我就不再一一道来了，有些开卷有益，有些让人感到无聊之极。但我们真正缺乏的，是那些能告诉我们真实人生写照的书籍，因为只有这样的书籍才在乎人与人之间心灵的共鸣。如果事如所愿，那么，我们注定会一起前进，踏上朝圣之旅，虽然目标遥远，道路昏暗，但越了解我们的朝圣同伴，就越会对我们有所裨益。这种认识也许教会我们避免错误，但也会使我们因不能更为出色而心存愧疚。书籍的最可贵之处，在于能引导我们热爱、同情同路人，教会我们尽可能承受他们的重负，安慰他们，帮助他们。如果能简单直白地互相谈论希望与恐惧，谈论所爱、所忧，谈论那些本可避免之事，无异于在为我们的旅程锦上添花。感觉到自己的孤独无助，是世上最悲惨之事，感觉到自己为人所爱、为人需要，才是世间的美好所在。

然而，万事总难遂人所愿，因为存在一个可悲的事实：日常交谈中，我们经常说认识某个人，其实指的只是见过或谈论过的一个人，而不是耳熟能详却素昧平生的书中的那个人，虽然我们只可能了解后者局部的真实想法，而对前者，我们却只认识他那要么健康、要么憔悴的脸庞。

把写作当成谋生的手段，需要为它放弃许多，甚至要放弃一直追求的所谓的社会地位、身份和财富等等。如果真正热爱艺术，就会欣然为自己的所爱而放弃自己的不爱。但还有一些事情也需要放弃，而这些正是我们所不愿放弃的。煞费苦心培养出来的人际关系，虽然不是真正意义上的友谊，但在简单的生活情趣中却举足轻重，我们必须要舍弃它们，因为交往需要时间，而时间是艺术家最不愿舍弃的一样东西。当然，艺术家不一定要失去对生活的掌控，若他冥思苦想之时，有人能助他一臂之力，这往往是友谊，而不是熟人。艺术家必须学会孤独，只有孤独才会让他的思想迸发出火花，虽然这经常是下意识的，并需要一段神奇的孕育过程。曾多少次发现，让思想在大脑中停留一段时间，即使自己不是有意地凝神苦思，也足以能在新思想产生之前，用文雅的语言外衣包裹住赤裸的思想。在随意偶然的社会交往中，索然无味的闲谈，目的单一的群体活动，艺术家都必须要躲避，理由很简单：

这些诱惑会消耗他的精力。与那些心不在焉甚至可能不太聪明的人建立紧密的联系，只要不是形势所逼，就绝非艺术家的情之所愿。社交中，艺术家最难忍受的就是乏味，最渴求的就是完美，这就驱使他费尽心思与那些没有悟性、不知感恩的人进行无谓的交谈。他本不想展示自己杰出的才华，可实在无法忍受枯燥的谈话，于是就牺牲自我投入到令人精疲力竭的努力中，试图在单调的石头上凿出火花。火花也许会闪现，但在凿火花的过程中，他会与自己旺盛的活力挥手告别。如果躲避社交，他很可能会受到责备，说他性格挑剔、自我陶醉、离群索居、遁世避人，但他必须要关注这些，因为他工作的精髓就是培养与那些素未谋面之人的心神交流，并要为此省下自己的口舌，把交流的思想写入书中。对于朋友，则另当别论，因为与情趣相投的人交流既让人感觉神清气爽，又让人心态平和，也正是在这种时刻，美妙的思想才孕育而生。

读到这里，也许人们会想，写作终究是一个自私的行业啊。有这种想法，只是因为许多人认为作家的生活一无是处、毫无意义。我所说的牺牲，指的是那些从事具有吸引力的事业之人所做的牺牲，如律师、政客、医生和商人。在某些时候，若他们与人隔绝，没有人会抱怨。当然，如果作家发现普通大众对他们这种神经兮兮的行为不是十分在意，只看成一种消遣，那么何乐而不为呢？我认识的一些人，之所以与成为伟大作家的机会擦肩而过，就是因为他们无法抵制大千世界里的种种诱惑。

因此，艺术家必须培养严格的责任意识。如果有话要说，就必须倾尽全力说出来，但也必须满足于默默无声地影响他人，满足于公正无私的兄弟情分，满足于灵魂与灵魂之间内在而深切的交流。虽然这些永远无法用眼神或手势、握手或微笑表达出来，但却是比眼神、手势、拥抱更为真实、更为永恒的关系，是灵魂的结合，无形的交融。

27

艺术的发展

经常想，在艺术中，如果依据艺术发展的历史进程做出判断，就应能很精确地预测出艺术发展的方向。比如，在音乐中，古代严肃的作曲家也许已经看出音乐这种艺术形式的发展趋势：形式越来越复杂，和声更为丰富，开始使用大量不和谐音、休眠音和半音，不再强调肤浅的形式，反而越来越淡化形式等等。然而，有一件奇妙的事情，如果亨德尔[①]听过瓦格纳[②]的序曲，

[①] 格奥尔格·弗里德里希·亨德尔（George Frideric Handel，1685—1759）：德国巴洛克音乐作曲家。——译者注
[②] 威廉·理查德·瓦格纳（Wilhelm Richard Wagner，1813—1883）：19世纪欧洲最著名的浪漫派作曲家和歌剧改革家。——译者注

他会认为那是一种美的升华，一曲天籁，一个令人难以置信的梦想的实现，抑或认为它是一种淫荡甚至是不堪忍受的胡言乱语。当然，人们知道艺术终要发展，但只有想象力还不够，因为想象力难以预测艺术发展的趋势，充其量只能预测到其发展的一种可能性：技巧的完美性在不断提升。绘画也是如此。猜想拉斐尔①或米开朗基罗②会对特纳③或米莱④的作品有何种看法呢？也许只有困惑。他们在为自己的目标得到微妙的发展而感到欣慰的同时，也会对印象主义暗示手法的提升迷茫不解。的确，无论拉斐尔还是米开朗基罗，无论他们是否看过出现在报纸增刊插图里有关冬天景色的大幅照片或彩色石印画，他们都不会在狂喜和失望交织的复杂情绪中投下自己的画笔。

文学也会遇到同样的困境。乔叟⑤或斯宾塞⑥会怎样看待布朗宁或斯温伯恩⑦呢？这种诗歌对他们来说，是艺术灵感的结晶，还是胡言乱语的狂妄发泄？当然，首先他们会懂这种艺术语言，但诗歌的思想、融入的哲学、新奇的问题，都绝对会让他们如坠云雾。如果有人问斯宾塞诗歌的发展趋势，很可能他会认为有关诗歌的话题早已穷竭，根本不清楚诗歌会朝什么方向发展。文思卓越的伟大天才，常常并不是遥遥领先于自己的时代，而只是比自己的时代稍微向前迈出了一步，所以，他能预测的不是艺术发展的长久未

---

① 拉斐尔·圣齐奥（Roffaello Sanzio，1483—1520）：意大利画家、建筑师，与达·芬奇和米开朗基罗合称"文艺复兴艺术三杰"。——译者注
② 米开朗基罗·迪·洛多维科·博那罗蒂·西蒙尼（Miche langelo di Lodovico Buonarroti Simoni，1475—1564）：意大利文艺复兴时期伟大的绘画家、雕塑家、建筑师和诗人，文艺复兴时期雕塑艺术最高峰的代表。——译者注
③ 约瑟夫·玛罗德·威廉·特纳（Joseph Mallord William Turner，1775—1851）：英国浪漫主义风景画家、水彩画家和版画家。——译者注
④ 约翰·艾佛雷特·米莱（John Everett Millais, 1829—1896）：英国画家和插图画家，前拉斐尔派的创始人之一。——译者注
⑤ 杰弗雷·乔叟（Geoffrey Chaucer，约1343—1400）：英国诗人，被誉为英国现代诗歌之父。——译者注
⑥ 赫伯特·斯宾塞（Edmund Spenser，1820—1903）：英国哲学家，被称为社会达尔文主义之父。——译者注
⑦ 斯温伯恩（Swinburne，1837—1909）：英国维多利亚时代最后一位重要诗人。——译者注

来，而是色彩和技艺的提升度，这种提升度既能为形式所承受，又能为有艺术鉴赏力的人们所接受。如果丁尼生生活在蒲柏①时代，他会毫不迟疑地使用英雄史诗体，然后稍稍融入些旋律和更自然、更精妙的洞察力，力图把思想展现得更为优美，但绝不可能游离于已有的艺术形式。

诗歌的未来

于是，就产生了一个有趣的新问题：是否任何一种新的艺术形式都可能获得发展，或者说是否所有的艺术形式都或多或少地可以为我们所掌控呢？可以想象，未来的音乐会抛弃形式而寻求音色。同样可以想象，画家可能创作出纯色彩的作品，不再模仿任何自然景物。在这样的绘画作品中，色彩不断得到调和，更趋同于音乐了。

文学艺术中的现实主义艺术形式，类似于理想主义艺术形式，最近取得了突飞猛进的发展，但我认为，它仍有进一步的发展空间：把散文与诗歌结合起来——我们对此充满信心。很清楚，人们过去本能地把诗歌与散文分裂开来，现在这种隔离正慢慢瓦解。诗歌的韵律结构，尤其是押韵技巧，从本质上讲是不成熟的、幼稚的，诗人们所采用的节奏和谐音等艺术形式只是为了尝试捕捉原始甚至是野蛮的本能。孩子们用手拍打桌子时的快乐，用棍子快速敲击时的快乐以及把毫无意义的押韵形式组合起来时的快乐，根本不属于艺术形式的范畴。艺术所蕴含的最基本元素，就是在对相似性和规律性有意识地认知时所产生的愉悦。同样的乐趣也可从对几何图形的喜爱中、从对建筑结构的欣赏中体会得到。所以，就人的基本鉴赏力而言，欣赏窗户对称、门开中间的建筑比欣赏奇形怪状的树木更会得到满足感。对于未受过教育的人而言，与人或动物脸形相像的石头比形状古怪却匀称漂亮的石头更容

---

① 亚历山大·蒲柏（Alexander Pope，1688—1744）：18世纪英国最伟大的诗人。——译者注

易引起人的迷恋。毫无情趣之人，喜欢的是自然界中的几何图形，比如水晶岩柱或放大了的雪花，这种喜欢程度要远胜于他们对慷慨的大自然所赐予的各种天然形状的喜爱。房屋周围摆放鲜花时，人们会为花朵之间的和谐共生、为鲜艳的色彩而感到赏心悦目。然而，自然界中也同样存在着浑然天成的景观，它们的外部形状或轮廓与那些形态各异的几何图形往往不谋而合。孕育白垩岩和常春藤的自然法则，与孕育南洋杉和云母石晶的自然法则，都同样一丝不苟。我想，当前艺术感的培养可能仅处在萌芽阶段，它会随着对各种形态微妙景致欣赏程度的提高而提高。

如果将这一观点应用于文学，人类对音节和节奏产生偏爱就不足为怪了，就像对水晶和花形之爱一样，其美丽都难以与观察者自己创造的美丽相比肩。孩子们感觉，如果有原料，就可以做出水晶和各种花形，但若是想做得更加精致，就力所难及了。

总之，若把自己拘囿于某一单一的文学效果，诗歌的未来在音步和韵律上就难以更上一层楼。的确，无须费心劳神就可以想象得到，在诸如英国诗人罗伯特·布里奇①和史蒂芬·菲利普斯②的作品中，有一种趋势：尽可能隐藏音步的韵律。这些诗表面上看没有韵律，但通过变换和补偿重音，遵守了诗歌的某种押韵形式，如能感知其字里行间的韵味，定能品味出其中蕴含的那种无法言喻的愉悦。虽然可能性不大，但诗歌也有可能会大幅度地向这一方向发展，可是我认为这比较困难，因为这种创作形式复杂深奥，最终难免沦为单纯的"技巧展示"。但它毕竟蕴含了奇妙的隐藏技巧，对老一套的简单模式进行了一番推陈出新，所以这种发展还是会给人带来愉悦的。我想，更有可能的发展趋势是，肤浅的诗歌结构会被大胆地抛弃。如果认真思考过什么是押韵，认真思考过那些为了满足不太庄重的愉悦而强加于作者身上的种种限制，我们就会惊奇，惊奇于这一传统形式为何存在得如此之久？

---

① 罗伯特·布里奇（Robert Bridges，1844—1930）：英国诗人、戏剧家和评论家。——译者注
② 史蒂芬·菲利普斯（Stephen Phillips，1864—1915）：英国诗人、戏剧家。——译者注

我所期望的，是诗体散文作家的成长，他们居然能创作出那么多形式多样却又结构严谨、脉络清晰的作品来。从意义清晰、结构匀称的散文中获得的乐趣，要比从韵脚严格的诗歌中获得的乐趣更为微妙，也更为精致。以《指环与书》①和《奥罗拉·莉》②为例，在富有想象力的叙事诗体下，在无情鼓点催促之下的冷漠的无韵诗中，人们能获得什么呢？以纯粹的诗体散文形式进行创作，难道不会有所收获吗？当前引导作家选择诗体形式的那些标准，除传统要求之外，就是遵循紧凑感和平衡感，而这些正是诗体散文结构所要求和灌输的标准。但我仍期盼会有一种散文形式，它的修饰语能不温不火、恰到好处，它的韵律能精准到位，它能不断迸发出或轻快或强烈或火热的语言，它的情感和主题可以决定语句的形式，它的辞藻能如涓涓细流般不断变化，时而舒缓，时而甜美。的确，即使在读到像雪莱和斯温伯恩创作的那些经典诗歌时，人们也经常无奈地意识到，这些诗歌往往脉络松散、飘忽不定，而这一点又因为节拍的回响被加以掩饰，从而产生一种虚假的节奏感，造成了拖沓犹疑、松松垮垮的氛围。

我每日所期盼的，就是一个天才的崛起，他具有如诗般丰富的辞藻，具有寻找诗歌素材的强烈本能，他能毅然决然地抛弃诗体的陈规旧律，并借助娴熟的韵律和旋律创作出散文诗来。

沃尔特·惠特曼

沃尔特·惠特曼③就做出了这样的尝试。在他美妙的诗歌中，如《从这永不停息地摇摆着的摇篮里》，人们就获得了形式与结构的完美融合。但他也

---

① 《指环与书》（*The Ring and the Book*），英国诗人罗伯特·勃朗宁的长诗。——译者注
② 《奥罗拉·莉》（*Aurora Leigh*），英国诗人布朗宁夫人的长诗。——译者注
③ 沃尔特·惠特曼（Walt Whitman, 1819—1892），美国著名诗人、人文主义者，创造了诗歌的自由体。——译者注

糟蹋了自己的表现形式，因为他随性松散，有粗暴的分类趋向。此外，他还有一些其他的缺陷，比如所谓教养上的缺陷，或其他非艺术上的缺陷——他言语轻率，口无遮拦，只有描写的欲望，没有建议的想法，因此，他的继承者凤毛麟角，只附庸了一些无足轻重的模仿者。

如先前指出的那样，惠特曼只比他的时代稍微领先一步，他对自己的诗歌进行了多种尝试，但在把诗歌创作中的美和多样性推广到世界方面，仍做得略显逊色。

此外，进行文学尝试还存在一些阻碍。惠特曼的力量、活力、个性和鉴赏力，其实已成为阻碍，因为虽然人们可以轻易地避免他所犯的错误，但却很难不去模仿他。在这种诗体中，人们不可避免地要像惠特曼那样强调自己的主题。

也许有人会问，惠特曼的散文与那些伟大艺术家的散文有何区别呢？有些艺术家写出了诗意盎然、节奏优美、令人回味的散文，如兰姆①、罗斯金②和佩特③。惠特曼与兰姆的区别在于目的的持续性，与罗斯金的区别在于结构的紧凑性，与佩特的区别在于情绪的多样性，这就是答案。我所指的这类散文，必须是严肃的、流畅的、深刻的，尽可能免受幽默的影响，它还必须是叙事的，在本质上又是抒情的，能爆发出云雀般的歌声和瀑布般的水声。它必须与美有关，不仅有自然之美，而且有人际关系之美，但不应涉猎戏剧。最重要的，他必须把哲学思想和科学思想的奥妙融入自身。科学、哲学与诗歌息息相关，在本质上就是诗歌，因为它们都在尝试架起通往未知奥秘的桥梁。新派的抒情诗人，必须要从事件和情感中发现美之品质，辨清和表现那令人震撼的神奇，而这种神奇，会如火焰一般从具体形式中攀爬出来，离开可见的视野，从一颗星跳跃到另一颗星，再从遥远的那颗星钻入周围古老的暗夜之中。

---

① 查尔斯·兰姆（Charles Lamb, 1775—1834）：英国散文家。——译者注
② 约翰·罗斯金（John Ruskin, 1819—1900）：英国作家、批评家。——译者注
③ 沃尔特·佩特（Walter Pater, 1839—1894）：英国著名文艺批评家、作家，"为艺术而艺术"的英国唯美主义运动的理论家和代表人物。——译者注

28

自知之明

几天前,我的一位老友义正词严地劝诫我。我们关系一直不错,他比我还看重我的声誉。他对我的爱中带着偏见,说我的文学天赋虽然惊人,但常常把过多的精力投入到生命周期很短的虚幻文学中,我应该做一些与自己能力更相符的事情,比如写像《坎宁的一生》①这样的历史传记或创作大部头的《蒲柏全集》这样的作品。我宽慰他说,自己没有做研究的才干,也没有丰富的知识积淀,做不了历史传记。他回答道,研究只是耐心问题,至于知

---

① 《坎宁的一生》(*Life of Canning*),作者乔治·坎宁(George Canning,1770—1827):英国杰出的外交家。——译者注

无常，办事没有条理，有些细节性的东西，如生动形象的人物特征、性情、风景和生活经历，可以深深地印在我的脑海中，但当处理浩渺的历史事实和知识体系时，虽然我能暂时把素材组织好并比较贴切地呈现出来，可都赶不上知识在我脑海中消融的速度。没有人想尝试写史工作，除非拥有可以容纳广博知识的大脑。例如，我的一位朋友，他能把纷繁复杂的细节放入脑海中——他对细节充满难以满足的欲望，能事隔几年再完整地把细节呈现出来，一如当初归纳这些细节时那样准确无误。实际上，他的大脑有如一间宽敞空旷的储存库，可以把储物保持得干爽有序。但对我而言，情况截然不同。把不相容的知识存入大脑，如同把一堆雪球保存下来。一两天后，它们的轮廓就开始模糊不清，几个月下来，就完全融化成水流入地下。有关让我写历史作品的事情便就此告一段落吧。

下面谈一下作品编辑的事情。我想再次表达对伯克贝克·希尔博士[①]和马森教授[②]的钦佩之情，感谢他们穷尽一生耐心地整理收集相关伟人的史料，这些都需要条理有序的大脑，而对大脑的性质和能力发生误判，是文学创作中最不可原谅的错误。

艺术生命

我相信自己的工作必与文学有关。回顾过去，扪心自问：像弥尔顿或约翰逊博士那样的伟人，究竟有什么杰出的品格，值得人们去倾力研究呢？人们为什么想了解他们故居的变迁和琐碎的账单呢？就因为他们是伟人，在富有想象力的创作中展现了伟大的品行，创造了内涵丰富、给人启迪的真理。想象一下，什么样的责任感才能劝使查尔斯·兰姆编辑博蒙特与弗莱彻作品

[①] 乔治·伯克贝克·诺曼·希尔（George Birkbeck Norman Hill，1835—1903）：英国编辑和作家。——译者注
[②] 大卫·马森（David Masson，1822—1907）：苏格兰文学评论家和历史学家。——译者注

集①而放弃自己的文学创作呢？是什么才能让雪莱抛弃自己狂放不羁的抒情诗致力于编辑《政治正义》呢？本杰明·乔伊特②特别喜欢乱点鸳鸯谱，有记载说他曾评价斯温伯恩虽才华出众，但除非他放弃诗歌创作，否则会一事无成。设想一下，如果乔伊特如意了，会是怎样逆天的结果啊！

当然，一切都取决于一个人想获得什么以及他置之眼前的成功是哪一种。如果钟情于学术岗位或荣誉学位，就必须心无旁骛地投身于研究之中，满足于被人当成专家的快乐。这种抱负，既合法又受人尊重，而且会日益受到仰慕，但与流行作家相比，这类人获取的声誉和收入就逊色多了。

总之，具有生命力的文学作品，在作者去世一两个世纪后还值得让人编辑的作品，都是那些具有创造力和想象力的作品。想象力丰富的作家写书时，并没有想到有人会编辑自己的作品。弥尔顿在创作《快乐的人》时并没有想到它会令人羡慕地得到一位苏格兰教授的亲自批注；济慈创作《无情的美人》时，也并没有为了让它印入学校的课本，还会附上一小段关于父辈马房的传记。也许有人会质疑，是否具有强大生命力和想象力的作品都必须考虑对当下读者的影响呢？伟大的小说家创作时，不是出于道德目的，更不是出于学术目的，他把创作当成一幅画作，在画中，品格在运动、在融合、在互相影响，在出现也在消失，他怀揣一种渴望，想将这样的画面永久地定格。他可能暂时会受制于一种渴望，想让场景配上音乐，产生美感，带来真实感和生命力。可是，对生活的评判，才是所有作家——无论是高层次的作家还是身份卑微的作家——真正的目的所在。他们对这一场景，对所见所感的关系和品格，既感到惊奇和震撼，又被深深吸引。他们必须要把这些场景描绘出来，在如白驹过隙的人生中，试图在某种永恒的氛围上盖上印记。这

---

① 两人都是欧洲文艺复兴时期的英国剧作家，一起创作了几十部传奇戏剧和喜剧，并联合署名"博蒙特与弗莱彻"。——译者注

② 本杰明·乔伊特（Benjamin Jowett，1817—1893）：英国学者、古典学家和神学家，19世纪英国最伟大的教育家，以译介柏拉图的作品而闻名于世。——译者注

才是征服艺术家的美丽与神奇所在，这也让他们无暇分身，难以纯粹为了地位、影响和财富，把价值取向转向迥然不同的事物上去。他们不可能混迹于人群之中纵情娱乐，悠闲地填补自己的余暇——那些是在工作疲倦之时、在构思空闲之时才做的事情。他们的成功、影响力和活力，一部分取决于他们的性格，一部分取决于他们表现性格的能力。

艺术理想

当然，有些人的认知能力超越了他们的表达能力。一般说来，这些人都不知满足，也不甚快乐。还有一些人，他们的表达能力超过了认知能力，这些人就是那些虽性情随和、文笔流畅却思想肤浅、观点空洞的作家了。有些人，在无数次的延误之后，重新获得了应有的表达能力，这些人是最快乐的作家，因为他们有了努力之后获得成功的成就感。还有一些如莎士比亚那样凤毛麟角传奇般的作家，他们的表达能力和认知能力都无可比拟。

人，一旦拥有了艺术理想，就必须从事最为恐怖的冒险了。找到正确的主题和确切的表现方式，这种概率很小，而所选的主题受到广泛关注，这样的概率更是小之又小。此外，还有无数的不利条件阻碍着他，要么思想平平，懊悔生不逢时，他所投身的事情根本引不起人们的兴趣；要么阴差阳错，失去了自己的主题；要么表达方式生硬、笨拙而幼稚。

所有的这些，都在左右文学创作的成败。对他们而言，人生很可能就是一次苦涩的经营。当然，我所遇到的人，都是做事认真之人，他们境况的悲惨之处还在于，他们经常会与一些三心二意的作家和业余作者打交道，而这些人从事文学创作只是出于喜好，甚至出于难以启齿的目的。

我所描述的这种人，有着成为作家的激情，只是没能把各种天赋结合起来，所以他们必须面对被人称为"白吃饱"的风险，因为人们认为他们异想天开、幼稚、轻率、愚钝，不值得关注。然而，如能在工作中找到慰藉，如能得到不计结果的支持和希望,如能在不为人认可的工作中找到乐趣,这种人就是幸福的。因此,就我自身而言,我别无选择,必须竭尽全力把表现手法完美化,勤勤恳恳地寻找适宜的表现主题。无论别人的建议多么善意,我都决不会放任自己去听从这些建议,转身从事更为严肃的创作。因为只要能看到真理,把它清清楚楚地表现出来,那些看似容易短命的创作就变得非同寻常,甚至多彩多姿起来。这不单纯需要主题令人肃然起敬,也不全然是表现手法的问题,而是两者幸运的结合,作家的秉性与主题完美的搭配——所谓的天作之合。

艺术追求

谈到这一点,我不敢妄称自己能成为沃尔特·司各特或者查尔斯·兰姆,但我把自己想象成为后者的一位朋友,恳求他别再虚掷岁月了,要充分发挥他的批评天赋去创作那些细腻而琐碎的散文,而且我认为,如果查尔斯·兰姆知道这种散文是他最擅长的,他能轻松自如、游刃有余地创作它们,他就应理直气壮地挡住那只递给他《马洛全集》①让他做注解的手了。对于我们许多人来说,能破坏我们对生活的掌控的,就是那些虚假的传统尊严。艺术,既无伟大也无渺小之分,能清晰地感知并将感知优美地表现出来的,就是伟大的艺术,无论是一出凶手和通缉犯蝇营狗苟的悲剧,还是描写伏依水流、柔柔耸立并在溪水中抖动的芦苇,只要能向人们传递出面对悲剧时的惊诧困惑,也能通过芦苇的形状、质地和动作传递出精妙的乐趣,他就是艺术家。当然,有的人会受到熟稔事物雅致之美的影响,也有人会受到传奇戏剧的影响,更有人会受到古怪而惊悚事件的影响——所谓大千世界,无奇不有,人的品位也交织着粗俗和青涩。虽然传播最为广泛的艺术会吸引最

---

① 克里斯托弗·马洛(Christopher Marlowe,1564—1593):英国诗人、剧作家。——译者注

为广泛的受众，但切不可以受众的范围衡量成功与否。没有广泛和惊奇，艺术仍然可以伟大和完美。因此，艺术家的功能，就是要纵览事物的全貌，然后选择某一主题形式将它表现出来。无论建筑一座大教堂，还是雕刻一枚宝石，只要艺术家能以独到的眼光看待自己的目的，热爱能让自己的工作完美无瑕的劳动，他的艺术就会相应地变得伟大起来。艺术家要想成名，一定不要听从任何诱惑去尝试超出自己能力范围的主题，无论这些诱惑是外在的欲望、令人动怒的批评还是善意的狡辩，艺术家必须成为对自己最苛刻的批评家。一旦索然无味并勉为其难地追求某种难以掌控的东西，艺术上的付出就难以得到回报。快乐为品行的根本，它不必是当前的、短暂的，也有疲倦的空间，像脚痛的旅行者拖着脚走在望不到尽头的路上。但他内心必须清楚，到达目的地时的欢乐将超越一路所有的疲倦，所以，最重要的是要达到目标。如艺术家感到进展缓慢，怀疑他所追求的目标是否值得如此付出，这时，他最好放弃追求。除非在艺术动机之外，还存在着道德动机让他继续下去。艺术的目的，就是追求快乐和情感脉搏的律动，快乐不可能由目标倦怠之人传递，脉搏也不可能由失望之人促动。如我所言，坚持需要道德上的依据。当初的艺术冲动现在变成了失望，如这时仍感到完成工作是他的责任，就该一如既往地继续下去。但切不可产生幻觉，切不可用虚假的希望慰藉自己，想象自己的付出终会变成一件艺术珍品。传记作家是这样描写福楼拜创作时的情形的：他往往为了搜寻一个完美的用词不停地在房间里踱步，时而一头倒在沙发上，时而起身继续不停地踱步，完全一副痛苦不堪的样子。要是找到了那个恰当的用词，这些痛苦就是值得的，而因找到恰当的词汇而获得的欣喜，也兑现了付出这么多之后的舒适与平静。

29

约束秉性

艺术家一边努力识别美,一边努力掌控生活,保持生活的宁静、敏锐和快乐,往往对琐碎、卑微和肮脏不屑一顾,而这些东西却早已悉数织入生活的框架之内——满眼敌意的污言秽语、令人心烦意乱的病痛、劈头盖脸的批评、冷淡与漠然、令人厌倦的事务、无耻至极的小人——完全是一个盘根错节难以应付的谬误。我们无法像抛弃废石一样将它们全部抛弃,它们必须得到利用,为人使用和接纳,这些就是素材,必须努力对其进行整合,努力适应素材。厌恶这些琐碎,任由其打扰平静,就如同画家厌恶调色板上颜料和废料的味道一样。更为实际的处世之道,就是坚持不懈地用荣耀、温情和勇气去剔除所有杂质，那么，就再无必要对所剩之物感到泄气了，可以心安理得地承受一切，让耐心完美地发挥作用。毕竟艺术家的工作诞生于灵魂，正是通过这些刺激和阵痛，通过这些欣然承受的痛苦和疲倦，灵魂才赢得了力量和敏锐，这些如同开辟荒地的农具，没有它们的工作，就没有慷慨的播种。

我想，很多人在人际交往中所体验到的东西，与我投放于观察大自然的东西——也许也投放到了对音乐的聆听之中——是同一种物质。对我而言，人际关系非常快乐、有趣，可同时又令人感到困惑，但它很少能主宰我，让我难以自拔。这种体会似乎永远无法表达穷尽，也难以探测出更深奥的境界。我想，这也许就是艺术气质的缺陷。写到向外凝望冬日淡淡的夕阳时，那里有比我自己更深刻的东西。我从不认为，在光秃秃的丛林之上，在荒芜的大地之上，云彩和燃烧的光芒所上演的奇异盛典专为取悦于我。但我应该能感受到无法言喻的神圣以及那厚重的奥秘——带着透彻的平静、带着心满意足去感受它——这是一个征兆，专为我保守着某个神圣的奥秘。我想，人们对爱情和友谊也会产生同样的神圣感和神秘感，但爱情和友谊只是与我在路上偶遇，而不是在朝圣的终点等待着我。如大自然之美一样，音乐的内心也隐藏着某种无形的震撼力。而绘画艺术，乃至写作，却并非如此，因为艺术家的个性和缺陷隔在我和思想之间，人不可能让颜料和语言吐露心声，即使在音乐中，艺术有时也产生于指代物和所指物之间，但简单、甜美而强烈的和弦却能带来开心快乐，一如断断续续的光芒和那披上面纱形态各异的云霞。记得曾有一次到一位伟大音乐家的家中做客，我是提前一两分钟到的，看见他正坐在一架大钢琴前弹奏一段我不太熟悉的乐曲。他弹到收尾处了，对我的到来似乎熟视无睹，仍在专心致志地演奏。沉不住气的人会首先想到招待客人，等不及乐曲弹完就会起身迎客，但他一直等到乐曲声缓缓落下之后，才起身迎接了我。我想，相比于匆忙地结束演奏，他更尊重那种真实而细腻的本能。

未竟之爱

  每个人都要为自己找到人生中最为神圣而恒久的东西，然后真诚而执着地崇拜它们，绝不允许任何传统旧俗和社会规则影响纯洁心灵之间的互通，也只有这样，才能踏上星际之路，也只有这样，具有宗教信仰之人，比如说艺术家，才能摆脱人类的情感和目标，虽然会有惊讶，甚至忧虑，但这只是因为人类之心与凡尘俗世联系得过于紧密而已。在最紧密的人际关系中，能看到最为纯洁和高尚的上帝礼物之人，将会带着惊恐，甚至反感，观察神秘主义者和艺术家们的那种超然和孤独。对人类而言，这似乎是一种令人脊背发凉的隔绝，一种不仁道甚至有些自私之事，正如神秘主义者和艺术家在普通人身上看到了由可悲而渺小的锁链羁绊束缚的人生一样。很难说哪种生活更为高尚——教条主义者除外——一切都取决于情感的特质。是情感的深度，而不是情感的本性，起到了决定作用。在人际交往上热情奔放之人，在人性上要胜过情感冷漠的艺术家，正如情感炙热的艺术家在人性上要胜过纵情声色、追求物质享受之人。所有的一切都取决于爱，无论是自然之爱，还是艺术之爱，无论是精神之爱，还是神圣之爱，无论是人性之爱，还是兄弟之爱——无论得到满足与否，爱都会引领起人们高尚而未竟的事业。如果欲望得到了餍足，就意味着失败。如果欲望得不到餍足，就意味着你已走在阳光大道之上，虽然没有人告诉你走向哪里，是走向荒野，还是走向天堂，是走向波涛翻滚的大海，还是走向云雾缥缈的天空。如艺术家只停留在对艺术之美的钟爱上，如神秘主义者仍逗留在忘我之中，那么他们就只能抛弃朝圣之旅，并不得不在疲惫和泪水中再次启程。但若能热切前行，不必计较最终的结果会是怎样，不把眼前短暂的快乐与远方地平线处的光芒送来的快乐混淆起来，他们就属于快乐之人，因为他们已经拥抱了真正的探索。这种信念将给予他们耐心而甜美的善行，将给予他们对朝圣伙伴深深的热爱，最重要的，这种热爱将会传递到那些惆怅落寂之人的眼中和唇上，因为他们热切地渴望去看清凡人的阴影后到底隐藏着什么，但最终的结局将超越放弃爱时的伟大瞬间，将超越人间最美的风景和最华美的乐章。因此，首先必须要克制自己，不去评判他人，不去质疑他人的动机，因为我们会发现，每个人都有自己不同的道路，但我们必须要尽可能真实地表达自己的想法，这也许会成为他人前进道路上的一步台阶。试图干涉上帝的天机，不但不敬而且不可接受。唯一的办法，就是保持百分百的平静心态，这种心态将引导我们，不让我们跌倒，也不会把淳朴的思想带上歧途。对朝圣伙伴妄加指责，认为他们愚蠢、偏执，都是在冒犯上帝。

30

艺术的归宿

艺术生活或艺术理想的本质到底是什么？我想，它之所以受到如此之多的误解，在于这条道路狭窄逼仄，一心一意追随之人实在屈指可数。而且，现在英格兰人都很有忍耐力，这种忍耐力很自然地四处感染传播，以至于人们对各种观点都采取了明哲保身的容忍态度，因此，我的观点似乎没有人可以理解。英格兰的道德理想非常有趣，虽然其中的很多成分归属于清教徒和商业化范畴，但毋庸置疑，成功已成为我们盲目崇拜的上帝，决定了我们的道德理想。我们根本不在乎美丽而不现实的东西，评判人的道德层次取决于他能使人获得体面和富有的程度。教育者只要能让孩子们正常地学习、游戏，我们就崇拜他。牧师只要能动员人们参加俱乐部，让人们从日常活动中寻找到乐趣，戒除酗酒，我们就崇拜他。政治家只要能使国家富强，人们获得满足，我们就崇拜他。我们没有学术上的理想，没有美的理想。我们认为，诗歌就是人们互相间的爱慕之情，艺术就是阐述那些本已一清二楚的讽喻。这些理解本身无可厚非，但太浅薄了。知识渊博的人，都变成了科学家、历史学家和文人学者。在世的作家中，又有几人能把学识和情感联系在一起呢？所以，真实情况是，我们不崇拜情感，认为情感是任人玩弄之物，可以随时戒除，不是人们赖以生存的不可或缺的元素。如看到有人写到情感，人们就变得心神不宁起来，认为他有些多愁善感，怀疑他违背了良好品位的评判标准，所以，我们的国家变成了一个有理性、脾气好但情感粗俗的国家。对待艺术，我们也只尊重那些成功的艺术家。如果艺术家践行艺术带来了名望和金钱，我们就会以恩人自居，以一种高高在上的姿态表扬艺术家。当艺术家做出预言时，我们总以一种轻蔑的态度对待他们，认为这些预言荒唐可笑，可一旦艺术家的预言得以广为传播并且有了拥趸，我们顿时就对他崇拜起来。若艺术家没有成功，就会认为他成事不足败事有余，于是艺术也跟着受到牵连，为道德家们所吞没，因为这些道德家认为艺术只是宗教的佣仆，只在艺术能为商业活动提供刺激时，才会顺带夸奖一下艺术家。只有当艺术确定无疑地受到冷落而不是油腔滑调地得到鼓励之时，艺术的处境才能有所改变。我们把这一切都看成关乎影响力的问题，我们所期盼的是这些影响力能为人们所感知，能影响他人并激发人们付诸行动。有一件令人难以容忍之事：世人总是鄙视碌碌凡尘，并想从中抽身而退。如果艺术家最终能给世界留下印记，我们在对他表示钦佩之后却往往会用丑陋的动机填塞他的孤独。对于艺术家而言，再没有任何一方土壤比我们现在所居住的这个平凡、艰辛而喧嚣的星球更无希望了，而且我们设置在艺术家道路上的诱惑又过于强烈。工作时，我们喜欢依靠书籍、戏剧和绘画获取娱乐，情愿为那些能给沉重的心灵带来些许快乐、恐惧和悲伤的人支付高额的费用。财富是艺术家永难抵御的诱惑，它可以给艺术家带来思想自由、人身自由以及舒适、美丽和思考。所以，许多颇有天赋的艺术家，难免不沦为花花世界种种诱惑的奴隶，甚至变成了寄生虫或风尘女，虽然他们还信奉自我尊重，但那只是因为他们还没有受到公开的羞辱。

真正的艺术家，如真正的牧师一样，只关注他所追求的思想中那些美好的品质。真正的牧师总是第一个去寻找上帝的天国，挚爱德行、正义、真理和纯洁，唯一的渴望就是把爱平等地灌输到每个人的心中。假如世界的美好得以传播，就理应被播撒在有德行之人途经的路上，他们绝不会因受到诱惑而把它当成自己寻找的目标。他所渴望的，是灵魂带着崇高、神圣而温柔的情感，发出光芒和惊颤，这才是对他最非凡的回报。

艺术家唯一关注的，就是那些美好的事物，无论是男女之间亲昵的关系所带来的美丽，还是神奇大自然变幻万千的形状与色彩，抑或是世间万物对充满渴望之人灵魂的影响。但这也潜藏着危险，艺术家会日益关注自己的灵魂，而灵魂又是善变而多姿的，可以融入许多甜美的影响和优雅的精致——如同少女夏洛特一样，艺术家会逐渐把河边飘动的生物当成他所编织的五彩缤纷的罗网。无论能力为何物，他都必须集中精力培养出一种能力，为的是可以把这一切优美地呈现出来。这些呈现，对他而言，都象征着某种未曾揭示的奥秘，也许他会慢慢因色彩而爱上珍珠，因姿态而爱上花朵，因紫色的背景而爱上白云，因湛蓝的光泽而爱上遥远的山峰，因此往往会忘记去识别精神，而精神正从缭绕的蒸汽中闪烁着光芒。

真正的视野

艺术如爱，艺术家必须先失去自我，然后才能找到自我。如若只从自己敏感的认知中看待一切，就会沉溺于冷冰的自我和狭隘的自私之中，再也不敢崭露头角。他必须心无旁骛地投入到对美的真挚崇拜中，他对美的追求不再仅仅为了满足自我并带给自己惊喜,而是渴望更接近美的本质。的确,当艺术家热爱呈现艺术超过了呈现事物时,当他因单一完美的画面而受到的感动超过了乡村漫步见到姹紫嫣红的景色而受到的感动之时,他就知晓自己已走上了歧路。他必须依据品质选择情感和美丽,并认真加以比较和区分,一旦认为他所关注的是呈现而不是生活时,他的艺术之路就日渐衰落了。他一刻也不该有这种想法:"怎样才能把我的感知呈现出来去感染他人呢?"当他为自己所见的美丽而惊奇不已并忘乎所以时,把美丽呈现出来就变成了一种必然。如同一个孩子,完全沉浸于自己的回忆当中,总是迫不及待地想告诉妈妈或保姆自己的冒险经历。因此,真正的艺术家不会思索表达的最佳媒介,他的思想压倒一切,选择某一媒介纯粹是一种本能。他最强烈感受和感知的,无法用语言、颜料、音乐传递出来,因为它过于高尚、过于高贵。像飞行员或将军一样,他不再只考虑自己,责任感、危机意识和主张意识都超越并模糊了所有个人的利益和徒劳的思想。他一定不会想到成功,可一旦成功,他必欣喜不已,因为自己成了一名真实的阐释者,能与他人分享快乐。即使成功未能如期而至,他的快乐也毫无减损。

因此,在安顿生活时,必须谦卑、真诚而质朴,必须睁大双眼,解放思想,拥抱所有慷慨的经验。一定不要让欲望、奢求、野心或骄傲遮蔽自己的双眼,必须学会为其他艺术家的作品欣喜,并努力发现其中的魅力与完美,切不可对瑕疵与缺陷百般挑剔。看到自己的梦想能更真实而优美地描绘出来,艺术家一定会喜不自胜,因为他所在乎的只是美对丑的胜利,光明对黑暗的胜利。因此,真正的艺术家,不是通过指责和非难,而是通过如饥似渴地欣赏其他艺术家的作品而显露出身影。

而且,真正的艺术家一定能够在生活里最微不足道的细节中找寻到快乐。他不必周游世界寻找自己的浪漫,但他一定能在最简单的场景中发现蛰伏其中的浪漫。他不必渴求刺激、震撼、胜利或赞扬,不必渴望与名人结交,因为他的快乐都流淌在更为纯洁和清澈的源头。他一天甚至一刻也不会感到厌倦，而他唯一的疲倦一定产生于耐心的劳作之中，绝不会因想象力的枯竭而迟钝或倦怠。

高贵的失败

年龄和衰老，都不会钝化热情，只会用一系列更为温柔和平静的情感代替青春的勇敢和激情，因为真正的艺术家知道，他所寻找的情感比最敏锐的想象力更为高尚、更为纯洁、更为生动，这种情感在平静中积蓄力量，在尊严中储存价值，在青春中蕴藏冲动，"我们不该用暴力对待这样一个有尊严的灵魂"。当动物的热度和青春的躁动燃烧得更为充分时，艺术家就拉近了与情感的距离，为了更为明澈和纯洁的光芒，他抛弃了浓烟和火焰。

最为重要的是，艺术家应该警惕餍足感和成就感，因为他已有所成就，探索到了一定的深度，看到了奥秘的本质。相反，随着生活的延续，他必须一如既往地满怀希望，心存敬畏，因为生活会比所有潜藏在冲动年代里的想法更为强大和伟大，当接近奥秘的大门时，他的整个心灵必定充满神圣的恐惧，大门打开，他就会更近身地看到其中的奥秘。卑微的失败感是一种明亮而高贵的思想，因为它能指明：奥秘超越最勇敢的梦想能有多远。

31

圣所

  几天前，我出席了一个教堂仪式。这个仪式在日落时分举行，渐渐隐没的光芒透过五彩窗慷慨地洒落下来，为仪式增添了深沉而唯美的神秘感。玫瑰窗中的圣人们面容苍白，穿着耀眼的外袍，在庄严的教堂和浓密的树林映衬下，显得格外凄美。教堂的屋顶似乎为金色的浓雾所笼罩，那是唱诗班点燃的蜡烛给图案精美的屋顶投下的道道光泽。镀金的风琴管轻柔地闪耀着光芒，奏响的音乐在空中起伏跌宕，歌声洪亮，透露着庄重与悠扬，如梦之灵发出的回响。一群穿着白色坎肩的人列队前进，他们仪容端庄，肃穆缓行，来到各自的位置，参加祈祷和赞美仪式——伴随着年代的回声，用优美恰当的语言表达喜乐。我独自坐在那里，变成了一个静静聆听的观众，感觉艺术之美让精神的每一种妩媚都淋漓尽致地展现出来。眼睛与耳朵，情感与智慧，都同样感受到悸动与满足。他们吟唱的是第119首圣诗，这首诗完美地表达了神圣中的宁静：

你的法度奇妙，所以我一生谨守。这真是奇妙优雅，如蜜一样香甜。

内心，在那一时刻突然喜悦起来，努力接近温柔的生活慈父，他似乎像古老传说中的那样，看见心爱的儿子怀着忏悔之心一路悲切地走来，就上前去迎接他，用灯光和音乐点亮房屋，让孩子感受家的温情。人有一种本能，想把所有艺术瑰宝都带入仪式，欢迎并支撑疲倦的灵魂，这种本能一定是纯洁而美丽的，我对此确信无疑，但我想，还有其他一些事物：拥挤的城市、丑陋的欢愉、男女之间羞于启齿的担忧、涂炭人类的黑暗法律、痛苦与耻辱、劳累、残暴与艰辛、欲望与贪求，都不属于此类范畴。

遐思

我还想到，这个让我静心聆听的优雅盛典，又有几人能真正感受到它的魅力呢？也许只有一人为这种美丽所痴迷，却有千人更钟情于生活中轻松的交往、赛场、体育场、饭店以及饮酒闲谈的客厅。宗教真的该是这样的吗？我无限好奇。这个仪式的确使用了宗教语言，充满对圣人的回忆以及各个年代神圣的智慧，但它的目的到底是什么呢？它能给人以激励，让人听到它那想要赢得胜利、想要坚持到底、想要改善他人的灵魂的渴求吗？它能向人灌输上帝融入生活的那种温柔之美以及自我牺牲和心甘情愿的奉献吗？它难道不会隔离艺术天堂中的灵魂、神化个人情感的追求吗？很难想象，一个深深陶醉于这种庄严所带来的感官愉悦之人，当他离开时，不会对所有的喧嚣与粗俗产生厌恶之心，不会拒绝与更为粗鄙的群类同流合污。把自己孤立于灯光和温暖之中，沉溺于甜蜜的声乐竹管和神圣的画像之中，这难道不全然背弃了基督精神吗？我毫不怀疑，这种快乐让人的心灵更为高尚，但它是治愈世界悲苦的良药吗？它难道不是喜欢宁静闲适的敏感之人的止痛药吗？

我无法抑制这种想法，如果性情敏感之人最初被灌输的是基督精神，如果寻找和挽救迷失之人的这种心灵激情难以消退，如果人的信仰清澈浑厚，那么，他也许会从这些安详而甜蜜的庄重仪式上获得神圣的激励。但这存在一种风险，那些没有如此无私热情之人，他们在受到诱惑之后，同样会披上宗教的外衣，带着自鸣得意的表情心安理得地享受感官的愉悦。对这种风险予以认同，合适吗？如果虔诚的信徒坦诚而言："这些根本不是宗教，它们只是精神之美纯洁的寄居之所，只是朝圣者顺路进入的休憩花园，只是一处停泊地，一个舒适的家。"那么，我想，这种观点与我一直以来持有的想法不谋而合。但如果它是对美的欲望的一种让步，如果它偏离基督的夙愿，如果它是艺术灵魂的诱饵，我就很难不质疑它是否合情合理了。

正在我遐想之时，圣歌又重新响起，甜蜜荡漾在空中。所有的伤感、世人的欲望、安逸中的渴望，都在那平静而动人的乐曲中飘荡轻扬，尽情诉说，一个如天鹅绒一般细腻的声音在庄重地吟唱，上百个乐管一起编织着甜美的和弦，它们带着无限憧憬尽情倾诉着遥远的真理和希望，把灵魂引入某一神秘之所，在那里，灵魂正心满意足地聆听着外面浪涛的呼啸。在那里，似乎还有一种误解：灵魂只渴望休憩，就像着魔的食莲人[①]，不再像上帝的士兵那样前进，执着诉说的只有快乐，没有艰辛，只有默许，没有付出。

[①] 希腊神话中食忘忧果的人，终日会处于一种懒散、无忧无虑的状态。——译者注

32

猜想的权利

真奇怪，看到一个人上断头台竟然激起了我强烈的渴望，想要把这个人的痛苦转嫁到他人身上！一种微妙的心思，却蕴含了何等暴戾的倾向啊！这里有一篇我一直在读的书评，其中的一位评论家傲气十足，我猜也是位牧师，正使尽浑身解数对一个人进行抨击，想必是位优雅而略带好奇心的作家吧。这位评论家尖刻地问道："一个从未深入研究过哲学和神学的人，有什么权利对哲学或宗教事务妄加猜测呢？"他接着引用了一段话抨击当前的救赎论，然后说："如果不好好花费几年时间研究神学，在阐释救赎论方面取得点进步，就不应该假模假式地探究它。"据称，这位作家正在研究有关救赎论的最新课题：救赎论在神学中的地位。从技术层面上讲，他是门外汉，但他强调他只是在讨论救赎论的概念问题。我想，他的说法恰当充分。当今的神学理论往往迎合了最初理论缔造者们的意图。当旧的理论轰然倒塌时，神学论者所能做的就是证明：这些理论可以从哲学或形而上学的角度进行完善，而这是最初理论缔造者们从未想到的事情。然而，神学论者却无力向陌生人解释这种新理论到底是什么，他们唯一可做的，就是用一套清晰完整的新理论代替过去那套同样清晰完整的旧理论。这位批评家采用的语气让我想起了纽曼训导他的信徒时的语气。马克·帕蒂森讲述道，在他仍是牛津运动[①]的成员时，有一次，当着纽曼的面，他提出了某个带自由化倾向的观点，对此，纽曼一如既往地甩给了他一句冷冰冰的"非常可能"。之后，帕蒂森说，你可以想象，这句话无疑是让你走到角落，反思自己的罪过。思想的进步绝不该以如此的方式取得！

神学家

有一个更严峻的问题，到底是什么赋予了哲学家或神学家在这些问题上拥有猜想的唯一权利呢？若宗教是一项重大事宜，若所有人对生活和生活中的事物都拥有想法，那么在某种程度上，我们可以称自己为讲求现实的哲学家了，为什么就只能温顺地让此类猜想对争议俯首称臣呢？当然，有些领域属于实验探索地区，应该留给专家们研究。致力于胚胎学研究的科学家有理由抱怨有人未经充分研究就对胚胎学说三道四，但就生活而言，有过生活经历并对此进行过反思的人，是有思想的、理智的，在某种意义上，也是专家。在生活上、行为上、道德上、宗教上，无论情愿与否，所有人都一直埋头于实验探索。我们完全可以理直气壮地说，一个在思考中生活的人，对生

[①] 19世纪中期由英国牛津大学部分教授发动的宗教复兴运动，又称"书册派运动"。——译者注

活的付出要远远超过最伟大科学家对自己研究领域的付出。像我这样经常去教堂做礼拜的人，在记忆中，每周都听一两次布道。多少年来，我一直带着深深的好奇，猜想着宗教问题，猜想着生与死的归宿，猜想着生与死的终极命题，没有任何一个哲学家或神学家曾经给过我确定唯一的答案，从而解开所有的命题。的确，神学家受到人类传统的束缚，被迫从神圣的天启角度看待问题，但科学发现已经让整个宗教地位发生了质变。显然，自然法则不可轻易改变，道德选择也不可能轻易转向，在解决两者的相容问题上，神学家和哲学家都取得了怎样的进步呢？如果神学家和哲学家可以选择，他们会尝试打破实验者们的猜想，虽然我认为这些猜想最后会得以利用和接受，成为神学思想和形而上学思想影响平凡人的佐证，但它们阻止不了像我这样的人对自己的所见所闻做出评论，因为我们从专业学者从未有过的角度观察并认真地探讨过生活。相比于专业观点，这些评论可能比普通大众的评论更具有吸引力。人非圣贤，孰能无过，因有过而易遭受痛苦与恐惧，但也同样可以享受乐趣，从中发现自己迥异于理智和道德的本能。在灵魂中，我们对正义、真理、纯洁和慷慨都有自己的定义，但却发现那些我们欣然接受的、认为是上帝之律的自然法则，一直挫败甚至羞辱着这些定义。然而，这些定义对我们来说，却是生动而鲜活的，一如对其置之不理的自然法则。我们发现，神学家把信仰建立在似乎越来越没有历史依据的文献上，建立在从这些文献衍生的推论上，只不过这些做出推论的人认为这些文献具有历史依据而已。我对这些神学家们自欺欺人的观点表示深切的同情，但他们对此却只是谨慎地表达了谢意，他们一直过于小心翼翼地去粗取精，所以最终就不再去粗取精了，唯恐把精华也一并抛弃。他们反感动摇弱者的信仰，所以生命力就从弱者的信仰中消逝；他们紧紧抓住传统，所以就模糊了事实；他们把成人的肢体禁锢于孩童的衣钵中，所以剥夺了理智者的信心，把理智者变成了轻信、讲求安逸、没有进取心之人。令人发指的宗教迫害已不合时宜，但这个问题仍需神学之舟搁浅时才能解决，因为只有在那时，生命的浪潮才会退却。

33

乡村教堂

今天下午,我接连漫步走过了几个古老的小山村,它们比邻而居,位于高地的底部,都是沿着山脚、顺着山上的泉眼一路排开,所以才有了如此的分布。山村挨近四季不断的山泉,意味着这里适合人类恒久地居住。高地忽而靠近公路,忽而渐行渐远,那苍白的平原,带着浅色的牧场,静静地盘亘在今日铅灰色的天空下。在这里,一块白垩石展示的是悬崖峭壁的微缩景观。在这里,光秃的树林使粗硬的枝条超然于灯光之外。村庄都很漂亮,白色的房舍位于小巧的果园和花圃之间,显得既精致典雅,又别具一格,屋顶覆盖着茅草,给人一种暖暖的感觉。每一个村庄都有一座古老而美丽的教堂，凸显着自己独特的性格，呈现出其特有的美丽，吸引着人们的目光。它们或蜷曲于树丛之中，或支撑起灰色的塔楼，俯视着草堆和谷仓。这些教堂如此熟稔，让人不禁忘记了它们的美丽。假如它们是世上教堂中仅存的硕果，人们就会满怀虔诚之心去朝拜，只为一睹它们的风采。而现在，人们几乎不会转向小路再去看看这些教堂了。

我常常好奇，是什么样的情感和精神创造了教堂，是什么样的需求创造了供给？我猜想，它们一定是某位富有之人的礼物，当然，其中的劳作和材料是廉价的，但一定有比今天更多的人员受雇从事这一建造工作。很可能，教堂的建设是缓慢而悠闲的，全无当今的机械设备。很难想象，在资源如此匮乏的地方——石头往往需要通过泥泞恶劣的道路运送到这里，这一任务是如何完成的？雕刻是如何实现的？建筑者是如何休息进食的？我还想知道，教堂在当今的社会生活中到底起着怎样的作用？有人愿意让我们认为，当时的村民对美有着纯朴的鉴赏力和艺术上的冲动，让他们能尽享快乐，而这一切，在这些小巧而漂亮的圣所中，人们是无法体会到的。我不知道，支持这些想法的证据在哪里。很难相信乡村的劳作者在教育方面退步了，我想，恰恰相反，教育根本不会削弱人们的认知力和鉴赏力，反而很可能提高了这些能力。在当时的情况下，人们很可能缺少兴奋点，阅读没有推广，相互间缺乏沟通，往往把感情和兴趣集中在自己触手可及的范围内，但对此我仍持怀疑态度。考虑到中世纪乡村生活的粗犷性，乡下人怎么可能像今天这样剥夺诗情和艺术本能呢？

这些教堂明白无疑地表明，当时盛行着一种与今天迥异不同的宗教，人们有一种比今天更为质朴、更为浓厚的宗教意识，但我想，当时人们对宗教真谛的理解不见得比今天更为透彻。毋庸讳言，在上帝与人的关系上，圣所代表了一种更为迷信和粗放的观点。建筑者想通过奉献体面的圣所这一礼物向上帝示好，希望通过展示自己对上帝虔诚而热心的服务来提升来世的精神境界并丰富今世的物质生活。我无法相信，设计教堂的意图只是使质朴的当地人变得更为圣洁、更有情操、更为高雅——偶尔也有可能。我想，教堂的建设更多的是遵循了某些宗教传统。当时，理性主义还未开始质疑关于上帝与人之间关系的《旧约》理论——这种理论有能力发泄愤怒，进行报复，嫉妒声名，能把祝福从不敬之人那里撤回，再施加于虔诚之人。至于当代的崇拜者，我想，他们感受到的敬畏也是基于同一种观念：把宗教崇拜与希望获取富足联系起来，忽视这一观念就担心受到惩罚。若不幸降临到敬畏上帝之人身上，他们就认为这是上帝的惩罚施加到了上帝的爱子身上，若不幸降临到不敬之人的身上，他们就认为这是对罪恶的惩罚。宗教只是一个过程，人类可以躲避对罪恶的惩罚，或讨取上帝的欢心，这两种方式，无论哪种，都可以改善人类在天堂的境遇。毫无疑问，这种宗教产生的是更为简朴的信仰和更为深重的敬意。但通过如此过程培养的品质，绝不是非常美好的品质，它们与淳朴的基督教格格不入。今天，民间宗教很难再找到自我，产生这一困境的原因在于，在像我们这样的宗教中，牧师和民众都不再相信过去那些机械的宗教理论，尽管民众还没有能力为更为纯洁的宗教理论所感动。牧师不再能威胁教众，不再敢警告他们会因为疏于遵守教规而受到下地狱的惩罚。另一方面，宗教观代表了灵魂高雅而庄严的态度，会把平静与和谐带入生活，却同时也因它过于微妙，很难掌控想象力贫乏之人。因此，这些小小的圣所，精美而庄重，它们的美丽，因悠久的内涵而丰富，因时间之手温柔地抚摸而优雅动人，勾起人的无限感慨。今天，这些圣所所诞生的理论早已失传，虽然它们的精神犹存，并被赋予了鲜活的意义，但仍无法再次走进圣所。这些建筑，雅致不失优美，庄重不失温情，发出的声音不是为了这些质朴、理性的乡村人，他们也无法阐释这种声音。假如村中的居民简朴而谦卑，虽过着清苦的生活，却有着丰富的精神世界，对美丽和品行怀有强烈的意识，那么，乡村教堂不就是一个影响他们、给他们以激励的平静之所吗？但凡熟悉乡村生活之人，谁又能期望这种品行在遥远的未来还会兴盛起来呢？另外，这些漂亮的教堂，带着古朴的优雅和悠长的美丽，作为泾渭分明的生活和信仰的幸存者，至今仍傲然屹立着。虽然热爱它们，但人们仍希望一种更具生命力的宗教意识回归圣坛，因为这些圣坛的意义早已在不知不觉间倏然逝去。现在，教堂常常作为过去的纪念碑而存在，但愿它们可以成为启迪和升华当代人的圣坛。我们可以有这样的期待吗？

34

少校

刚刚从一次不同寻常的拜访中返回家中。我去拜访的是一位退休的少校,与他待了一段时间。他在乡下有一块自己的地,最近刚与一位年轻漂亮的女士结婚。当年我是在伦敦的会员俱乐部与他偶然相识的。他现在头发已有些花白,面色灰暗,没有刚与美女结婚的男士应有的那种意气风发的状态。他很急切地邀请我过去与他待一段时间。我曾经去过乡下,不太喜欢到那里做客,但这次做客却不同以往。我当然受到了热情欢迎,年轻的妻子光彩照人,是一位生活贫寒的乡村牧师的女儿,有一个人口众多的大家庭。少校虽然很高兴见到我,可却表现得有些安静和拘谨。岁月的面纱滑落,不自觉间回到了三十年前的校园，让我回想起与他一起亲密无间的日子。他简单、透明，如书本一样一目了然。对自己的妻子，他不吝赞美之词，还详细讲述了自己美好幸福的生活。但不久之后，我却发现，他的妻子有些愚钝。她看起来贤淑端庄，脾气和善，与世无争，但实际上却非常傻气，也有些世俗，大脑空虚，甚至可以说情感空虚，她所关心的只是自己新获取的财富以及县城里她要收入囊中的新房产，每次物质条件的改善都让她乐不可支。她在乎自己的丈夫，因为他代表了她的社会成就，而且她丈夫是位值得称道的体面人。然而，她没有丝毫的同情心、感知力、幽默感和人情观念，我开始意识到这种结合是一场悲剧。我的老朋友为爱而结婚，他绝非愚人，只是这次犯了严重的错误，爱上的这个女孩根本不能给予他所渴望的东西。他为人质朴，做事认真，智慧而温情，总有各种各样新奇的想法，这些想法的产生都得益于他那令人钦佩的谦虚品格。他喜欢读书，他读的诗歌甚至让我怀疑是他自己创作的。他对社会问题感兴趣，参与了十几个慈善活动——俱乐部、雕刻班、自然历史学会等等，一心为自己生活的村子谋取福利。他是位杰出的商人，还承担了许多县里的工作，如果他愿意的话，他一定会成为理想的乡村牧师，此外，他还喜欢体育活动。实际上，可把他归类为那种既可爱而又庄重朴实的男人，这些人平静地生活在英国的各个角落，属于典型的踏踏实实的英国男人。但是，浪漫的红线这一次牵错了对象，而这一错误又难以弥补。起初，我非常同情他。他那厚道的笑容以及颇具骑士风度的举止，都难以掩饰他的愁容和困惑。他那张扬的妻子，言语中尽是势利的味道，目睹他闻此而表现出的神态，我感到深深的怜惜。他妻子总喜欢说"合适的人"，唯一能引起她兴趣的话题就是左邻右舍如何会对她高看一眼，而每当这时少校不得不婉转地转移话题。单独与我在一起时，少校总是在对妻子的实用主义作风夸奖一番之后才说："她还没有安定下来！她的生活圈狭窄，环境的改变让她有些慌乱。"这位老好人的歉意只能如此了，让我也很有感触。我尽己所能履行自己的职责，不时赞扬女主人的美丽大方，感谢受到的热情款待。

现在，有了闲暇时间，我可以好好地反思一下这种情形了。娶了这样的妻子，真不好说少校是否值得庆幸。他有非常理想的职业，可以完全满足自己慷慨大方的本性。结婚前，他是个孤独的人，像所有孤独之人一样，对凡事都表现得有些心不在焉。现在，工作已然停顿下来，他要全身心地迎合这个有些冷酷和乏味的妻子。冒昧地说，若少校能活到80岁，他的妻子也从不会怀疑他到那时还宠爱她。他永远不会对她说任何生硬、粗暴的话，更不会责备她，充其量会委婉地讲一些道理开导她，让她别过于自满。也许，他们会有孩子，亲情会在他这位肤浅的伴侣心中觉醒，少校会成为伟大的父亲，要是孩子继承了他理智而温柔的性情，他会在孩子身上找到深切而持久的快乐。我想，如果娶了一位富有同情心的窈窕淑女，他反而会变得严厉，乃至自私，因为这激发了他最好的自我。他没有野心，在某种程度上甚至有些懒惰，如果他的一切都有人体贴到位——他的希望得到满足，能把同情心慷慨地施与他人——他就没有任何领域施展自己的自制力了，而自制力却是在这种情况下最为不可或缺的品质。我们往往试图安排他人的生活，自以为比上帝安排得更好，可一旦细细思量起来，却常常为自己当初的鲁莽与遗憾而陷入深深的自责。若我朋友思想中有些弱点，若我认为他会因自己愚蠢的妻子而变得失去耐心、烦躁不安、粗暴生硬，事情会截然不同。但他情愿站在妻子与世界的中间，哪怕她会让他所有细腻的情感和良知都感到震惊和沮丧。他们会遍访邻居和好友，他会听到她谈论各种难登大雅之堂的琐碎杂事，她会一再考验他的耐性、容忍力和绅士风度，当然，他一点都不会令她失望——即使在心灵寂寞时，他也不会坦白自己哪里出了问题。哪怕对她最严厉的批评，他也不过敷衍了事，那不过是希望她更为如一地展现自己最好的一面。所以，归根结底，对于一个坚强的男人来说，世界上最糟糕的事情，莫过于成为一个劣等人性的堡垒和支柱。最初，他会感受到压力，因现实与他的预想和期望大相径庭。但他逐渐就会适应，毕竟他的妻子既健康又可爱，令他不舍移目，看到她就是一种快乐。的确，如果能教会她管好自己的嘴巴，注意倾听他人，而不是没完没了地唠叨，学会用美丽的双眼心领神会地微笑，关心别人的爱好和品位，而不再问些让人难堪的问题，不再不管不顾地描述自己的花园和鸡舍，那时，人们就会认为她是位招人怜爱、令人迷恋的女人了。但恐怕，无论是他还是她，都未明智地意识到这一点。若处在他的境况中，我自己也不会羡慕我的朋友，那只会让我的劣性暴露无遗，因为我知道，他比我强很多，但我一直相信，他注定会成为幸福的人。

35

评论家

　　有些作家，有幽默感，有洞察力，能力出众，智力超群，又博闻强识，语言犀利，实在令人钦羡，属于真正生活在思想世界里的人。然而，他们的作品，却让人感觉无比失望，如同在阒寂无声的城里到处游走的小贩发出的叫卖声那样大煞风景。小贩做的是诚信买卖，为人节省了不少麻烦，他卖的也肯定是健康而廉价的商品。但他若能转过街角，让他那粗哑的叫卖声渐渐消失，我会不胜欣喜。当然，若他没了踪影，声音也不再听到，我更会欣喜若狂。这种感受，在这些作家身上，也同样适用。每每拾起他们的作品浏览，无论其中的语句多么真实出彩，我都会感到惋惜，他们滥用了我所敬佩和珍爱的宝贝,如同拙劣的拍卖师,在大庭广众之下叫卖精美的雕塑,对着那些无法发声的可怜的艺术品指指点点。

我想到了一位作家,也是一位著名的文人、评论家、散文家和传记作家。因情势所迫,我有时必须要拜读他的一些作品,可每当这时,总会不自觉地产生一种烦躁和抵触情绪。他或许具有极其敏锐的嗅觉和炙热的情感,文章充满理性,观点精辟而锐利,可是,通篇却透露着令人生厌的傲慢自大,其中的潜台词就是:只要有人与他的观点不同,哪怕是微小的差异,那个人一定是个蠢人。他认为,他对书的精华了如指掌,遵循他的意图阅读总能或多或少地获得启示。这种想法经常是对的,但这才是悲剧所在。他缺乏一种儒雅之气,常带着一种居高临下的傲慢态度,这是作家最致命的弱点,这也的确对他的声望给予了毁灭性的打击。他把书籍和人物玩弄于股掌之中,以纯熟大师般的手法进行剖析,却最终让人感觉他是位解剖学家。他把一切都清清楚楚地展现在你的眼前,解剖了动物身体里的每个纤维组织,把每个器官加以分类,追踪每块肌肉和神经,让人不得不对他的权威性佩服得五体投地,感叹他高深的造诣和渊博的知识。然而,一切最精华的内容,那个活生生的灵魂,却离他而去。

这位作家,还有一项更令人不屑的短板:他也受到了某种学术恶习的戕害,一旦对某位历史人物或作家产生敬意,就再不能批评这个人了,只会想尽办法赞美这个人,为这个人辩护,抹黑这个人的对手,就是说,用肮脏的字眼玷污任何威胁到这个人的权威的人物。他对自己偶像所犯的过失只有宽恕,乃至赞扬,那些他不喜欢之人身上的该死的缺点,放在偶像身上马上变成了出色得不能再出色的美德。他谴责斯威夫特的粗糙,却赞扬约翰逊的直率;他谴责罗伯特·布朗宁的晦涩,却赞扬乔治·梅瑞狄斯[①]的烦琐。他永远也不明白,胜利伴随着人物崇拜。一旦你欣赏某位他所憎恶的人物,他就认

[①] 乔治·梅瑞狄斯(George Meredith,1828—1909):英国小说家、诗人。——译者注

为你取向变态，品位低劣。所以，每当他侮辱我所喜欢的人物时，我都感到心痛不已，每当他谴责我所憎恶的人物时，我又会羞愧难当。我总情不自禁地认为，我一定是对他抱有很大的成见，甚至当他带着狂喜、以腻歪歪的腔调对我仰慕的人物大加褒奖时，我都感觉自己的仰慕受到了玷污。

我想，他所缺乏的一种品质，就是对美所应拥有的纯洁、细腻而崇高的感受，这也是诗歌中最微妙的细胞。我的这位恃强凌弱的朋友为情感细腻取错了名字，因此，他往往佩服不良品质，甚至夸奖他所钦佩之人身上所谓的感情用事。这种对美的蔑视态度，是建立在理性基础之上，而不是建立在灵魂之上，是生活中最可怖、最邪恶之事。这种态度在科学研究中难能可贵，在政治斗争中可以为人保驾护航，因为许多人尚未成熟，喜欢看到别人受到责难。在生意场上，它还能助人一臂之力，带来财富、地位和影响，但它永远也不会激发信任和真情。在人生的舞台上，这样的人让人既敬又畏，只有在他退出舞台时，人们才会感觉如释重负，而且，这种如释重负的感觉人人皆有，恒久不变。

阐释者

"圣灵的果子，就是仁爱、喜乐、和平、温柔、忍耐、良善。"[①]这是智慧使徒的说法，他清楚地知道，激烈的争端所带来的苦涩与愉快，绝不会像掺兑的牛奶一样平淡无味。这种果实，没有一颗悬挂在我们的朋友那生机勃勃的枝杈上。相反，他像令人讨厌的南洋杉，枝条上爬满了蜘蛛，能让每一只温柔的手受伤，没有任何一位睿智的歌唱家愿意接受它的邀请，在它那邪恶的枝杈上栖息、筑巢。

只有一种评论家于我有助，他兼具谦卑和敏锐，能温柔地引导我走向

[①]《圣经·迦拉太书》5:22。——译者注

他曾亲自小心并且耐心踏足过的地方，从不试图丑化或损坏他不曾探索的区域。这个人将向我揭示我自己从未觉察过的关联，指给我通向思想的秘密路径，教会我如何开阔视野，从已知悄然走向未知，这个人告诉我星星和鲜花是能发出声音的，寂静的流水蕴藏着独特的性格。他将为我揭开生活在这个陌生的人类世界中的希冀和恐惧以及那热烈而繁杂的激情，这激情既把人类连接在一起，也把人类生生分离，如若受到狭隘的人生之篱的束缚，这种激情会变得莫名其妙、不可理喻——它将穿越漫长而复杂的征途，诞生于令人惊诧的电光火石之间，它的容量如此庞大，它的加速度如此迅捷——这才是我所欢迎的阐释者和向导，哪怕他的知识与我不相上下。然而，如果我的向导永无过失，永远藐视一切，如果他否认未见的事实，嘲笑未曾感受过的情感，那么，我就会认为，总有一个对手蜷缩在那里，让我腹背受敌。

36

现代年轻人

今天的经历，令我感到羞愧不已。一位年轻的学者，刚刚认识的，过来看我并留下过夜。他个头矮小，身材匀称，面色苍白，眼睛很大，嘴唇常爱翕动，表情丰富，也很聪明。坦率地讲，我本以为他是位害羞而温顺的年轻人，现在虽默默无闻，但迟早会出人头地的。他没有写过什么特别的东西，而我已经是这方面的老手了。

我们畅谈了一番，话题涉猎各个领域，但主要是关于书籍的。谈话中，我突然醒悟到，他绝不是那种害羞而温顺之人，他也是这么看待自己的。他属于现代派的年轻人，头脑中充满新鲜的想法，引领着当今的思想潮流。很快，我又发现，他觉得我是一名守旧者，并不指望从我这里获取同情和智慧。他谈论了一些现代书籍，观点非常尖锐，这让我意识到，他不但不想了解我的想法，甚至根本就不想倾听我的想法，于是我就对他提出了批评。他听取批评时彬彬有礼，但像大人在听取小孩的意见。看出了事情的端倪之后，我就心甘情愿地放弃了表达自己思想的念头，放任这种情形发展下去。我也暗自揣度，也许这是一个好机会，让我可以彻底了解这个聪明的年轻人，知道一些现代的新观念和年轻一代的走向。那些我们俩讨论的书名，我就不在这里提及了，否则会招致怨恨。许多他给予很高评价的书，我都没有读过，同样，许多我认为最为重要而且内涵深刻的书，他也一无所知。他钟爱杰出的印象主义文学风格，却并不太在意印象主义对生活真谛的揭示。那些理想化的品质，对他而言，似乎就是一种虽诱人却轻率的宣言。他绝非心胸狭隘之徒，他读过许多古今书籍，但他把那些似是而非的品质放于首要地位，而那些像烧锅下燃烧着的荆棘一样的书籍，在他看来却是闪烁着火花的炙热之心。这位年轻朋友的弱点在于，他不但低估了经验，而且不相信经验可以向他阐释世界。年轻人敏锐的洞察力让他认为一切都无关紧要，成长对他而言，只是偏见、僵化和凝固的过程，他没能欣赏到那些简单、温情而又令人怀念的事物。随着年龄的增长，我越发能感觉到生活令人无限怜爱的魅力：它的韵味，它的伤悲，它的沉默，它的无限梦想，它那逐渐暗淡的地平线。可他对这一切都心不在焉，只沉迷于靠自己力量获取的欢愉中。他喜欢珠宝光芒闪烁的饰面，喜欢那令人眼花缭乱、时断时续的光环，却不在乎珠宝内在的光泽。有一个问题一直压抑着我，让我苦恼，我迫不及待地想问："他说的一切都正确吗？我说的错了吗？"当然，我习惯性地认为，人们的年轻时代也是艺术成就的鼎盛时期，他们的正义充满激情，他们的轻率魅力十足，他们的严肃决断而无情，他们还不知道如何学习妥协的艺术和掌握约束的威力。如同其他的中年作家一样，我总以为自己的青春在神奇地延续，在耐心和视野中获取的一切尚未在烈火里湮灭。但他会认为，我已失去了炙热的光芒，我所认为的那些温情而美妙的经历，无非意味着疲倦和衰老的降临。我经常自我反思，成就的增长总伴随着精神的日益温从。在我的思想中，作家最值得可怜的，就是那些当初的冲动已然衰落，而艺术的纯熟度却日益提升。但我这位年轻的朋友，只看重慷慨而美妙的活力，喜欢刀剑之舞胜过小步慢曲。

终于，我意识到，他对我的感觉，就像哈姆雷特看到郁利克①的尸骨被挖出来时的那种感觉，他可悲地嗅到了腐尸的臭味，对我腐烂的状况怜悯不已，为我幸免于暴尸户外而感慨万千。第二天早晨，在我家的花园里散步时，我发现他带着真切的怜爱审视着我这种卑微而平淡的生活，如同一个人把生活从机智而欢愉的晚宴中偷到了安静的卧室，将它放在了一大碗燕麦粥的对面。然而，奇怪的是，我对他这么做却毫无厌恶之心。我不羡慕他的青春和傲气，如果仍处在他的年龄，我会庆幸自己已逃离了这些。对我而言，世界充满了变幻万千的美好感受、温柔的秘密、遥远的地平线，而这一切，他都无法感知。我想，他真的鄙视我对艺术耐心而真实的理解。他认为，人不该过度沉迷于工作，应该不时爆发一下，变成咝咝作响、突然喷发的火焰，像火箭一样在人群上方掉落，放射出暴雨般金色的火花。

当然，我也许会像一根燃尽的柴火一样跌落下来，而这正是我感到羞愧的地方，觉得自己仿佛腾空而起，飞入了一个未知的世界。可也许，这最终只是一次愉悦的幻觉，一种温情的补偿，一次上帝对中年人慷慨的馈赠。

---

① 《哈姆雷特》里国王的弄人。——译者注

37

循规蹈矩者

我最近接待了两位访客,他们的到来让我反思我国一些奇怪的社会习俗。本来这次会面并无特别之处——可以称之为典型的会客。其中一人不请自来,来访的理由很简单,说我们有许多共同的朋友,他读过我的书,非常希望与我结识。

他过来吃了午饭,并逗留了一个下午。他外表英俊,个头高挑,衣着得体,举止礼貌,看起来有些保守,但举手投足之间显示出十足的绅士风度。他很善社交,表现得轻松自然。开始时对我还是老一套的恭维一番,说他发现我写的书极令他仰慕,说我总能把情感付诸语言,同样的情感他也有,但总难表达出来。然后，我们转入正题，五分钟后正事就谈完了。于是，就想法填补剩下的时间了。我们在花园里散步，一起吃午饭，之后又去散步。下午茶吃得比较早，然后我陪他去了车站。本以为他会与我探讨我书中的一些话题，可他似乎并没有这个意思。他最近在乡下选中了一座房子，他似乎想告诉我这事，而我也愿意倾听，我向来对人们的生活方式感兴趣。但出乎意料的是，我发现这是他唯一喜欢谈论的话题。他向我描绘了他的房子、花园、村庄、邻居，还有他的生活习惯、聚会，他向别人讲述过的话，甚至他拜访他人时的经历。我成了他无语的听众，如果我试图参与到谈话中来，他就变得不耐烦起来，于是，我索性遂了他的意愿，任他没完没了地自言自语。必须承认，从这个伙伴那里，我获得了很多快乐，他眼光独到，看事精准。我想，自己从未在这么短的时间内能对一位陌生人了解这么多，甚至知道了他的早餐食物和午餐饮料。在车站告别时，他说今天过得很愉快，对于这一点，我十分确信。他一再恳请我去看他，说与我结识非常高兴。我们鞠躬致敬，微笑着挥手告别，火车渐渐驶离车站。

但有件事他从未想过，他根本未与我结识，我这么说他一定感到很吃惊。是的，他参观了我的家，但我家的每个细节都让他想起那个比我家更好的他自己的家。他当然允许我了解他，但那并不是他的来访目的。如果我是访客，想写他的传记，他说的话一定会让我感激不尽。他大脑中从未划过这样的想法：这次会面绝非成功。显然，他的兴趣就在其自言自语之中，几个小时下来他一直在滔滔不绝地讲着。当然，他很自我，虽然他谈论的话题大部分是关于他人的，但所有的人只是他从他那自我的镜子中看到的样子。在他的梦里，我暂时还算个人物，对此我毋庸讳言。他会以同样细腻的方式描述我，让那些等在餐桌旁满脸不悦的客人倾听他的心声。顺便提一下，这时他总爱来点威士忌掺苏打水喝。

我并不是说人人皆是如此，但在这个世界上，的确有比我预料中还要多的人喜欢讲述，而不喜欢感知。奇怪的是，我朋友竟然认为以礼貌的方程式般的形式作为开场白是必要的,而我认为那只应发生在礼拜仪式上,比如说"上帝与你同在",就相当于几天前一个法国人所说的:"你的存在就是你的价值。"

给予与索取

很难向这种人表达思想,事实上,根本就不可能与他们进行交流。几天前,一位我熟悉的女士犀利地指出,"不要告诉别人你怎么样,他们根本就不想知道。"

我认为,那些真心想了解你的人,那些死缠烂打追问你的爱好和习惯的人,几乎与那些纯粹乐于讲故事的人一样令人厌烦,与他们结交会让人感觉患了道德上的疑病症。完美的结合并不常见,那个人应该既想倾听,也愿意讲述自己的经历。还有一种更难说得清的人——他们早来晚走,却只是贪恋娱乐,既不想了解他人也不想交流,常常是呆呆地坐在那里,一言不发。这三种人都不招人喜欢,但其中最不令人讨厌的,还是患习惯性话痨的人,因为我们至少可以了解他们的想法。

像我这样的人,总想参与到谈话中去,与人正常地交谈,但这种常规方式有时对我这类人会造成风险,一旦遇到不肯就范的,就会被牢牢地套在绞刑架上难以解脱。交谈中,我喜欢保持适当的平等地位,想聆听别人的观点并进行比较。我不想撒谎,不想像商船接近海盗船时那样,不时受到炮火攻击,直到投降为止,更不想亲自动手去攻击别人。

奇怪的是,人们一如《诗篇》中的圣人,在荣耀中竟变得如此忘乎所以!他们似乎完全陶醉于自己的目标和方法中,甚至根本就没有怀疑自己会被放大或拔高。他们中的有些人想交流,有些人甚至不希望有人与他们谈话,只有少数人愿意洗耳恭听,但令人欣慰的是,仍有一小部分人既想倾听也想分享。

客人非常尽兴，我应该高兴啊，但我仍情不自禁地想到，我的马车夫也许会做得跟我一样好——事实上，他会做得更好，因为他沉默寡言，不愿发表任何悖逆的想法，因此也招人喜爱。

客人留给我的印象，就像花圃里跳上窗台的蚂蚱，它停留在窗台上，目光空洞，长长的马脸毫无表情，不时捻动着长须，干瘪的手臂来回挥动，发出吱吱的声响。观察它枯燥的动作，听着它冷漠而单调的叫声，都会让我感到焦躁。我的客人和蚂蚱都没有归属到人类情感的范畴，我对他们只是有些好奇，乃至怀着一种娱乐的心理看待他们。他们之间唯一的区别在于，我拍手时蚂蚱会吓得像飞鱼一样蹿到空中，然后再挣扎着落在月桂树叶之间。然而我的客人，我越对他拍手，他愿意停留的时间就会越长。

公立学校的校长

一两天后，来了另外一位客人，与之前那位客人截然不同。他年轻、健康、富有朝气，最近刚到一所大型的公立学校担任校长。他是我一位老友的儿子，接到我的邀请才过来拜访的。他和我待了一整天，给我留下了迥然不同的印象。他属于越了解他就越尊重和喜欢他的那种人，身上没有一丝伪善虚假，我能强烈地感受他的踏实、正直和忠诚。但是，初次见面时，除了表现出英国人固有的矜持之外，他还显露了所有让英国人在欧洲大陆受到鄙视的品质，这些品质诱使那些只对英国人有着肤浅了解的富有的外国佬把我们当成野蛮民族。他是个有趣之人，既有羞涩的一面，又有自满的一面，在矜持有礼的同时，还想展示出独立性，两者在他的身上苦苦纠缠。他行为拘谨，不太好接近，诙谐中带些粗鲁和低俗，但我确信他的本性并非如此，只是针对我认为他羞涩的这种想法表示出来的一种抗议。他很迫切地想要表明，他与我一样是个好人。我当然是这么认为的。他嘲笑乡下的枯燥，打趣说这让人都发霉了。他不明白，他不该把这些事情强加给我。现在这个阶段他考虑的只是自己，但他不是放得开的人——那些放得开的人首先都会对人恭维一番，然后再转回到更令自己惬意的状态里。我的这位年轻朋友，一旦接触到他，就知道他定会越来越善解人意，让你觉得与他交往大有裨益。他的行为在公共休息室或排球场上才有，属于那种古怪的英式幽默，虽无意粗鲁，却把飞镖笨拙地投射到铠甲的软肋之上。正是这种幽默，使英国公立学校的生活纪律井然有序，因为幽默使人们能够容忍批评，也不害怕嘲讽，可是一旦从学校毕业，他们又忘记了如何去幽默。幽默中情感或礼貌匮乏都会让人觉得有些生硬。

但当时，我并不喜欢他。他带着轻蔑的笑容审视着我的家，说他不愿意自己拾掇花园。在禽舍，他嘲笑跳蚤；在书房，他说没时间翻书。我问他学校生活情况，他回答说很不错，让我放心，只要知道怎么对待孩子，他们就会变得很乖。他向我讲了一些有趣的事情，还提到了那些能力差的孩子。他说自己的大部分工作都是无意义的，但提到他学校有一个一流的排球场，还有一个很棒的职业队。

其实，这个年轻人在古典文学上造诣很高，而且我知道，他是位受人尊敬的校长。他既聪明又睿智，工作效率很高，他让孩子们学会了学习，而且心满意足地学习，受到孩子们的欢迎和由衷的信赖。他从不做卑鄙下流的事情，是绝对的模范好男人，直率而可敬。我承认，有了这些品质，人在社交场合的一些瑕疵就不值一提了。然而，到底是什么让人有了这些出格的鲁莽无礼，从而造成肤浅的假象：人人都是古怪、下流和不诚实的呢？这种人的幽默，属于那种一旦在公共场所发现某人外表、行为和环境上的缺陷，就想当然地认为这个人别有用心，从而大声号召人们去关注的那类幽默。我的意思不是说这个年轻人认为我古怪、虚伪，而是说他的这种幽默让人们产生了这些遐想。如果他认为自己给我造成了痛苦，他会伤心不已，他本来只是打算把一种善意的幽默放置到当时的场景中，换到自己身上，如果受到同样的嘲讽，他只会把它当成一种示好。

这的确是一种学校孩童式的幽默，只是它姗姗来迟，落到了这个年轻人身上。在学校里，孩子们会把嘲讽当成友好的表示，他们考虑的只是同伴娱乐的需要，从不考虑受害者的感受。但我确信，无论方式如何，延长孩子们的童真时光，已经成为当前的趋势。今天，学校中的每件事都被安排得更为井井有条，和过去相比，年轻人把孩子的天性保持得更为长久。这个年轻人的成长环境从未改变过，即使在大学毕业时，他依然保持着孩子般的性情。毕业之后，他又回到了学校孩子们的世界里，所以，他还没有发育成熟，他犯的错误就是把自己当成了社会中的成年人。我们的国民性格——对直率、坦诚和直言不讳怀有偏爱，往往认为表现礼貌、情感和体贴从本质上讲是不真诚的，所以人们根本不想克服自己的直率和坦诚。但若两者能再与尊重和同情相结合，就能构成世上最令人怦然心动的高雅。虽然我认为态度的根基从不受外界事物的影响，并为此感到自豪，但态度却是一种很容易受到影响的情绪，因为它的基础是虚伪的羞耻之心。像我这位年轻朋友那样的人，从不肯说出自己真实的想法，也几乎不考虑他所说的话是否恰当。他是位情操高尚、聪慧理智之人，但他认为让别人了解自己的真实想法是一种自负的表现，因此，他自己也因未认识到这一点而自负起来。自负的本质，就是一种自满的态度，希望高人一等也是自负。这位年轻的朋友，在思想深处确定无疑地认为自己在礼貌、同情心和情感方面超越他人、高人一等。

因此，我不是特别喜欢他的来访，因为与他相处让我感觉不太自在，我无法真诚地表露自己的想法，只好选择能调动他情绪的话题。

因为沉默寡言，我们英国人已付出过高昂的代价。或许，我们让一些愚蠢且过分热情的人保持了秩序，抑制了情感的宣泄，抹平了虚情假意，但或许大量质朴而坦诚的人也因此闭上了嘴巴，失去了多姿多彩的性格，而思想也错失了真诚交流的契机。

38

孤独

世界上有些人，可以确定，生来就是孤独的，他们从未想过拉近与他人的关系。他们并非一定是心怀不善之人——实际上，他们有时表现出极大的友善，可一旦涉及构筑更亲密的关系，他们就因随之而来的责任而感到惊慌失措、沮丧气馁，于是关系变得不是亲近了，而是冷淡起来，更为急迫地主张起他们的权利来。这些人，其实并不快乐，但他们避免了由亲密关系衍生的压力所带来的痛苦，也没有让失落感和丧亲之痛撕裂或摧毁他们的心灵。他们也许错过了最真的快乐，但也不必因追逐情感而遭受惩罚。

我有位老校友，就属于这种人。虽然他足够和蔼可亲，也喜欢交际，可本质上讲，他的精神是孤独的。在这里讲述他的人生不会对他造成伤害，因为主人公都已亡故多年。

他与我一起上大学，但隶属不同的学院。也许两人性情有些相似或相投之处，我们成了最亲密的朋友。虽然他总向我袒露自己的秘密，但我仍有种感觉，他的身后筑有一道篱笆，我从未被允许走过。很可能因为我从未显露过想了解更多的迹象，总是他告诉我多少就是多少，所以他才发觉与我相处很轻松自在。

他大学毕业一两年后，我收到了他的消息，说他订婚了，马上就要结婚，这令我非常吃惊。我去城里他的住处看他，他领我见了未婚妻。她是我见过的最美丽迷人的女孩，他们两人，如常言所说的那样，的确是天作之合。必须承认，从外表上看，我的朋友也很出色，他有一种气场，一种个人魅力，此外，他身上带着些许的神秘感，这也平添了他的魅力。他们婚后的一段时间，外人看来非常幸福。然后孩子出生了，是个女孩。我时常去看望他们，我感觉我的朋友找到了他想要的一切：一位既美丽可爱而又聪慧的女人所给予的伴侣关系。

正是在孩子出生的那年，我意识到他们之间出了问题，有个阴影似乎已在他们头上盘旋。在海边的避暑房，我们一起待了几天，这期间我了解到他的一切并非都那么如意。我的朋友看起来心事重重、烦躁不安。他的妻子的深情和焦虑，也同样令人同情不已。在行为举止上，他没有表现出任何的冷漠或粗暴，但在我看来，他的体贴和温柔有些异乎寻常。一天早晨，我们出来在悬崖上长久散步，留下他的妻子在家里陪伴一位过来看她的校友。他突然神情坚决地对我说，有一件事想征求一下我的意见。我表示随时愿意提供帮助。我急切地想知道发生了什么事，但他却随即陷入了沉默，过了很长时间——我们就一直坐在芳草萋萋的海角之上，俯瞰着夏日里广阔而平静的大海——我想，他也许为自己的决定感到后悔了。终于他开口了，我不想重复他的话，但他带着惊人的平静对我说，他发现不再在乎自己的妻子了。他说得很平静，这不是因为喜欢上了别人，而是因为他觉得自己的婚姻是个错误，他是一时冲动订的婚，而这种冲动现在已经消失了。在热恋期间，他能向妻子敞开心扉无所不谈，而现在，他不再有这种想法了，不再想与她分享自己的思想了，他知道，妻子也意识到了这些。他说，看到她想方设法去找回他的信任，他感觉她非常可怜，自己也因此心烦意乱。他试图与她无拘无束地交谈，但他这种渴望并不真诚，这种努力也让他极其痛苦。他说，一想到妻子竟然与他牵扯到一起，就感觉心情沮丧。他完全知道，妻子对他的深情并没有任何改变，也不可能改变。他问我最好做些什么？他是应该继续抗争自己的意愿向她表达情感，还是应该竭力让她默认这种变质的关系？是应该坦诚地告诉她发生的事情，还是应该——他承认自己更愿意——与她分开？"我感觉，"他说，"我失去了世界上我唯一关注的东西——我的自由。"我所描述的情景，听起来让人觉得我朋友的行为似乎极其自私和冷酷，但坦诚地讲，情况完全不是这样，当时他说这些话时，情绪低落而悲伤，就像一个犯了大错的男人，感觉自己有愧于应该承担的责任。谈到妻子时，他带着深深的怜爱，仿佛为自己的轻率伤害了她而感觉心痛不已。他毫不留情地痛斥自己，坦白地说，他一直知道放任自己的激情随波逐流是他犯下的大错。"我希望，"他说，"这也许是我新生活的醒悟，是我迈入内心世界的开始。一直以来，我都被排除在外。"他接着说，为了她的幸福，他可以做出任何牺牲——他带着奇怪的表情看着我，庄重地说，如果他的自我了断可以带给她幸福，他绝不会犹豫不决。"但只要活着，就要生活。"他说，"我不能自杀，我的人生已成为一部令人厌倦的连续剧，我不可能是我自己，而注定要扮演一个不真实的角色。"

　　我给了唯一可能的答案——我认为他已经承担了责任，他应义不容辞地完成它。我还说，他未来的心态取决于他能否顺应形势，哪怕成为烈士，也在所不惜。我说，如果我相信这是天意在指引人生，那么这就是他生命攸关的时刻，能承担这一崇高的角色是他的幸运。

　　"是的。"他面无表情地答道，"如果这单方的行动可以称之为英雄行为的话，我想我可以做到。我所不能承受的，是把我漫长的人生粉饰了伪善的妆容。另外，这也不会成功——我不希望一天天欺骗下去。"

"好吧。"我说，"这只是一种可能，但我想你应该尝试一下。"

"谢谢。"他回答道，"你不介意我问你这个问题吧？我想这会让事情更明白一些，我基本同意你的观点。"之后，他又恢复了往日的平静，开始谈论其他事情。接下来的情形有些奇怪，我不知道他对妻子说了些什么，但在我与他们相处的几天里，空气中有股异样的气氛。他想方设法安慰她，不管怎样，她的焦虑似乎一度消失了。几天后，我准备离开时，他们的孩子病了，不到一周就夭折了。这个打击让他的妻子难以承受，不到一个月，她也步了孩子的后尘，撒手人寰，只留下我朋友孑然一身。在我看来，这似乎是以一种可怕的方式遂了他的意愿。在他妻子的葬礼上，我一直陪伴着他。当重压获得解脱时，人身上表现出来的平静也暗示着倦怠，这种说法令人感到恐怖吗？但他的人生注定也是短暂的，大约两年后，如他期望的那样，他悄然离世。在此之前，我隔段时间就去看他，他从未再提及之前的话题，我也不愿再提起。只有一次，他提起了妻子，"我感觉，"有一次他对我说，非常突然，"他们母女俩正在某个地方等着我，她们知道，我也希望当摆脱这邪恶的身体时，我也许会脱胎换骨，值得她们去爱。虽然我没弄清楚这是怎么回事，但这种想法一直隐藏在我心中。"他转过头来对我说，"别把我想成非常残忍的人，我已经尽力了，但我想我还没有能力容纳真正的情感。"

局限性

这是一个令人唏嘘感叹的故事。我的感受是，虽然我们总能认识身体和智力上的局限，却没能充分认识道德和情感上的束缚。我们认为意志主宰生活，这是一种一旦选择就可以利用的东西，却忘记了意志与其他所有的官能一样，是有严格的约束条件的。

39

剑桥讲师

在剑桥，我有个熟人，叫约翰·梅里克，他每隔一段时间就来看我，当然，他也是我愿意接触的人。他既是学院的讲师，也是研究生，是靠助学金从一所小学调上来的。他工作努力，性情温和，在船队担任桨手。他朋友不多，因他处世淡然，直率而博学，所以很受人尊敬。他不爱出头，可一旦需要他做什么，他会自信满满地认真做好。他很有生意头脑，在不少学院担任文秘或会计。以优异的成绩获得学位后，他当选为研究员。利用这一机会，他去德国学习了一年，回来时已是一流的德国专家了，对德国的教育方法烂熟于心。之后不久，他就获得了讲师职位。我认为他是现任讲师中最优秀的，他熟悉自己的课程并走在了前沿。他的讲座思路清晰，简练有力。不仅学术上出类拔萃，他还非常讲究实际，他手下的人也干得不错。一次业务交往中，我认识了他，他给我留下了友好亲和的印象。因为平时几乎没有时间锻炼，他就在星期天独自长时间地散步。我邀请他过来看我，他就在一天清晨从剑桥一路走来看我，到我家时已是午饭时间。下午，我陪他往回走了一段路。从那时起，他一般一两个星期过来看我一次。我不知道他这么做的目的，因为我总以为，他对我的生活方式和思维模式在尊敬中带着轻视，但那也成了我们长时间散步的缘由。此外，他还喜欢了解不同类型的人。

他45岁左右，瘦小精悍，给人一种受过某种一流训练的印象。他的脸是椭圆形的，肌肉紧实，带着某种刚毅和自信，看上去有些与众不同。头发又黑又密，蓄着修剪整洁的短须，其间夹杂些灰髭。他双手丑陋，但很有力，步伐踏实。衣着虽不时尚，却很整洁，黑色西服相当笔挺，领结也是黑色的，戴着浅黑色的帽子，穿着松紧带便鞋。如果在路上遇见他，会以为他是某个寄宿学校的校长。

他非常体贴，有礼貌，总是提前几天通知我要来，这样如果我碰巧不在家，可以让他寄明信片。如果下雨或有事来不了，他会从未例外地打电报通知我。他的大脑是我所知道的最充实、最管用的，虽然忙于各种业务——他是三个董事会的文秘——他却总能及时掌握任何情况，并马上就知道如何处理它们。他之所以如此游刃有余，完全得益于他能够有条不紊地利用时间。他每天早早就起床处理信件，只要有来信，他就尽可能当天回复。之后就是看报，然后一上午的时间用来讲课和辅导。下午开会，然后又是辅导，直至晚饭。晚饭后，他在房间里读书到半夜。他似乎有着用不尽的精力和体力，从没人知道他疏忽或拖延过什么。实际上，他是个有能力、会办事、受人尊敬的人。他尊重每个人，对任何人都一视同仁，包括学生和同事，哪怕面对学术前辈，他也表现不出害羞或慌乱。有一天，在我这里遇到了一位难得一见的贵客——这个人政治上很有成就,来我这里就是为了过一个安静的周日,顺便讨论一下安排我写的一篇重要文章——即使面对这样的人物,梅里克的行为也无可挑剔,既不唐突也不失恭敬,仍然是那个充满自信、不受外界干扰的梅里克。

我愿意时常见到梅里克,虽然他不是那种典型的大学老师,但却是那种在当今社会容易被推选为代表的人物。那些大学老师总是戴着眼镜,头发蓬乱,不拘小节,心不在焉,过着如猫头鹰一般的生活。这样的日子已一去不复返了,取而代之的是生机勃勃的职业人,他们喜欢忙碌而有序的生活,虽不是特别了解世界,却是世界有趣的变体,他们的社交群体狭小而固定,凭借认识某一阶层的人,掌握某一领域的"专业知识",获得了荣誉并享受着尊敬。

假如与梅里克相处一段时间,我就会感觉非常压抑。首先,我与他的文学观点完全相左。他头脑中有个体系,他按照这个体系把作家归类,除了他认为重要的作家之外,其他人都不会受到他的青睐和尊敬,无论何种作家,他都不屑一顾。他可以把作家准确地安排在英语发展史上的某个位置,却从未怀揣敬意深入接触过他们,并以此探究某个或神秘或神圣的奥秘。相反,他只对技术环节上的成就充满敬意。他从作家身上获取的愉悦感,只是从认识了这位作家并对他加以分类获得的。他检验新书价值时的表现,就像马贩子验马时的表现一样,先观察马的动作,再衡量它的优劣,最后如做买卖一般评估其价值。

与人相处,也是如此。他对人性格的判断狡黠而刻薄,对人的弱点敬而远之。在信念上,他态度激进,强烈拥护权利平等,认为社会主义不切实际。他对运动总是很感兴趣,对人却兴趣索然。

但他很少,可以说从不,让人揣测他对人的看法。如果尊重某人,他就会坦诚地表露出来,但对于不赞许的人,他会只字不提。只在仅有的几个场合,我才得以窥视到他思想的深处,我吃惊地发现,他情感强烈,而且这种情感还会阶段性地爆发出来。显然，他蔑视所谓的上流社会，认为上流社会的优越感非常虚伪，认为他们只是拥有权位，却完全缺乏道德目标和理想。我谈论过一些出身高贵的人，认为他们彬彬有礼，有亲和力和同情心，他却明确表态，这些人是一种成本高昂却不切实际的产物。我发现，对底层社会他也存在蔑视，但完全不同于对上流社会的蔑视，他认为底层社会的人不知节俭，不思进取。实际上，职业中产阶级，在他看来，似乎独享所有的美德：知书达理，质朴真诚，令人尊敬。

对两件事，艺术和音乐，他毫无欣赏之心，认为它们只是无害而高雅的摆设，但令我忧虑的，恐怕还是他在对待这些事情上所表现出来的冷漠——清醒而理智的冷漠。他从未对艺术和音乐表示过反对，只是把它们当成可有可无之事。这不全缘于自满，因为他身上没有一丝的虚荣和自以为是，然而他的态度却无法让人对他进行驳斥，因为他没有丝毫伪装出来的优越感。他执意认为自己是正确的，却没有兴趣劝说他人。当人们知道得更多，当人们抛弃情感上的偏见时，他确信，那时，人们的感受就会与他不谋而合了。

与人讨论时，他绝不教条，对于提出的异议，总是坦率地晓之以理，甚至刻意引用先例为对手打圆场。他受过良好的教育，没有丝毫的矫揉造作，这些品质让他在任何场合都成为座上宾。他可以坐在商人旁边，与之把酒言欢，如果命运使然，也可以陪伴国王，与他推心置腹。

这个人的行为方式和交往方式都值得钦佩，很难说就是这个人不时激励着我，让我对他产生既气恼又敬畏的复杂情绪。我气恼，因为我认为他从不把世界上最美好的事物放在心上；我敬畏，因为他的坚强与完美如此与众不同。要是给予他绝对的霸权，他会公正而平等地运行政府，他唯一能行使的暴政，就是遵循常识；他唯一能挑剔的事情，就是发现任何形式的违理之处。我自己很喜欢讲道理，认为这是一种美妙而优秀的品质，很可能赢得世上所有最伟大的胜利，但我仍渴望世上还存有某种额外的驱动力。对我而言，梅里克只是代表了一种超级强大的管理权力，没有他时，服从和管理变得顺理成章，但他出现时，又感觉自由被莫名其妙地剥夺了。对于与他为伴，我从未抱有幻想并任意挥霍。他礼貌地大笑，也许是一种让人泄气的反驳，他会认为我的奢侈是一场愉快交谈中的花絮，但他认为我不适合在理事会工作。我想这不是他对我有意识地评判或责备，反而认为这是他下意识所为，于是心中充满无名之火。

写这番话时，是在星期天晚上，在与他一起度过一两个小时之后。我在通往剑桥狭长而笔直的路上与他告别，他的面容清晰可见。"请回吧，好吗？我必须走了，谢谢您的午餐，再见！"他的笑容很生动——在这种场合，他从不握手告别。我站在那里看着他慢慢走开，靴子有节奏地抬起、放下，拐杖也是有规律地落下。他未再回头，但无疑他已陷入沉思。对于离开我后他该做些什么，他早已心中有数。

就这样，这个瘦小、精干的男人，像维护法律、礼仪和秩序的精灵，拖着沉重的脚步一路走了下去，前面是纵横交错的田野，远处有密密麻麻的丛林。在我看来，他是理性和文明的化身，对自己的思想了如指掌。他是人性的教官，带着强烈的责任感，对所有懒懒散散、沉迷幻想、犹犹豫豫之人毫不留情。他与人为善、品行高尚、能力出众，是多么令人尊重啊！他是多么出色的向导、导师和守护神啊！然而，令我感到无奈的是，他却没有拥趸，他自己也从不向往世界上的可爱与美好。有些作家，尤其是一些牧师作家，经常使用"精神"一词，令我非常反感，因为这个词经常意味着，对于需要他们亲自提供的行为动机缺乏整体的了解。但是，当我把目光落在梅里克身上的那一刻，我明白这个词意味着什么了。虽然梅里克有着各种各样的优点和美德，精神却是他唯一欠缺的优秀品质。我不清楚这种品质的含义所在，但我确确实实地知道他没有这种品质。在梅里克干枯的思想映衬下，我宽恕了所有浑浑噩噩、犹犹豫豫之人的罪过和愚蠢，宽恕了他们变本加厉的无能以及一无是处的现实，因为我知道，不知不觉中，他们竟以拙劣的方式掌握了两条伟大的真理："末期还没有到来"①和"将来如何，还未显现"②；他们甚至没有看到那模糊的目标——在那里，藤蔓滋生的悬崖峭壁包围着山谷，那里的世界白雪皑皑，云雾茫茫。但对梅里克而言，他确切地知道我们是什么：关于人生的归宿，世界之路通向的是一座干净整洁、布满石柱和山墙的古典建筑，即人们常说的理智与常识的殿堂。

我不了解梅里克的宗教观，学院教堂礼拜时，他总是表现得庄重肃穆，但我想，他是位不愿多言的不可知论者，丝毫不在意个性的承受力，他所期望的，是可以列成表格的发展状况、犯罪率下降的统计数字以及可以确诊的疾病，我相信，这也是他对天国的理解。

---

① 《圣经·马太福音》24:6。——译者注
② 《圣经·约翰福音》3:2。——译者注

40

教区牧师

  一直和朋友住在约克郡的一处偏僻的地方。在那里,经常可以看见一位可怜兮兮的教区牧师。这种类型的人越来越常见了,这一现象让我对英国国教的未来有些忧虑,因为他们根本无法适应当今社会的需要。他是小县城律师的儿子,曾在当地的一所文法学校读书,然后上了一所剑桥学院,并在那里获得了学位,之后,上了神学院,是那种相当高级的高教会派的神学院。虽然接受过所谓的古典文学教育,但他对任何学术研究都没有特别的兴趣,他的努力刚好让他获得了学士学位。他不爱运动,在剑桥的读书时光里他的交际圈也乏善可陈。此外,他对读书、游戏,政治、艺术甚至农业都不感兴趣,只是在思想稍微活泛时去了神学院,接受了崇高的基督教思想的教导,树立了自己的职业高人一等的人生观。他没有审视自己信念基础的冲动,只是温顺地吸取传统的理论和主张,比如神权传递、实体企业教堂、圣餐仪式上的献祭理论等等。他崇信忏悔,却小心翼翼地说,这不是反复灌输产生的想法,只是受到了指点,再根据自己的实际经验获得的。他也接纳了礼拜仪式的惯常做法。曾有一段时间,他担任乡下的教区牧师。其间,娶了一位牧师的女儿,而神学院恰好给了他维持生存的方式,也算是一次及时的祝福吧。他有了自己的谋生之道,过得也还算滋润。顺便说一下,他心地善良,如果认为是自己应行使的职责,就会尽心恪守。星期天,他要主持许多分布在不同地方的礼拜仪式。他每天都在教堂里做晨祷和晚祷,在宗教节日还要布道,但他似乎完全不清楚其教区居民的想法和行为,也没有特殊的欲望想去了解。他很勤勉,经常拜访教区居民、举办讲座、传播教义,但他为人没有一点幽默感可言。他所把持的宗教体系,对他来说,再显而易见不过,没有任何可以置疑的地方,所以从未想过人们是否会持有不同的宗教观点。我经常上教堂听他传道,他的布道要么是阐述崇高的理论,要么是被指为带有女性化的倾向,对道德观论述得过于琐碎细腻。布道的内容有关于教堂礼拜的责任,对《圣经》语言的亵渎行为、快乐的圣化仪式、家庭祷告的可取性、宗教冥想、圣人的案例分析、虔诚祈祷练习的益处、生命的献祭、圣餐仪式和天使的神职等等。但这些内容似乎与日常生活相距甚远,只有闲得无聊的人才可能被成功地培养为宗教信徒。我并不是说,这些都不具有高雅之美,但我确实感觉,通常情况下,农民和工人并非位于这种思想可以传播并获得热烈欢迎的舞台上。我见过他主持儿童礼拜仪式,那些洗漱一新的婴儿和满脸笑容的女孩簇拥在他周围,而他则表现出了无比的满足,坐在圣坛台阶的椅子上,以一种慈父般的姿态,引导孩子们冥想圣母玛利亚的童年。每当描述到《圣经》中的一个情节时——他喜欢这么做——总像在描述一扇彩色玻璃窗。他所钟爱的品质,就是温顺、谦恭、敬业和虔诚,他往往引用使徒的故事阐述他的教理，而这些使徒，我们往往只知道他们特别谦恭，但对他们其他的事情知道得真是少之又少。现实情况是，当今社会已无他的栖身之所，虽不能说他生活在中世纪，因为他对中世纪知之甚少，但他应只活跃在天堂之中，里面栖身着隐世的童贞女和温柔的圣人。他所宣扬的美德，无非是信仰。理性反抗得越多，信仰上帝获得的胜利就越伟大，而这些对上帝的信仰，也包含了对上帝信仰不容置疑的接受。

所以，女孩子喜欢他，男孩子嘲笑他，女人敬佩他，男人则认为他娘娘腔。为教堂多添置些家当，是他的一个目标，为此他不遗余力地筹集善款。他对外国的传教机构兴趣索然，也不相信科学，对于社会问题，他更是坦率地表达了不屑。谈到失业问题，他带着坚定的神情说："不管怎样，必须记住，要解决这些令人不快的困境，唯一可行的办法就是依靠精神的作用。"

他最可怜的地方就在于，总是一副志得意满的样子，完全未意识到自己的错误。他不明白，人们要信仰宗教，必须也只能依赖哄劝，必须有人引导他们对自己的性格和生活产生兴趣。他的想法却是，教堂就在那里，一个神圣而令人敬仰的地方，不容置疑地就可获得人们的拥戴和忠诚。在他看来，礼拜是人的第一职责，也是对人的一种优待，若他发现教区居民中有人认为礼拜仪式单调枯燥、晦涩难懂、招人厌烦，他会把这个人看成令人愤怒、堕落而不敬的子孙。牧师有一个机会可以获取教区居民的信任，那是在为孩子们实施坚信礼时。教区牧师要接见这些孩子，每周不断地单独接见，让他们学习有形教会的理论和日常忏悔的益处。然而，我必须可悲地坦承，这些根本不像基督教，没有了耶稣基督关于日常生活与付出的那些精彩、质朴、温情而理智的教诲，没有了善良、纯洁和无私的职责，取而代之的是他精心描绘的仪式和礼节，都附带上神秘的精神力量，而这些在普通劳动者孩子们的生活中实在没有发挥任何作用。若他想了解马的一些特征，而不是天使的一些特征；若他想研究农作物的轮作，而不是复活节的轮回，那么，他会发现自己更为人性的一面。若他整日忙忙碌碌都是为了给教区的孩子们抢占先机，他定会很快在教区居民心中赢得一席之地。而他所做的一切，无非是给了一个离家去附近农场工作的耕童一本带有丑陋而伤感插画的入教指南，并要求这个孩子日日夜夜地诵读它。

他的妻子也属于这种类型，呆板正经，一潭死水，对丈夫信任有加，愿奉献一切去促进丈夫事业的发展。他们有三个同样循规蹈矩的孩子，对他们最大的惩罚就是不允许他们到主日学校上学。

假如一个人毕生都致力他认为是正确的事情，我们不忍心嘲笑他，但牧师似乎无法掌控现实，不能利用想象力或同情心投身于人们所需的事业之中。他不相信世俗教育，认为世俗教育使人们变得贪得无厌、失去信仰。他很慷慨，从不吝惜把钱财投入教堂建设，但他不崇尚他所谓的不加选择的慈善。他会向你讲述他在管理教堂期间最令他感动的一件事：一位贫苦的老妪在临死之前托付她丈夫花费几先令买下了一件祭坛前的饰物。他每年都举办主日学校晚宴，开始时往往是唱赞美诗和圣歌，"张开你的手。"他用浑厚的声音说到，然后孩子们齐声开唱："使有生气的都遂愿饱足。"①每天一个小时的礼拜仪式结束后，他都感觉十分惬意，但因为他坚持要用合唱的形式完成整个礼拜过程，所以礼拜本身也变成了一件枯燥之事。矮小的男孩穿着短袍，下面套着筒袜，在简陋的风琴响亮的伴奏声中，高唱着圣歌或吟诵着枯燥的祷词。按照他所谓的虔诚方式，他选读了《圣经》原文，包括背诵所有的段落，"底波拉②之歌"或者"基甸③的胜利"，仿佛这些都能勾起他那悲伤而可怜的回忆。他喜欢"格列高利圣咏"和"单声圣歌"，他的合唱队成员包括一名淋巴结核患者、他的花匠和马车夫，还有一个破产的木匠——爱好酗酒并没完没了地忏悔。他总是小心翼翼地说自己并不建议引入合唱仪

---

① 《旧约·诗篇》104:28。——译者注
② 底波拉（Deborah）：伯来女先知，曾帮助以色列人战胜迦南人。——译者注
③ 基甸（Gideon）：又名耶路巴力犹太勇士，曾击败过米甸人。——译者注

式,"这是在一些热诚而虔敬地给予过帮助的人们的强烈建议下,才不得已而为之。"

如孩子们所言,这个人是真正的傻瓜,他身上既没有阳刚之气,也没有理性和生命的活力。他有时悲叹教区居民对所谓真正牧师精神的冷漠,但从未想过把自己的理性与《福音书》或现实社会的真实状况进行过对比,他似乎陷入困惑之中不能自拔。他会像那些有德之人或愚钝之人一样固执,坚持认为自己所极力主张的宗教体系是对基督精神一种精准而审慎的延展。听他传道,你会认为天堂的唯一快乐就是来自一个谣言:另一个宗教即将添加到有晨祷的圣所名单之中。他最无可救药之处在于,他认为自己的宗教体系无比纯洁而完美,以任何方式对它修改都是一种对世俗可悲的妥协,违背他崇高的事业。他满怀信心地期待有一天,英格兰人变成虔诚而温顺的教众,每日蜂拥到乡村教堂祈祷,然后带着喜乐和荣耀回家,因为从他们身上、在他们庄重的笑容里和虔诚的祷告声中,天堂的奥秘正光芒四射地传播开来。

而这一切,在我看来,却是另一种极度悲哀。没有人能阻止牧师按照他的方式崇拜上帝,因为他认为这样就可以接近神圣的上帝,但其目的只是让屈指可数的人从这种特殊的宗教中获得满足。另外,我并非不愿意看见这种人越来越少,这种形式的宗教充其量是一种狭隘、保守、脱离现实的宗教,远离了流畅而清新的空气,几乎没意识到简单纯朴、阳刚之气、幽默、快乐和勇气的存在。我所憎恶的,是这个体系自以为是的一本正经,冠冕堂皇地宣称自己为人类的最终归宿,是上帝为人类设定的天机。我无权说这不是上帝的旨意,但这终究让我难以信服。不管怎样,我只是感到,假如这种宗教继续传播——我想会的,假如更杰出、更率直、更有智慧和阳刚之气的人们开始疏远神职工作,这种宗教最终会让人们对国家和宗教彻底冷漠。我想,其错误在很大程度上归咎于神学院,他们设立如此怪异的标准,扭曲了教会的基调,只有那些怯懦、愚钝、谨慎而伤感之人,才会从事这一要许下诸多承诺的职业,这样的人绝对为数不多。

41

哲学家

　　这是一个清新、怡人的秋日,哲学家心情很好,下午与我一起出来散步了。他脾气向来不错,但单就脾气而言,好脾气也可以分成几种类型。他属于那种斯斯文文、和蔼可亲的类型,但有时会来点冷嘲热讽,让所有严肃的努力都付诸东流。然而今天,他又和善又健谈,我不自觉地融入到他广阔的思想之中,就像跳水者从跳板上纵身跃入碧波。我先描述一下这位哲学家吧。他不是人们常说的那种社会哲学家,那些人都是矫揉造作的享乐主义者,喜欢夸夸其谈,自吹自擂。我就认识一位这样的哲学家,他的一个好客的女仆曾偷偷告诉我,在她眼中主人就是歌德,只不过没有了那种令人厌恶的不道德行为。他也不是位学究型的哲学家，面色苍白，戴副眼镜，说话既枯燥乏味，又含糊不清，经常不知所云，还终日忙碌，风尘仆仆地穿行于基本原理之中。不，我的这位哲学家精明、干练，对社会传统一丝不苟，如"大无畏"①一样勇猛无敌，对孱弱的朝圣者充满柔情。今天，他心情挺好，认真地给我解释了一些术语，还让我随便发问。我感觉就像个孩子，在圣人的怀抱里嬉戏，随意抚弄他的胡须，任意向他的手表吹气直至把表盖打开。"不。"他说，"在你这个年龄，我建议你不要学习哲学，它需要相当特殊的大脑，你需要剔除词语中诗一般的意境和模糊的含义，从数学的角度体会词语的价值。如果你真想的话，我会尽我所能告诉你。"他补充道，"另外，大部分当代哲学是对方法论的批评，已变得不太正常了，就如同高深的文学家，大多数人已偏离了原有的视线，转向寻求那些对普通人来说没有直接意义的问题。我们需要具有文学表现力的哲学家，能够尝试把研究成果变成大众语言。""为什么您不做呢？"我问到。"噢。"他回答，"这不是我的专长！这种哲学需要一种传教士精神，我对这件事也感兴趣，但不敢保证能把它研究清楚。另外，我也认为这么做没有意义。我们还没有决定做不做，但普通人最好按直觉行事，而不是按理智行事。有许多数据丢失了，也许科学研究人员会在将来给我们提供一些数据，但他们的进展并不顺利。"

接下来我们深入探讨了这一话题，我无意再重复一遍原话，因为我记得不是很清楚，肯定会误解我导师的意思，但他的话的确让我茅塞顿开。

比如几天前，我住在山间县城里时，有一次外出散步。我的一个伙伴，像我一样厌倦了久坐，便和我一起出去爬山。几个小时里，我们都走在云雾之中，在眼花缭乱的雾环中行进，除了指路的界标和脚下突起的草地之外，周围雾气茫茫。我们不时跨越冰冷的溪水，小溪先是冒着水泡流入暗淡的雾环之中，然后在烦躁的瀑布中狂奔而去。有一次，路过一个幽深寂静的山中

---

① 大无畏（Mr. Greatheart）：英国著名小说家和散文家约翰·班扬的作品《天路历程》中的人物。——译者注

小湖，铅色的波浪拍打着滩石。还有一两次，乌云突然卷起下摆，露出了黑黝黝的岩石和城堡，一直延伸到山谷，谷底遍布着红色的蕨类植物，羊在牧场中吃着草，牧场周围到处是岩石，还有一个很小的农场。

那天与今天一样，是一次思想之旅。在我朋友思想的深处，天气冷峻，迷雾重重。有时，我认出一些熟悉的东西，但都奇怪地放大了，变形了。还有一两次，整个雾纱掀起，展露出一个熟悉的场景，让我感觉与这凄冷而雾气茫茫的高地有了某种莫名的联系，但却无法辨识这到底是什么。那次直到下山时，山顶还笼罩在望不到尽头的迷雾之中。

一次，我的一个问题让这位哲学家朋友着实嘲讽了一阵。当时，我提到了一个宗教上老生常谈的话题：人心的欲望保证了身份的连续性，从而证明，这种欲望必须获得满足。"黄粱美梦，"他评价道，"莫不如说对财富和健康的共同愿望证明了所有人最终都会获得财富和健康。"

虽然不甚明白，记住的也不多，但不知为何，能面对面地与他讨论这些严肃的问题，的确令我受益匪浅。他拔掉了我身上那些舒适的直觉，让我可以独自行进，这令我精神振奋。能够探寻隐藏在历史、宗教和科学后面迷雾重重的世界，真是一种难以名状的激励。在这个世界上，人们对任何事物都无法保证，要说能保证的，只有人的意识，然而也不敢百分百地确定。我所说的精神振奋，来源于世界的贫瘠和危险以及它那实足的不安全感。即使回落到地面，我也不气馁、不沮丧，只会比以往更加清晰地意识到现实问题的急迫性并看到生活的现实。所以，就像我说的那样，从基本的因果和概念中气喘吁吁赶来的我，带着热忱，怀着一种解脱的心情回到这个世界，如同刚才提到的那位跳水者，他的目光在旋转，前一刻看到的还是变得越来越暗、越来越绿的溪水，下一刻却感受到了身上的阳光，看见了柳枝和堤岸。我回来了，带着对美好未来的憧憬，比以往任何时候都更加确信：一定不要再无所事事，不再伤心欲绝，只需迈着迅捷而耐心的步伐，互相搀扶，一路前行。我不但感到自己对同伴的责任更加清晰，还感到自己帮助他人的欲望以及自己的无足轻重,但我仍要坦然地坚持下去。从自我意识的世界走出来,回到现实,我更加相信世间存在着数不胜数与我同样的灵魂,虽然这些灵魂盲目而柔弱,却十分真实可爱。在这些雾气缭绕的山巅,我如迷路的羔羊一样,也曾走失,但此时我突然萌生一种感觉:牧羊人正走进我——真正的牧羊人!哲学家虽是天使,却是稍逊一筹的天使——手中拿着甘露的天使。我心中充满了幸福感,因为牧羊人在寻找着我、引导着我、鞭策着我,让我加入欢迎的队伍。我希望,我的哲学家可以与我一起在山顶漫步,仅仅因为我对这个翠绿的山谷怀有挚爱。看见宽宽的溪水默默穿行,从一个清澈的池塘流向另一个清澈的池塘,池塘边布满了花楸树和被阳光晒得暖暖的山石,我不禁欣喜地想到,我曾在山势收拢拔起的峰顶走过,听到过小溪沙哑的喃喃细语,而小溪,则夹在荒凉而滴水的山石中,透出寒冷与孤单。

42

有品位的人

  几天前,我刚从镇里回来,又一次回到这些寂寞朋友平淡而宁静的生活中,心里自然十分高兴。我并不是不感激所受到的热情款待,但一想起自己当时的处境,总禁不住产生一丝后怕之感。

  和我待在一起的朋友虽没有固定职业,却非常富有,一心想探寻文化。他娶了位既迷人又家境殷实的妻子,他们没有孩子,可以把所有精力都投入在书籍、艺术和社交上。每稍隔一段时间,我的朋友就会出版一部印刷精美、包装考究的书,赠送给他的朋友们。去年,因为参加某个新奇的宗教仪式，他顺路来到了布列塔尼①。我敢保证我说错了，但在我看来，作为一种古老的习俗和传统，这些荒诞离奇的宗教艺术所具有的唯一魅力，就是可以让乡下人安静而秘密地进行祷告。自从我这位受过良好教育的朋友参与到这些仪式中去的那一刻起，从哲学和心理学的角度就已说明，仪式的重要意义已然消失殆尽。我根本不在意这些仪式是什么，它们历史悠久，有传奇色彩，执行仪式的人都是伴随着仪式长大的，从孩提时代起就目睹过这些仪式，并顺理成章地实践起来。这些仪式包含着某种和谐之美，但庄重地把它们写入书中印刷出来，我看不过是从孩子们野蛮而又傻气的游戏里照搬过来的舶来品。

有一年，在乘游艇出海时，他发现了一些芬兰的传奇故事书，这位朋友就立刻用蹩脚的英语把它们翻译出来。这些故事毫无价值可言，从头到尾没有一点浪漫的火花，只是代表了一个——容我冒昧地说——被远远抛弃的时代，感谢上帝。

今天，他又迷上了巴利阿里音乐②，给我放了一些曲子，都很单调枯燥，但他说这些很有代表性。如果它们很有代表性，我没有理由置疑他的说法，但那只能证明岛上居民缺乏音乐品位，或者他们的音乐本能出现了异常。

在城里时，朋友们竭尽地主之谊，为了让我高兴，就邀请一些性情随和的文人过来一起吃午饭，喝下午茶，共进晚餐。我们听了音乐，观赏了一两部话剧，还欣赏了一些绘画作品，但必须承认，我的心情日益郁闷，倦怠不堪，因为一切都被安排得一丝不苟，让我有种是在做生意的不爽感觉。我们准确地知道要去寻找什么，而不是以一种自由而充满期待的方式去寻找，或许会有所发现，或许会看到、听到某种意料之外的美丽，但是，我们是以一种极其挑剔的方式审查那些画家和音乐家的作品是否偏离了惯常的轨道。毋庸讳言，我们探寻的不是原创性和个性的印记，而是搜寻某些——罗列出来

---

① 布列塔尼（Brittany），法国西北部一地区。——译者注
② 巴利阿里音乐（Balearic music），位于西地中海的巴利阿里群岛上的一种音乐形式。——译者注

的品质。还有一样东西令我不快——也许我不应该这么说,就是那些表达批评时的行业术语。成功的批评似乎应是针对他人创造的艺术效果的,而且要用与艺术相对应的术语来表达,因此,在绘画上,我们搜寻的词语是色彩和光线、气氛和曲线。在音乐中,我们寻找的词语是和谐、韵律和音质。我本不介意使用这些词语之人有何深意,但这些批评家对专业术语的钟爱远胜于对艺术效果的钟爱。更有甚者,他们根本不去探索崭新的艺术形式,只是按照他人的指点搜寻他们所期望的东西。

对待文学的态度也是如此。不再有朴实无华的净土,一切都已沦为使用筹码的游戏,因此,我们迫在眉睫的任务,就是要尽可能果敢地创作一套文学批评用语。我从未听到过有人能对一本书敦厚地品评,相反,听到的往往先是对作家的八卦,然后是肤浅而且带有学究气的评判,认为作者缺乏活力或想象力。假如在讨论一部令人称道的作品,在我看来,即使作者本人卑鄙、龌龊到令人不齿的程度,我也会告诉大家要寻找他作品中那些有益的现实主义风格和男子汉的阳刚之气。每当我一次又一次地被告知某某艺术家根本不在乎什么伦理道德时,我都会感觉,这是多么令人悲哀啊!如果我坚持认为艺术家关心的应该是影响人性的动机,就会有人嘲笑我,说我正以保育员的方式对待艺术。如果我认为一本书非常虚假,也会有人提醒我,说这本书很有代表性,它谈论的是精神层面的问题,艺术家的视野不应该受到经历的局限,而且这位艺术家利用敏锐的洞察力和天才般的推理能力,已经恰如其分地俘获了读者。

文化

我认为,这林林总总的一切,都是缺乏自由精神、鉴赏力以及领悟力的表现。我不是说朋友们所欣赏的都不合适,他们无论在艺术上还是在音乐上,都能充分领悟大师们的作品。但我感觉,他们是把大师们不带任何歧视地整个生吞活剥下去，所以，一切都变成了传统、规则、规范和权威，没有了热切而淡然的欣赏；一切都已自成体系、循规蹈矩，没有了任何个人的偏爱。有识之人的目标，是能够合理地评判什么才是良好的品位，然后用精准的语言表达自己的意见。大多数的聚会都属于同一类型，但这无关乎他们是穿着古怪、形容枯槁、装腔作势的女人，还是长发披肩、矫揉造作、行为怪异的男人。我曾经参加过这样一个小圈子聚会，他们互相吹捧，手势奇怪而夸张，不时发出尖厉的叫声，身体也不停地扭动着。这是文人酸腐的表现，令人难以忍受。但在我朋友的家里，虽然没有酸腐之气，也只是未被同化而已。朋友用整洁的纸张呈现着精心包装的文化，就像一位卖奶糖的人小心翼翼地把奶糖递给他的客人。来到这里的人，衣着整齐、和蔼可亲、彬彬有礼，可惜的是，他们要是不这么教养良好，也许会让人提不起兴致来。在这里，文化被一块块地堆积起来，四处铺放，却从未被吸收，所以，我根本无法理解这些友善亲切之人，与他们交谈，如同面对一堆文化，如我所言，都是一块一块的，既不是一个体系，也不是一种态度，即使费尽心思把它们拼凑到一起，却还是与刚发现时一样，没有经过任何思考。

我感觉一切都过于舒适了——舒适已成为这一切的根基。家里摆满了漂亮的物件，晚餐美味而悠长，酒也是精心挑选的。我不会假装说我不喜欢舒适，但我不喜欢奢侈，而这一切就是奢侈。我不想晚餐过于奢华漫长，它应该像贺拉斯①所言："朴素而雅致。"绘画和家具若不如此之多，就会更加惊艳迷人。在这个暖意融融、香气袭人的房子里，每个房间的墙上都拥挤了琳琅满目的饰品，人们的各种欲望都得到了履足，餐桌上鲜花争奇斗艳，摆满了银色的餐具和已经"放在水晶玻璃里的东方美酒"，无数的赏心悦目把人们挤压得透不过气来。而我，却渴望更为简朴的房间、更为简单的食物、更为自由而真诚的交谈。所有这一切，让我感觉社交的目的是获得满足感，而

---

① 贺拉斯（Horatius，公元前65—前8）：古罗马著名诗人。——译者注

不是单纯的美感；是得到保护和怜爱，而不是获取生机和安宁。

奥林匹亚山与帕尔纳索斯山

我早已厌倦了这里的美酒、佳肴、谈话、音乐和艺术，于是，一天晚餐前，我百无聊赖地站在客厅里，看着客人们鱼贯而入。衣着光鲜的人中才俊纷纷如约而至，香气袭人的靓女娇娘，也珠光宝气地闪亮登场。突然，阔步走进一个人，是我的一位老友——一个文坛才子，他英俊潇洒、衣着笔挺，身上的那种粗犷和活力，让他格外惹人注目。但他脸上带着些许憔悴，就像一个在艺术上辛勤耕耘之人，虽不断努力，却仍未捕捉到自己无法言说的希望，总是难以实现自己神圣的梦想。在一个孤独的角落，他微笑着走近我，"你好，我的朋友。"他说，"谁会想到在塞西岛①遇见你？"

"我也在想同样的问题呢！"我回答到。"但也许我心中有种神草，叫'百花黑根草'，就是那个'难看的小树根'，能够抵御魔咒保护我。"

"叶子上有刺？"他笑着说，"我的朋友都没有刺。"

当然，这只是两个人的口头打趣，不是真正的交谈。之后，我们聊了五分钟，我就不一一述说了，否则就泄露了秘密。秘密，处于未切割之前的粗糙状态时，是艺术的瑰宝，但被呈送到大家眼前时，必须得精雕细刻。那几分钟里我所获得的，要远远超出我做客期间的所得。

不久，我们去吃晚餐，晚餐之后表演开始。我们的东家，将调动情绪和穿针引线工作做得多么游刃有余啊！他把气氛拿捏得恰到好处，客人们也相当配合，把起承转合做得同样是风情万种，人群时聚时散，交谈时密时疏。但这都是些肤浅的交流，既没有热情，更没有激情，矫饰做作、轻浮老套，就像一个费尽心机的游戏，只有身在其中的那些人才能为参加这个精彩的游

---

① 塞西岛（Circe），也叫喀耳刻，荷马史诗《奥德赛》中的美丽仙女，精通魔咒，她曾被流放的荒岛叫作塞西岛。——译者注

戏而兴奋不已。教育、宗教、艺术、诗歌、音乐——都是数不完的谈资,然而我却感到这里没有任何人可以启迪我的思想。一位身份高贵的女士跟我谈了她对英语散文写作的观点,带着一种居高临下的神情,好像刚从奥林匹亚山①上降临,那座山据说比帕尔纳索斯山②还要高。晚会上,我捕捉到了那位才子朋友的目光,他就在我的对面,送给我一丝苦笑,我当然心领神会。女士们离开餐桌后,主人就像一个不偏不倚的男人带着决绝的表情,聊了起来,可结果却变成一场低俗露骨的闹剧。这场闹剧暴露的不是人性,也不带有拉伯雷③的风格,而是带有伏尔泰④的风格,而我却对两者都不喜欢。再后来,我们坐在豪华的高椅中,与那些迷人的女士俯首低谈,屋中播放着优雅的音乐,纯净、甜美,似乎令所有的奢华盛会都黯然失色。曾记否,屋外的雨水冲洗着街道,狂风漫无目的地刮着,劳苦大众在辛苦地劳作,是他们付出了枯燥、肮脏的劳动,才让这一切快乐得以实现,才能让我们坐在这里悠然漫谈。整个聚会似乎都是刻意人为的,乏味、忙乱、虚假,让人情不自禁想到财主与拉撒路的故事,虽然是个荒诞的寓言故事,却有着严肃的道德寓意。"如今他在这里得安慰,你倒受痛苦。"⑤这并不意味着,恶行受惩罚,美德获回报,只是意味着,财富受惩罚,贫困获补偿。

艺术精神

唉,这真是一个伟大的奥秘。我那文静的东家和他优雅的妻子从未怀疑

---

① 奥林匹亚山(Olympus),古希腊神话中的神山,统治世界、主宰人类的诸神就居住在这座高山上。——译者注
② 帕尔纳索斯山(Parnassus),希腊中部的山,比喻为诗坛。——译者注
③ 弗朗索瓦·拉伯雷(Francois Rabelais,1495?—1553):欧洲文艺复兴时期重要的人文主义作家之一。——译者注
④ 伏尔泰(Voltaire,1694—1778):法国启蒙思想家、作家、哲学家。——译者注
⑤《圣经·路加福音》16:25。——译者注

过世事的合理性。第二天早晨，我告辞离开，东家热情好客，催促我早点上路，但我所受到的关注却让人心情有些沉重，我不知道该如何向朋友表达自己的感受，因为无论如何解释，他们都不会理解。他们会认为我是个脾气古怪的乡下人，喜欢孤独的生活。他们还会下意识地感觉，让我参与如此有品位的圈子，是他们给予我的优待——没有任何施舍之意，纯粹出于真诚和友善。他们认为自己拥有更高尚、更美好的生活。毋庸置疑，我对他们的生活十分羡慕，并将之视为天堂，如果富有的话，我也会过同样的生活。我完全不像我朋友那样，生活中装点着文化，与他们的财富或经历相比，我自惭形秽，对此我完全认可。但我绝对确信，虽然我不完美，有些粗心和无知，我却是神圣的艺术中人，就像我同样确信，他们是局外人一样。对我而言，美是一种神圣而令人迷惑的激情，是一位神圣的精灵，有时用双手慷慨地施与我财富，有时却拒绝给予我哪怕一丝一毫的恩泽。我的朋友把工匠技艺、成就和技巧都错当成艺术的内在精神，从未感受过那浑身惊栗的狂喜以及那难以抑制的冲动。因此，在被迫参加了奢华的盛典之后，带着疲倦和感激，我回到了自己寂寞的小屋中，回到了自己简陋的房间，回到了钢琴旁，回到了古书前，回到了寥廓的田野上，回到了光秃秃的树下，仿佛一个独自返乡之人，来到安详的神龛前俯身膜拜。

43

正派人

　　大约一年前的今天,一大早我就收到了一位名叫亨利·格雷戈里的老朋友的来信,他告诉我,他现在离我住的地方不远——可以过来看我吗?于是,我邀请他过来吃午餐。

　　不记得是怎样与他相识的,但有一次我帮助他找到了一些与法律相关的工作让他做,从那以后,他就表现出一种不好的倾向,总是要求我为他做同样的事情,甚至不惜向我泄露一些隐私。从本质上讲,我不是很有能力的人,但软弱和礼貌让我难以回绝这种主动示好,可这种交往实在是弊大于利,因为无论如何我都帮不上忙,结果我们之间的谈话往往就是围绕着这样的目的：如何把那个失望且恼火的他打发走，留下那个对他既厌烦又同情的我，而这种同情又毫无意义，只是一种病态的情绪。请在他和我之间评判一下吧！下面我就把整件事的来龙去脉讲述一下。

格雷戈里是一个挺有能力的人，他事业心强、头脑清醒、思路清晰，出身于大户人家，父亲是位乡村律师。最初上的是公立学校，之后到大学读书，毕业后有了微薄的收入，每年大约150英镑。他是无意间选择律师行业的。我想，他一生中从未与任何人交过朋友——从性情上而言，他无力维护自己的友谊。我曾经见过他与一两个同样沉闷无趣的家伙待在一起，而他自己恰好又是其中最沉闷的那个。他虽然呆板沉闷，说话却字斟句酌。他没有想象力，更没有幽默感。虽然为人可靠，但仅局限于能够给你提供大量翔实的信息。任何观点、题目，在他嘴里都变得那么索然无味。见过他之后，每个人都需要一两天的时间把他说过的话在头脑中消化，直至遗忘。如果想贬低某人，就可以求教格雷戈里，他可以让人彻彻底底断了对这个人的兴趣。在律师界，他一直郁郁不得志。他住在伦敦的出租屋里，我一直不明白他是怎样打发自己的时间的。有时，我会去一个俱乐部①，在那里，他像一个正在脱毛的秃鹰待在角落里，再就是四处闲逛寻找可以发送信息的接收器。刚才说过，我曾给格雷戈里介绍过一份法律方面的工作，这份工作他做得很好，但我介绍给他的那位律师却告诉我，他不能再雇用格雷戈里了。"我只是没有时间。"他说，"我俩花费在讨论上的时间比我预想的要多得多，任何一种意外情况，没有他想不到的。"

这种情况一直持续到格雷戈里45岁时，这本是人成熟的年龄，可他既没工作又没朋友，亲戚们也忍受不了他。可他自己总是愤愤不平、郁郁寡欢。最糟糕的是，他自己从未想过：最该对这一切负责的就是他自己。他品行端正、公正不阿、勤勤恳恳，没有任何不良习气，可他不能接受自我批评。他

---

① 如果格雷戈里不是会员的话，恐怕他会去得更勤些。——译者注

本能地遵守老一套的行为准则，也不必去忏悔祷告，因为他并没有做过什么错事。然而，虽具有这么多良好的品德和能力，他却是一个失败者，也没有人想为他打抱不平。他可以没有工作，绝对是个可有可无之人。有些职业本来挺适合他，他也可以做得非常出色，成为优秀的职员或者有能力的官员，但现在，他仅仅是个生意冷清的律师，没有一个朋友。

他准时过来吃午饭。他瘦小，结实，大脑袋，秃顶，戴着眼镜，衣服古板，颜色单调，仿佛是一只没有煮熟的白条鸡。他总是一本正经的样子，从笔挺的深灰色西装到硬朗的大靴子，一切都给人一种感觉：他不但一直谨小慎微，而且还具有节俭的美德。当时，有两个年轻人也在我家，他们本来表现得既彬彬有礼又轻松活跃，但没用几分钟，格雷戈里就让他们很压抑。其中一个年轻人问了他一个有关时事政治方面的问题，只见格雷戈里面无表情地看着他说："恐怕这个问题暴露了你对政治经济因素有着非常肤浅的了解，我想问你，在剑桥，你还会问这个问题吗？"他随即短促而沉闷地笑了几声。我知道，他正试图开一个轻松的玩笑，却一下子打消了我这个朋友的兴致，可他仍不管不顾地继续讲了一些有关政治经济因素以及大量因素外的事情。吃火腿的时候，他转移了话题，可他又评论起英国火腿的不足来，讲述韦斯特法比亚①人是如何处理火腿的。令我们深感不幸的是，他真的目睹了火腿处理的整个过程。谈话就这样继续着，既不可能阻止他，也不可能转移他的注意力。趁他停下喝水时，我插了一句有关天气的话题，他马上接着说："是的，他们有一种包装火腿的方法，据说可以让火腿的鲜味保存得更为持久。想象一下，一条口袋布围在两块有点像渔线轮那样的金属物上旋转。"谈话就这样又继续了，而且谈话的语气也令人不快，我们这几位痛苦不堪的听众不得不继续煎熬着。午餐过后大家抽烟时，一个年轻人耐不住尴尬的气氛，弹了几首瓦格纳的钢琴曲，格雷戈里像汹涌的瀑布一样在乐曲的间歇阶

---

① 韦斯特法比亚（Westphalia），德国西北部一地区。——译者注

段爆发了，又开始滔滔不绝地谈起了瓦格纳的歌剧剧本。

之后，为了岔开这一话题，我就送两位年轻朋友外出散步——我们早就有此打算——但刚刚走出家门，格雷戈里就追到门口，坚持要与我一起散步，去看看乡下的地质构造。于是，我只好与他一起出来。格雷戈里说要谈些正经事，从口袋里掏出一张纸，上面列出了长长的一串要我去做的事情。

他要我把他介绍给编辑或议员，要推荐他到一个俱乐部，要为他找一些法律专业的学生，要替他读一部手稿，然后再做出评价。我忐忑地提出了自己的异议。"你的理由很牵强啊。"格雷戈里反驳道，"我不认为我的要求不合理，你非常了解我，应该说，我分配的工作都是我完全熟悉并且能够胜任的。""是的，我知道。"我答道，"但是，这些事情不能强人所难啊。""我没有强人所难啊。"格雷戈里说，"我只是让你把我介绍给他们，真实地介绍就行。"也许，我该更坚决一些，但苦于找不到充分的理由拒绝他。我不能告诉他，阻止他成功最根本的、也是最恰如其分的理由就是他自己。在谈到评价他的手稿时，我鼓足勇气告诉他，这么做有些偏颇，因为我们的文学立场不同，建议他把手稿寄给其他编辑，他们一定会非常欣喜。"不。"格雷戈里说，"有一个不确定因素于我不利，我已经联系过一些编辑，他们都毫无例外地把我的稿件退了回来。我大胆地说，我想你也不会反对，我的稿件都是完整、积极、精美的作品，每天登出来的东西都没有我的作品靠谱，我想要的就是与一两个编辑有些私人接触。当然，如果你不愿帮我，我就另谋出路，但我必须承认，我会很失望。"他倚着手杖，悒悒地看着我。我本以为他不知道我们走到了哪里，也没空欣赏路上的风景，但此时他却突然注意到篱笆上的一朵小花，立刻充满柔情地看着它。"啊，那是香椿。"他叫道，"真是难得啊！原谅我打扰你，但植物学也是我喜欢的科目。你也许会有兴趣听……"然后就插了几分钟植物学内容，在短暂的停顿之后，他说："现在言归正传。"他的下巴抽动了一下，那是打算微笑的意思,然后就把前因后果讲了一遍,突然谈到了"心灵的哭声",这让我非常心痛,这也许是世界上最悲惨之事了。他弹了弹袖上的灰尘,这一动作不禁让我对他产生了不该有的同情。他转向我说:"如果你有能力,请帮助我,我已尽了全力,可仍找不到工作。我不得志,我不明白为什么,到底我哪里有问题?"我当然答应尽己所能去帮助他。格雷戈里递给我一张与自己手中一样的纸条,这是他专门为我准备的,上面列满了他的要求。

我们来到路边的车站,他要在那里坐火车。这是一个风和日丽的夏天,辽阔苍翠的沼泽在夏日里安静地沉睡,远处低垂的青山在雾色中若隐若现。格雷戈里,正沉溺于苦涩的冥思中。在这闷热的天气里,他仍穿着陈旧的外衣,对自己的处境感到绝望而困惑。虽然他品正行端,知识渊博,不乞怜悯,不较感情,只想工作,只想获得恰如其分的认可,可到头来却变成了大自然中的一抹污渍。他所有的付出和坚持,似乎只是一次丑陋而无情的交易,救赎他已不可想象。火车来了,握手告别后他疲倦地走上车去,然后又面无表情地埋头读书,不再言语,也未再挥手作别,没有任何缠绵的离愁,他为了交易而来,离开时也应公事公办。

当然,一切终无结果。我写了几封推荐信,也读了他的几部手稿,为了抹去令人不快的苦涩记忆,不得不采取夏洛克·福尔摩斯的手法。寄出的信没有任何回应,除了一封来自格雷戈里本人的信。在信中他措辞严厉,不但责怪我一无是处,还说我两面三刀。

有人会问,为什么我会冒如此之大不韪描述这样一个令人讨厌的人,要知道他也许会读到这些并认出自己来啊!不幸之中的万幸,他不会读到了。但细想起来,我不清楚这是他的不幸还是他的幸运。一个月后,格雷戈里在自己的住所里猝亡,他的人生帷幕就此悄然落下。这是令人抑郁的喜剧也好,抑或是令人叹息的悲剧也罢,请读者凭借自己的喜好做出评判。唯一令人困惑的地方在于,为何这种悲切的惨剧经常上演,而且又恣意地上演了这么长时间?浪子①接受了深刻而邪恶的教训,时间也为他留下了希望,于是,他一路爬向家中,声称他有权获得他曾鄙视的真爱。但对哥哥而言,虽是无怨无悔地尽责,心却是冰冷的,时间又给他留下了什么希望呢?他必须用温暖的话语——也许绝非是浅薄的赐福——安慰自己:"儿啊!你常和我在一起,我一切所有的,不都是你的吗?"

---

① 《圣经·路加福音》15:11—24。——译者注

44

老年人

最近几天,一直与一位可爱的老人待在一起,他快80岁了,是那种所有老人都会有的样子——按说人老的时候都会变成他这个样子,这也是人们渴望成为的样子。通常说来,看到老年人,并不是所有人都会感觉心情舒畅的。人老了,生命虽存,但活力已悄然隐退,看到这种情景,就会感觉人生是一件相当可悲之事,只希望永远不要遭受耄耋之痛。有时,老年人爱耍小性子,总感觉自己浑身不舒服,认为自己的人生备受煎熬,更严重的,甚至会精神崩溃。即使他们勇敢地承受了痛苦,也会令人不胜唏嘘。这也许就是大自然的可憎之处,当人们倦怠、怯懦、只希望平静休憩时,反而要承受如此之多的苦难。当苦难不再索然无味时,当从与苦难的斗争中获得喜悦时,人们会认为,人类在中青年时所承受的苦难也是上帝的一种安排。而当分身乏术、只能乖乖地听任痛苦折磨却无任何减轻痛苦的希望之时,当本性如熄灭的火焰消失殆尽、人性似乎无助地卷入自私、只贪图一点点的安慰并带着孩童般的奢求享受少得可怜的快乐之时,这种种人生场景难道不令人感到阵阵心酸吗?我想起一位老妪,和儿子住在一个小教区,教区里到处是吵闹的孩子。居民对老妪很好,可她却可悲地成了累赘。她本人对生活几乎完全失去兴趣,她失聪、体弱、脾气暴躁,只能吃最简单的食物。我过去常看见她抿着嘴嚼着陈面包,带着恶毒而嫉妒的神情看着孩子们大口地嚼着蛋糕。人们无法给她快乐,她也不想取悦任何人。很难明白,这种有如炼狱般令人压抑的生活对净化人类的灵魂有何意义。在人们眼中,这种折磨并未使她获得升华,反而让她日益变得冷漠和恶毒。她唯一的快乐,就是在家人都出来谈论花匠工作不尽心或女仆摘草莓的事情时,坐在花园里假寐。然而谁能想到,她曾经是位善良而精明的主妇,对孩子们教导有方,要是早十几年去世,家人们也许就会泪水涟涟地为她真心哀悼了。可现在,每个人心中都在暗自盘算着她的死期,她活得已不再受人待见,只不过是苟延残喘罢了。她曾一度病入膏肓,可不久居然痊愈了。病愈后,在家庭聚会时我再次看见她,只是敷衍般说了些见到您身体这么好很高兴的客套话,"是的。"她回答到,带着胜利者幸灾乐祸的表情,"他们还除不掉我——我知道,他们就是这么想的,但我病好了,他们还会假装高兴的。"

还有另一种老年生活,就不那么痛苦。这种老年人属于那种职业家长型的,好自以为是和卖弄文采,谈起话来絮絮叨叨,还总装成神秘兮兮的样子,令人难以直视。他们充分利用所谓的老年人特权,喜欢发号施令。他们鹤发童颜、神清目朗,就好像一部制作精良的机器。只要身体允许,他们会一直坚持工作,直至身心衰竭而亡。我认识一个这种类型的老人,他坚持一切事情都以自己方便为要旨。他自己很晚才吃早饭,就不允许任何人比他早些吃饭,说等待对年轻人有好处。他经常早饭前工作,理由是没有任何事情能比空腹更让大脑保持清醒了。在他下楼吃饭前,报纸不能翻开。早饭后,他会花费大把的时间读报纸、做摘抄,经常一句话读到一半时就停下,因为另一段文字吸引了他的目光。他总喜欢以一种骇人的方式问:"猜猜,我们的这位朋友发生了什么事?某个老朋友,我让你猜十次。"他会坚持让人把每种可能性都猜个遍,自己却从这些荒唐的猜测中暗自偷笑。同龄人去世时,他毫不掩饰自己的愉快,晚辈人早亡时,他更是乐不可支。他让长期遭受病痛折磨的女儿替自己写信,而他自己只做些口授的工作。口授时,他净说些冗长而又错误百出的句子,却不允许有任何涂改的痕迹,于是信一封封地被撕掉,再一封封地重写。午饭前,他要求所有人陪他散步,按照他的步伐,一步一步地挪动,每天如此。下午,他会花大部分时间睡觉或看账本。他说话总是围绕着自己,或关于他的美德,或关于他那令人称羡的身体,还有他那敏锐的头脑。他经常以傲慢的态度给不太熟悉的人大讲特讲什么是责任。他认为,牧师和医生的妻子都是负担。他虽然是个奢侈又好安逸的老家伙,可他最钟爱的课本却是关于斯巴达人简朴持家的。如果哪道菜不合他的胃口,他就不允许任何人品尝,让人把菜端走,然后尖酸地抱怨连这点简单的愿望都得不到满足。即使因为身体大不如前得自己独自就餐时,他也会给家里其他人定菜单,绝不允许有任何未经他允许的菜谱出现。过去,所有的人都不得晚于他入睡,他还会在家人上床后到房间里查看他们是否在床上看书。一切都事关美德和理智,所以没有人愿意计较。过去,我常有一种不好的念头,总想在他向陪伴他的人大肆宣扬如何步入老年生活时,把椅子从他身下抽走。很难明白这个不快乐的老人的人生目标是什么,也许是本性和命运促使他自我欺骗、积累财富以实现更高层次的幻想。也许是精力和品行让他因为自己的顽固不化而自鸣得意。若亲戚来看他,他就教训他们,说他们办事没有效率。若亲戚疏远他,他就责备他们没有亲情。他把自己包裹在自我满足的甲胄中,所以绝不可能与他讲明任何道理。

但我开篇谈到的那位老年朋友，与这些老年人完全不同。他身体虚弱，却没有病态。他彬彬有礼，举止优雅，对任何微小的帮助都抱感恩之心，从不愿给任何人添麻烦。我家的仆人由衷地敬佩他，总像欢迎天使一样欢迎他的到来，而送他走时又泪光涟涟的难舍难分。他认识我所有的仆人，记住每个仆人家里的细节。他从不谈论自己，但对他人又有着真诚而毫无矫饰的兴趣。他总是一如既往地性情温和、宽厚容忍，不时会抛出一句令人警醒的名言——阳光普照下最成熟的果实。在他面前，人们会感知到，抛却急躁和自私才是人生的真正意义。他最美好的品质，就是性情温和。谈到那些早逝的朋友时，他似乎面无表情，可我却可以看见泪水在他的眼中打转，很快就溢满了双眼。他个人似乎没有任何遗憾或希望，而是把这些都寄托在他人身上。他牢记朋友，不是出于一种职业责任，而真是一心一意地为他们着想。他不上班，很少写信，只读过一点点的书，有时会笑着责备自己的懒惰，然而他的形象以及那自然而然流露出来的和蔼可亲，永远是我见过的最能感染人的力量。他能让焦虑不安、大惊小怪、暴跳如雷这些情绪显得那么愚蠢和荒唐。他幽默、精明，不惧展示人性的弱点，但从不会被任何事所吓倒，也不为任何人感到愧疚。他愿意人们追求自己的喜好，希望人们以自己的方式做事。他也从不会成为他人的绊脚石，他喜欢与孩子们待在一起，能设身处地地与孩子们交谈。在他面前，你不会觉得教义和正义很刻板，只感觉世上最美好也最易践行的品德就是行为端正、与人为善。他并不总是很快乐，性情有时也会急躁，甚至相当忧郁，他曾笑着对我说过下面这句话：

这世界上没有一种快乐能与人们所为之付出的相比。[1]

---

[1] 选自拜伦的《乐章》。——译者注

根据他的经验，大错而特错。他还说，他的老年生活就像一段愉快的假期。

回想一下，很是奇怪，为何拥有这种优雅晚年之人很少被在书中呈现出来呢？我想不出一个这样的例子。在狄更斯的书中，老年人要么恶毒，要么虚伪，再就是白痴。在萨克雷①的书中，老年人不是多愁善感，就是邪恶的童话人物，是人生不可抵御的调味品。在莎士比亚的作品中，老年人如重重阴影，不时闪现。在华兹华斯的作品中，老年人会竭尽所能地占尽别人的便宜。而人们渴望看到的老人形象是，他总能收获温柔与容忍，却不丧失精明与睿智；他一如既往兴趣盎然地观赏比赛，却不钦羡一展身手。这种事情在现实生活中发生时，是那么的完美无瑕，人们却很难明白，它为何总难以表现出来。

---

① 威廉·梅克比斯·萨克雷（William Makepeace Thackeray，1811—1863）：英国小说家，代表作《名利场》。——译者注

45

食鹰猴

　　记得最近在动物园里看见一只陌生而忧郁的大鸟，它外表如龟壳，嘴的上下牙床搭在一起，从笼中悲苦地凝视着外面，标签上写着："食猴鹰"。食物放在地上，一动未动。毫无疑问，这不是它的错——这个可怜的家伙，对白白胖胖哀叫着的狒狒的喜欢程度，远远胜过对那些索然无味的排骨。

　　它的名字让我陷入遐想，想到了另外一种生物，最近常常让我感到苦不堪言的"食鹰猴"——那些作家，他们总喜欢编撰以名人为题材的烂书。我常常暗想，我宁愿读一本虽内容浮浅、却有真人真事的作品，也不愿读一本虽构思巧妙却满篇虚构的作品，至少我之前是这么想的。我读了大量的回忆录和传记，这些书都围绕着名人，这些书的作者中，有些虽愚蠢，却能煞费苦心地创作。有些虽聪明，却令人恼怒不已。

愚蠢的书籍令人无比厌倦，读完之后只会给你一种感觉：在每个无聊的章节之后，虽然都隐藏着一个真实的人，可你却永远无法触及，就像屏风后那个搅动人心之人在不停地咳嗽，或者更像一个蒙在被子里的人凸显出身形，可以推断出哪里是头，哪里是脚，可身上却铺盖着由空洞的语言编织而成的厚厚的毛毯。诸如此类的传记作者不是食猴鹰，而是猴子，只要这些猴子能抓到活鹰，就会立即生吞了它们，如果能找到死鹰，也定会让它们死无全尸。令人感到神奇的是，虽然手中掌握着素材，有时可以向名人的朋友询问，有时甚至认识名人本人，这些人本可以有诸多方法告诉人们这位名人的奇闻趣事。可唯一打动他们的，却是这些名人与其他人的相似之处，而非不同之处。他们想告诉你一次与名人有趣的谈话，可却说任何语言都无法描述他谈话的魅力。或者，他们想告诉你某个伟人关于自由贸易或济贫法的观点，却从他的演讲和报告中引用大量的章节，而且从不揭示幕后的故事，这要么因为他们未身临其境，要么因为他们虽身临其境却不知道详情。更糟糕的，他们会说，他们认为破坏家庭的隐私不厚道，于是作品中出现的人物就像公园里政治家的塑像，穿着古铜色的大衣和裤子，手中握着一卷报纸，在向世界发表着演说，雨水顺着他的鼻子和上衣的后摆向下滴落。

这种传记内容低劣，其最可憎之处在于，传记只是缘于对美德和真实的一种肤浅的认识，认为伟人活着时，一定讨厌登载自己喜欢的菜谱和个人的娱乐素材，所以，伟人死后，也会同样憎恶别人对自己的生活进行真实的描述。这种想法根深蒂固于人们贫瘠的想象力中，认为死亡把所有人都转化为天使一般的人物，把天堂想象为教堂，那些名人的精神被当成标杆永恒地寄存在这里。这种传记是低劣的，因为它不真实，虽强调了美德，却忽略了瑕疵，更可悲的，它删掉了伟人具有代表性的特征。

传记

但这种传记还不是最低劣的。真正的食猴鹰类传记作家，他们的快乐正如丁尼生毫不留情地所描述的那样：把人像猪一样撕裂开来，他们触犯的不是隐私而是文雅，把令人作呕的奇闻野史胡乱地拼凑到一起，记录的都是弱点、卑鄙和蠢行，即使主人公自己看到这些内容，也必会深恶痛绝，想尽可能地把它们删得一干二净。这种传记给人一种感觉：作家在下水道里跳水，在粪堆里挖掘，在橱柜中窥探，在角落里偷视。这种传记仿佛是出乎意料地给予主人公致命一击，在他毫无防备的情况下让他束手就擒，所以与坦率和真诚格格不入。记得有一位这样的食尸鬼，他当时正在写一位有点古怪的政治家的传记，他写信给我，让我替他查看一个资料。我把他的信转交到了那位政治家的亲属手中，他们的回信让我感到吃惊，这位传记作家非但没有获得他们的授权，而且他们早已给他写过信，抗议他这种蓄意侵权的行为，请求他马上住手。我附上我的评价，把这封信转给了他。我以为唯一可能的结果就是，他回信给政治家的亲属，对他们的抗议表示遗憾，认为公众人物是公共财产，他有责任继续对这位政治家进行研究。可事实是，后来传记还是出版了，是一部粗鄙不堪的碎布袋子，就像一个私人侦探，根据他手下的回忆撰写出一个人的生平故事。最令人难以忍受的，就是这部拼凑之作竟然给作者带来了丰厚的利润，因为有许多人想在粪土上踩上一脚。食尸鬼是人类最难以感化之人，因为他们自诩现实主义者，总认为自己是在毫无偏见地追寻真理。这种现实主义之所以是糟糕的艺术，不在于它的不真实，而在于它失衡的比例。传记不可能讲述一切，除非准备写一部关于主人公每周生活的鸿篇巨制。传记的技巧在于选择突出而典型的内容进行描述，往往忽略琐碎又异常的素材。传记作家的目标，就是通过巧妙的描写展现一幅生动的画像，即使主人公秃顶，满脸皱纹，也要如实地刻录在画上。除非理由充分合理，否则，他不得无端地描绘主人公的脚趾甲，更不能毫无道理地把主人公无限放大，以至于主人公的画像应了谚语所言："见爪子知其为狮子"。它必须遵守的准则就是科学，而不是艺术。

传记作家

有时，人们不禁好奇，传记的未来将会如何呢？随着图书馆日渐充盈，资料记载的逐步增加，怎么可以只撰写杰出人物的生平呢？我想，如采取某种极其简单且显而易见的方式，困难自然会迎刃而解。但其障碍在于，随着读书日渐普及，只关注裤子、脚趾甲和其他琐碎之事的老百姓圈子自然也会扩展。另外，除了正在创作的屈指可数的传记外，越来越多的人似乎更依赖晦涩难懂的大部头书籍来纪念。此外，选材不能屈服于权威，因为人们想要的生活不是枯燥的大人物的生活，而是那些有趣的小人物的生活，生活本身就赋予了谈话、书信和复杂的社会关系以新鲜感和原创力。站在台上演讲的人，在开放的市场上高声咆哮的人，他们的生活我们都不想要。他们已发过言了，我们早已听够了他们的观点，但我想还有很多的人，他们的讲话和作品都没有任何的记载，他们的生活，如果可以描绘出来的话，会比任何小说更有趣，比任何布道更激励人。他们不自以为是，他们自有主张，每天说的话都很精辟、幽默，充满温情，给人启发。他们热爱生活胜过热爱规矩，热爱思想胜过热爱成功。他们丰富了世界的血液，却没有把世界玷污。他们给予伙伴热情、快乐、清晰的记忆和真挚的情感，但整个过程却又如此随意自然，如此轻松惬意，如此妙不可言，很难用沉重的语言再次捕捉其中的魅力。只有决心去刻画这些令人愉悦之人的生活，决心不再把早已到处泛滥的无聊的浪漫填入到没完没了的溪流之中，才能给世界留下优秀的遗产，但这意味着要费尽周折，要培养博斯韦尔[①]般的记忆——因为这种传记大部分记录

[①] 博斯韦尔（Boswell，1740—1795）：英国杰出的传记作家，著有《塞缪尔·约翰逊传》。——译者注

的都是谈话——但是，如果能够一遍遍地阅读到这种传记，将是多么令人充满期待和怦然心动啊！

但有一个问题，对于一个有认知力的人来说——只有那些具有强大的认知力的人才能做到，事实上，他们就是食鹰之鹰——上述的行为似乎意味着残忍和叛逆。他会感觉自己是个采访者或一个间谍，必须在保密的条件下以一种高尚且克己忘我的状态工作，日复一日地记录和积累，且不可让主人公怀疑他所正在从事的工作，否则可爱可亲的自我感觉就会消失殆尽。我所描述的这种生活和谈话，其精华在于，它们完全是主人公在不假思索的情况下的坦率直言，一旦对正在做笔记的听众有所顾忌，就会立刻让其光芒四射的形象蒙上阴影。

总有一项任务在等待着那些有耐心、无野心而且具有强大认知力的人！他必须是一个快乐之人，他的寿命必须长于主人公，必须能随时承受失望所带来的风险，必须愿意牺牲其他所有获取艺术创造力的机遇，这样，也许才会写出一部世界经典，在缪斯山[①]之巅牢牢地占据一席之地。

[①] 缪斯山（Muses' Hill），希腊传说中缪斯女神的居住地，女神司掌艺术和音乐。——译者注

46

雪莱

最近一直在读有些年头的雪莱系列作品,有霍格①、特里劳尼②、梅德温③和雪莱夫人④著的,还有那部糟糕的作品《真实的雪莱》。霍格写的《雪

---

① 托马斯·杰斐逊·霍格(Thomas Jefferson Hogg,1792—1862):雪莱大学时代唯一的朋友,著有《雪莱传》。——译者注
② 特里劳尼(Trelawny,1792—1881):英国小说家、传记作家,雪莱的一位朋友。——译者注
③ 托马斯·梅德温(Thomas Medwin,1788—1869):英国诗人、翻译家、传记作家,雪莱的表兄。——译者注
④ 玛丽·雪莱(Mary Shelley,1797—1851):英国著名小说家、短篇作家、剧作家、随笔、传记作家和旅游作家,因其1818年创作的《弗兰肯斯坦》(或译科学怪人)而被誉为"科幻小说之母"。——译者注

莱传》虽是一部未竟之作，但我仍毫不犹豫地把它归类于一流传记之列。当然，它只是一个片段，而且大部分章节都慷慨地奉献给了霍格本人的言与行，但这并不令其黯然失色。首先，它极具幽默感，记录了大量精彩的事件以及华丽而狂妄的言行，比如那段描写霍格待在都柏林的日子，在那里他为安全起见把卧室的门锁上了，那个男孩瞒着他从门板爬进屋里去取靴子，男孩推开了地板块，只是为了与他交谈，可实际上与男孩交谈的人并不是霍格，而是霍格楼上的邻居。还有那个小银行家的趣事。他确信华兹华斯是位诗人，因为如果华兹华斯半夜醒来有了灵感，就会在黑暗中创作。还有舍瓦利耶·达尔布莱①的故事以及他去法国时的告别场景，还有对雪莱信件的描述，在信中雪莱说，几年来自己伤心苦恼、悲痛不已，因为不得不与妻子分居两地，然而却找不到任何理由留在她身边。整部书风格清新、语言凝练，带着罕有的激情，通过对话的形式把一个厚颜无耻、难以自持、却给人以快乐的人表现得淋漓尽致，完美地把对雪莱优秀品质的疯狂痴迷和对他荒唐行为的尖锐感知结合在一起。书中有雪莱在牛津的画像，他坐在炉火旁沉睡，炙热的火光烘烤着他的卷发，也许他当时正借着火光读《伊利亚特》。这情景比任何有关诗人的描述都更真实地贴近诗人。不明白为什么这部书不能家喻户晓，我认为这本书是英语文学中最令人眼前一亮的传记。

特里劳尼的回忆录也很有趣，记录了雪莱遗体的火化情景，既庄严肃穆又令人怀念——是我所知的最生动而又难忘的描述了。利·亨特②的《自传》中记录了雪莱的几个章节，也许有点神经兮兮的，但却是真实的，而且非常有趣，把质朴、慷慨的雪莱与出身卑微、矫揉造作、自私自利、不择手段的拜伦进行了形象化的对比。梅德温的《传记》和雪莱夫人的《回忆录》都不值一提，因为二者都想把诗人理想化和神化。再就是《真实的雪莱》了，它像一场枯燥的庭审，一个精明而活力旺盛的律师在询问一个想象力丰富却又

---

① 舍瓦利耶·达尔布莱（Chevalier D'Arblay）：一位法国流亡将军。——译者注
② 利·亨特（Leigh Hunt, 1784—1859）：英国评论家、诗人、散文家、作家。——译者注

敏感的文人。很难编写一部中规中矩的雪莱传记，因为雪莱的想象力天马行空，丰富而又模糊，还没有常性。文字资料中记载的内容经常自相矛盾，原因很简单：无法用准确的概念对雪莱进行界定。我确信，雪莱从未刻意编造出不真实，但他思维活跃，有能力把毫不起眼的想法扩展成复杂的理论。他记忆力差，虽然能构建出一系列形象的画面，却往往又与事实格格不入。显然，因鸦片在各个时期对他的影响都不同，他的梦想与幻想，在鸦片的作用下以一种客观事实的形象呈现在他面前。尽管如此，对这个人形成一个真实的印象却也根本不难。他是那种生性古怪、情绪不稳的家伙，永远不会成熟，在其短暂的一生中，一直是个孩子。一旦脑海中迸发出想法，就会倾尽全力投身其中，容不得半刻延缓，从不考虑谨慎和常理有可能会阻碍他的行为。如若不能满足他的异想天开，他的生活就会变得惨不忍睹。他抛弃第一任妻子与玛丽·葛德文私奔，就是典型的例证。在与玛丽私奔后，他居然明目张胆地邀请前妻以朋友的名义参加聚会，还有比这更荒唐的事情吗？他有着孩子的天性，每当遭遇挫折或不快，就会不假思索地脱口说出那些似乎是解决问题的办法。孩子们不会刻意编造错误，只会说出最快解开绳结的办法，却从不考虑实际情况如何。若牢记雪莱身上孩子般的天性和本能，就会对他的善变和纠结管中窥豹了。大多数人成年后，能清楚地了解复杂的社会关系，再根据具体情况安排自己的生活，使之与传统和理想保持一致。他们明白，如毫无节制地满足嗜好，就会付出沉重的代价。总之，人们认识到了社会的局限性：在狭小封闭的环境中尽可能获取快乐更为容易。但雪莱从不明白这一事实，他认为只要简单地追寻本能和冲动，人生中的挫折和磨难都会消失殆尽。他从未真正认识人类。他的一生是一系列对人类奢华的艳羡，随之而来的还有毫不逊色的幻想。当然，环境孕育了这些倾向。虽然常陷入财政困境，但他知道，身后总有钱在。的确，在苏塞克斯①时，他常常对外炫

---

① 苏塞克斯（Sussex），位于英国南部布莱顿小郡。——译者注

耀，宣称要继承一大笔遗产。人们不禁好奇，若雪莱像济慈一样生于无名，若他不得不自食其力，他的生活又会如何呢？人们更好奇，若他真的活到继承准男爵的爵位和房产，他会变成何种样子呢？他如此期盼继承遗产，也许早已发现自己身无分文了，但另一方面，他的才气如日中天。他也许是一个特别糟糕的人，让人难以应付，因为你永远不知道他下一步要做什么。唯一可以确定的是，无论目标是什么，他都会用不屈不挠的意志实现它。人们也会好奇地想，他与妻子的关系会怎样呢？雪莱夫人是位传统的女人，信奉社会的尊卑礼仪，在意大利时常去参加英国国教的礼拜仪式，她很有可能——如果可能的话——抱有一种病态的渴望，想要弥补年轻时的过错。很难相信雪莱会与妻子长久地厮守下去，即使他自由恋爱的说法也前后不一，因为恪守自由恋爱的要旨会让双方同时厌倦这种生活。雪莱似乎认为，每当自己有了厌倦倾向时，就有权利终止关系。可是，若他的伴侣为了另一个爱人坚决弃他而去，而他自己的激情仍未消退时，他会如何对待这个问题呢？对此，我们还不清楚，但他一定会极尽所能宣泄道德上的愤怒。

虽然雪莱有这样那样的缺点，但他的个性仍存在无法言喻的魅力。他的热忱、慷慨、忠诚、温柔都令人难以抵抗。人们会感觉，雪莱展现出一种坦诚而质朴的光彩。为雪莱的良好品德做陪衬的是拜伦，除了一些个性的优点之外，他的行为总体上令人作呕。他矫揉造作、小气吝啬，如野兽般粗俗，骨子里就存有势利倾向，因此恰好能把雪莱映衬得如光明天使。雪莱似乎是唯一能让拜伦由衷敬佩并一直敬佩的人。雪莱一开始以拜伦为偶像，却逐渐意识到拜伦性格中的丑陋与自私，但这反而勾起他深深的同情与真情，一如在一个冲动、任性而可爱的孩子身上所找到的那种真情实感，想要保护他，给他提建议，为他打理事务，更会在最后时刻原谅他所有的过错。从本性上讲，雪莱品格高尚，憎恶一切压迫、偏袒、傲慢、自私、粗鄙和残酷，他所犯的错误就像孩童犯的错误一样，无关冷淡无情，也无关厚颜无耻，他只是为强烈的欲望所左右。这是一种奇怪的现象，人们不得不认为，若他与耶稣基督同属一个时代并产生了联系，他一定会成为基督热切的追随者和信徒，人们会满怀真情地去热爱他、敬仰他，他的罪过会很快得到宽恕。我并无贬低他的意思，但他的确忘恩负义、行为不一、骄矜任性。他利用了第一任妻子，而这也成为他人性上的污点。但是，虽然他抛弃了第一任妻子，拐骗了玛丽·葛德文，但无论如何，从本质上讲，他还算清白无辜。这些丑事描黑了他的事业，是有可能的，但若说他树立了一个激励后人的榜样，却绝不可能。他的这种性格，属于社会注定要提防的那种性格，对社会道德漠不关心，忽视真理，漠视商业诚信，即便如此，人们仍期待能创造出更多雪莱式的人物。所以，我们千万要小心，切莫因他诗歌上的天才而放纵他的过错。但即使他从未创作出如此精彩绝伦的诗歌，我也不得不认为，假如人们认识他，也同样会对他充满由衷的敬意。人们无法用理性去理解一种性格，但真相终会水落石出。毋庸置疑，世上最令人感到压抑、最给人以伤害、最令人憎恶的力量，就是来自陈规旧俗的力量，它会使人在判断人们的性格和行为时，不再依据美丽或德行，而是将之比照普通人看待世界的标准进行衡量。这种无聊枯燥的环境，茫茫无涯，无法忍耐，像黑色的浓雾渗透进我们的生活，只允许我们看到咫尺之遥。这种力量仇视原创性，它给予的尊重令人难以承受，它支配着我们的时间、职业、娱乐、情感和宗教，是世上最为残酷和暴虐之物。雪莱曾拼尽全力与之抗争，但可悲的是，他犯下了致命的错误，因对这种力量恨得咬牙切齿，所以看不见其中的可贵之处与良好品行：善良、诚实、慎思和稳重。他为错误付出了昂贵的代价，感受到了在重压之下颤抖的灵魂以及灵魂之上的蔑视和恶名，但仍毫不迟疑地热爱真理、美丽和纯洁。一旦了解雪莱真正的性格，就不会再对他存有任何质疑，就会正确地看待他的错误，看待他放纵的行为、荒唐的政治理论以及情绪的反复无常。

47

拜伦

1822年，利·亨特为拜伦画了一张像，世上几乎再没有一张画像比这张更令人心情不爽了。这幅画像极大地伤害了拜伦的朋友们，他们坚持认为拜伦品行高尚、慷慨无私，这是利·亨特的恶意报复，因为拜伦对待他的方式曾经令他颜面扫地，因而他怀恨在心。在某些方面，利·亨特的确是叫人讨厌的家伙，他从不介意把自己的手伸到朋友的口袋里，总是无可救药地恣意利用朋友的善良本性，以一种毫无尊严的方式接受他人的施舍，完全就是狄更斯所描述的那副嘴脸，彻头彻尾地是《荒凉山庄》中的另一个哈罗德·斯金波①。但即使这样，他仍是一个性情真挚、为人坦诚而又温和之人。诚然，他给拜伦蒙上了更加黑暗的阴影，放大了拜伦身上不受人喜欢的品格，但若认为他对拜伦的描绘不真实可信，却毫无道理可言。若想为拜伦恢复名誉，重新获得人们的敬佩，就需要为其现有的负面形象附上高尚的理由。

拜伦曾经邀请利·亨特来意大利，想借助他的帮助创立文学月刊《书评》。于是，利·亨特与妻子及家人一起来到了意大利，接受了拜伦提供的住宿。可拜伦早已厌倦了这种安排，对自己的慷慨行为感到后悔。利·亨特证实，拜伦是本性贪婪之人，虽然偶然会因个人喜好慷慨投资，但那只是因为他对名声的贪求胜过了金钱。

同样情况下，雪莱的表现却像天使。他真心实意地为利·亨特安排好住宿，为他的房间提供了必要的家具。雪莱对金钱满不在乎，慷慨大方到令人吃惊的程度。雪莱最初对拜伦满怀敬意，他的热情是发自对英雄的崇拜，但经过亲密接触后，了解了拜伦令人反感生厌的一面。可以确定，若雪莱还活着的话，他会立即从拜伦的社交圈中抽身而退。雪莱有关道德的论调不合传统，尽管他的真挚情感燃烧时炽热如火，却又那么容易熄灭消退，他所犯的错误也是情感上的错误。而拜伦，据利·亨特所言，则是个冷血的玩乐者，从不懂得真爱的含义，只有动物般的欲望，而且必须立即得到餍足。于是，令人尴尬的招待由此产生。拜伦住的是比萨的兰弗朗契公馆，他让利·亨特一家住在最底层，利·亨特是这样描述拜伦的：一天中有一半时间穿着土布上衣和帆布裤子四处闲逛，得意扬扬地哼着曲子，他的声音"尖细而沙哑"，一副罗西尼②式夸张的深情。有时他会带着手枪，骑马牵狗外出，有时会伴着杜松子酒加水熬夜写《堂·皇》。他与特蕾莎·居齐奥里伯爵夫人住

---

① 哈罗德·斯金波（Harold Skimpole）：常来荒凉山庄的访客，厚颜地利用主人的善心。——译者注
② 焦阿基诺·安东尼奥·罗西尼（Gioachino Antonio Rossini, 1702—1868）：又译卓阿基诺·罗西尼，意大利歌剧作曲家。——译者注

在一起，这位伯爵夫人曾与比她大三倍年龄的人结婚，分居后成了拜伦的情妇，现在与她的父亲和兄弟同住。

利·亨特竟然愿意把妻子和正在成长中的孩子一起带来，但这并不能完全反映出拜伦的名声，尤其当利·亨特发现自己不在时，拜伦竟肆无忌惮地对孩子们进行嘲讽，教一些戕害孩子们心灵的东西。利·亨特夫人的态度则泾渭分明，从一开始就打心眼里不喜欢拜伦。一次，拜伦告诉她，特里劳尼一直对自己的道德品行指手画脚，利·亨特夫人则尖厉地答道：她第一次听到这种说法。

利·亨特

利·亨特不久认识到，他和拜伦有着云泥之别。拜伦不喜欢他随和的态度，而他自己很快就发现拜伦自以为是简直到了病态的程度，对名利盲目虚荣、脾气暴躁、嫉妒心强、粗俗无理，从不考虑他人，只知道喋喋不休地八卦隐私，此外还很卑鄙做作。但环绕在拜伦身上的名誉光环、围绕着拜伦的浪漫传奇以及拜伦的社会地位，都让可怜的利·亨特格外小心，也令这位性情平和之人感受到什么是无可奈何，这正是利·亨特当时的状况——必须依附于拜伦并寻求他的庇护。他们创办的刊物在鼓噪中闪亮登场，却在无声中黯然倒闭，这种不和谐的伙伴关系也随之瓦解。

任何时候人们都不肯原谅利·亨特，他最初就不应该接受邀请，更不应该成为不甚体面的食客。他努力想保持自尊，于是与拜伦相处时采取了一种轻松随意的方式，但这种方式却让主人大为恼火。他本不应该撰写那部回忆录来记录这段伤心的时期，尽管他自认为对拜伦没有一丝愧疚。

他对拜伦的描述仍然深刻而有趣，也很可能真实可信。令人心痛的是，拜伦非教养良好之人，他购买人生的彩票中了奖，又因天机巧缘获得了爵位，让他出人意料地功成名就，而这些都是许多志向远大之人一生所追求的。但切不可忽视拜伦的天才，虽然大家心知肚明，正是拜伦的天才驾驭着他本性中的高贵和美好。他的本性也重负累累，挂满攀附艺术天性的丑陋和缺陷，可命运使然，这些却让拜伦的艺术天赋人为地得到巩固和发展。有关天才的奥秘，长久不衰地延续着，伴随而来的那些可以用华丽而炙热的语言表达出来的情感，虽可想象却难以感同身受。拜伦所做的一切都是为了哗众取宠，他的虚荣毫无底线，总难以满足，连他的欣喜若狂也是一种舞台表演，这就是利·亨特对拜伦的描述，没有理由对此怀疑。拜伦的愤怒与狂暴，完全是宠坏了的孩子发泄出来的那种愤怒与狂暴，因为他根本无法忍受背叛。拜伦还刻意隐藏了自己性情忧郁的真实原因，并为之贴上了高尚的标签，把自己塑造成哈姆雷特，而实际上他充其量只能算作泰门①。至于拜伦干涉希腊事务，我们该如何看待呢？将自己投身于革命运动，牺牲金钱和健康，遭受痛苦，英勇献身，真的是拜伦热情和真诚的体现吗？利·亨特让我们相信，这一切只是一次次的作秀；利·亨特让我们相信，拜伦公开宣称捐赠给希腊革命的一万英镑，最终缩减为4000英镑。利·亨特让我们相信，诗人主动出示的刻着家训"诚信"的三个镀金头盔的故事，不过是拜伦本人为自己、特里劳尼和彼得罗·干巴伯爵打造的物品。这些结论证据确凿，而且整个事件中都融入了拜伦一心想扬名世界的无限虚荣。希腊远征展现了骑士和浪漫的光芒，或许为他提供了兴奋的动机，但利·亨特认为，拜伦无论从心理上讲还是从身体上讲都是懦夫。的确，根据认识拜伦的人所言，尽管对艺术的追求让拜伦动摇过，但仍然很难相信他的热情无私无欲，纯粹是深深地受到爱国热情的激励。

有人会问，用慷慨的框架巩固拜伦的行为，相信他本性中就具有高涨的热情和狂暴的激情，而他不过是如指针般在两者之间摆动而已，这难道不更能令人接受吗？

---

① 泰门（Timon）：莎士比亚悲剧时期的最后一部作品《雅典的泰门》中的人物。——译者注

但是，一切都取决于研究人的性格时研究者所带有的情绪。必须坦白，我认为重要的并感兴趣的一件事，就是知晓真相。在研究人的性格时，做出任何判断都不可凭借某一党派或屈从于某种诉求，从而刻意地忽视缺点，放大优点。我个人认为，拜伦在本性上一无是处，是冲动的猎物、欲望的奴隶，并一心渴求出人头地。只要看过有关他的演讲和信件上所记载的内容，就不会再有其他看法了。他一生毫无节制地纵情声色，从不尊重、更不渴望获得柔情、自制和谦虚。我真切地感觉，虽然有些理论声称成为天才的前提是具备一颗伟大的心，但拜伦暴露了这一理论的虚假性。

48

遗世英名

　　人们常说，诗人没有传记，只有自己的作品，这话只说对了一半。世上最惬意的事情，莫过于追寻诗人的脚步，了解诗人在凡尘俗世中的所思所想，寻找自己熟悉的场景，目睹天上人间如何从简单中迸发出火花。我经常住在北威尔士的潭叶坳，雪莱曾经在这里住过几个月并有过一次奇特的遇险经历：在半夜遭到袭击——这个故事一直像个谜，未有满意的结局。凝视着雪莱曾经喜爱的那些饱经风霜雨雪洗礼的奇峰异石，看上面挂满了青藤枝叶，想到正穿行于他曾经穿行过的沼泽，徜徉于他曾经从容蹀躞的广袤荒野，心中总是充满无尽喜悦。这一过程带来很多趣味和灵感，因为我目睹了天才是如何把生活中触手可及的单调转化为丰富而新奇的思想的。我也常常想到住在温特沃斯的济慈，他的寓所里面有个小花园，花园里有一棵梅树。在一个倦怠的春日，济慈一边聆听夜莺的歌唱，一边在半张草纸上潦草地写下《夜莺颂》，根本没想过它是否会留存下来。这种种场景都让人更加清晰地看清了天才的本质，意识到每个地方都有天才的给养，同时也意识到，苛责环境不给人带来灵感，这一说法根本就是不着调的怪谈。我还情不自禁地想到，济慈的社交圈非常粗俗，污言秽语充斥其间，但却比雪莱的社交圈更能打动人心，因为它更深刻地烙上了天才的印记。与雪莱接触的人一般都是有趣的才俊名流，而济慈的交往对象总体来讲都令人不忍直视。

　　有一点让我印象深刻，在反思济慈和雪莱这样的天才人物的身后荣耀时，总容易忘记他们一生中多舛的命运！济慈生前一直默默无闻，偶尔写写诗歌，交往着几个信任他的朋友，但谁会想到在他逝世后，他会获得如此巨大的荣耀！雪莱的处境更为不妙，大家都认为他是个没有宗教信仰、没有道德观念的魔鬼，他的想法一直受到鄙夷，他的生活方式更是让他声名狼藉，德高望重的大法官甚至剥夺了他对孩子的监护权。大胆说一下，谈到名利双收，在世的英国作家中至少有百位以上要比这两位诗人高出一筹。拜伦在雪莱的映衬下，总是给人一种颇为遗憾的形象，但至少他有意识地想成为极具浪漫情怀和神秘色彩之人，并借此提升情感的温度，促进世人脉搏跳动的频率。雪莱和济慈都是在低迷和无名中一路努力向前的。诚然，他们能对自己的作品有着恰如其分的评价，内心清楚其文字之间蕴藏着火一般的本色。但有多少诗人用同样的希望在徒劳地填补人生，又有多少诗人认为自己怀才不遇、伯乐难求啊！几乎没有一位略通文墨之人不拥有同样的梦想，不在荫翳艰难时刻面对这样一种现实：自己很可能根本就无足轻重，机缘并不宠爱自己。就济慈和雪莱而言，直到临终的那一刻，他们记忆中都未曾萦绕过任何热切的崇拜和慷慨的称赞，想到这一点，他们的心情该是何等凄苦啊！评论家们的尖酸刻薄、冷嘲热讽一而再，再而三地向雪莱袭来，他精神上的凄苦又有几人能够理解呢？弥留之际的济慈面对死神之时，仍然在内心存有挥之不去的挫败感，又有几人能设身处地感同身受呢？当然可以说，作家不应一心只图功名，应该对作品精益求精而不要在乎结果。这种哲学道理，值得肯定，但同时要知道，作家作品的精华，有一半要取决于作品的吸引力。作家也许带着心酸感受到了世界的美丽，但他的作品也必须让读者产生共鸣，若没有人关注他的声音，他不可能不感到颓然沮丧。并不是他渴望获得愚蠢而老套的表扬，因为这些表扬来自那些见到他就鼓掌之人。他所渴望的，是表达一种亲情、一种慷慨之心奉献的热忱，在性情相投之人的心灵间产生回响。他可以渴望这些——不，他必须渴望这些，才能实现自己的理想。在诗人的脑海中，他期许成就、期许创新，他把时间、思想和努力都奉献给创作，而检验创作质量和价值的标准，就是他的创作能否感动他人。若一个人对自己所做的工作没有某种微茫的希望，他最好重新混迹于人群之中过普通人的日子，靠微薄的薪水为自己赢得一席之地。的确，他没有任何理由去拒绝他本应承担的责任，除非确信他终生所致力于的工作比现在所做的更有价值。诗人心中总会纠缠着一个想法：怀疑自己是否只在取悦自我，玩着不痛不痒的文字游戏，除非他相信，他在增添魅力与真实。诗人的视野模糊而微妙，坚定的信心似乎与他毫无关联。相反，他的周围充斥着喧嚣而嘈杂的声音，这些声音告诉他，他正在躲避世界的责任，没有为人性和世界的进步尽自己的绵薄之力。一些自我意识强的作家会说，人性和进步根本与艺术家无关；但另一方面，我们仍会在各个时代找到为数不多的伟大艺术家，他们从未被种种深切的渴望——帮助他人的渴望、增添平和与快乐的渴望、阐释世界的渴望，让生活更丰富、比单调的苦工生活以及清除石子和尘土的耙路机的生活更加充实的渴望所惊扰。

诗人的希望

　　正因为得不到世人的认可,没有获取应有的名望,才使这两位伟大诗人的生活极具美感。从未有过功成名就的伟大诗人,不会因为在某种程度上意识到自己的价值和影响而被宠坏。丁尼生、蒲柏、拜伦、华兹华斯——虚荣和自满让他们的生活遭受多么大的伤害啊!即使是司各特,虽然在绝望和泪水中洗除了过错,却仍被奢华的生活弄得遍体鳞伤。因此,像济慈这样的诗人,因无法预知自己的伟大,所以仍保留着谦卑与平和。现在,他们已成为榜样,甜美而温情的榜样,谦卑地走在伟人的行列之中,却从未想过自己是幸运之人。赋予济慈和雪莱的天赋,是最伟大的天赋,他们不知道自己的快乐,因为一生中从未为世界赞许的阴影所笼罩,也从未触及过因自知伟大而衍生的自满,而这些都已把凡夫俗子的精神毁得面目全非。

49

济慈

  今天一整天都在读《济慈书信选》,平时也读些,但断断续续的。也许我下面要说的话听起来有些矫情,但却是百分百的真话,这本书对我有着特殊的影响。所谓影响,不是指思想上的,因为没有更贴切的词语表达,暂且称之为精神上的影响吧。这本书点燃了我的灵魂,也点燃了我麻痹而懒惰的精神,让自己感觉仿佛接近了一个如灯般炙热燃烧的精灵。这一火苗如以往多次燃灭的火苗一样,终将燃尽,但只要火光在我心中跳跃、闪烁,我就将努力牢记它给予我的感觉。我首先相信,只有凤毛麟角的书籍才能真正代表作者的心声。世上还有什么书能够像这本书一样,把这位才华横溢的天才诗人那青春勃发、热情奔放的思想酣畅淋漓地表达出来呢？我想不出来。济慈只在给弟弟妹妹以及亲密至交的信中，才改变了惯有的冗长而含混的表达风格，把自己的真情实感以极其亲昵的日记形式表现出来。在我的眼前，我仿佛目睹到他的惊世才华在上升、在奔腾、在燃烧，最后缓缓冷却。不必赘述，只以他1818年10月写给理查德·伍德豪斯的那封精彩的书信为例。在信中，他阐释了自己诗歌的特点，把自己的诗歌与他所指的那种"华兹华斯风格——自以为是的崇高"截然区分开来。他说他没有自己的身份，但他是一面敏感的镜子，可以短暂地映下外部事物清晰的形象，只是这形象会很快消失。他说，与他人共处一室，对他是一种折磨，因为每个人的身份都如此持续地压迫着他。他还得意扬扬地补充道：

诗歌那模糊的念想即将产生，血液将不断涌入额头。

诸如此类的信件，让人们触碰到他卓越思想的最深处——济慈把自己和他人都看得如此透彻而清晰，这才是他自我表达的神奇之处。我认为文学中没有任何事情比一首不朽的诗歌更让人敏锐地感知到天才为何物。比如《无情的妖女》，这是从一封信中摘抄下来的，只是当时为了取悦收信人的随手之作。

虽然上面是我对济慈的看法，但我并没有一直强调说他的性格令人钦佩甚至招人喜爱——即使他经常流露出温柔多情、体贴周到的真挚情感。济慈的缺点显而易见，他的品位经常令人质疑，他的幽默常常令人难堪。他常编造些笑话，并重复着这些笑话，总会让人面红耳赤、如坐针毡。坦率地说，他偶尔会粗俗，但绝不是那种骨子里就有的粗俗，而是那种刻意表现出来的粗俗，这源于他生活在土气的二流文人之中。人们会不时感到，济慈的一些朋友令人不忍卒睹。但很庆幸，他自己没有这种感觉，所以他对他们仍然忠实慷慨。连一些像马修·阿诺德①那样的伟大评论家都坦承，济慈书信中的脂粉气令人难以忍受。这似乎是不常有的判断，但在我看来，却是睿智的。如果生长于优雅的环境之中，就会养成某种生活方式，形成某些观察事物的方法，这些都无可救药地与粗俗产生摩擦。可是人生苦短，既无法克服这种摩擦，又难以从中摆脱。可能人们对济慈知之甚少，认为他是位缺乏教养的年轻人，尤其当他与雪莱在一起时，他常常会因自己的社会地位而感到自卑，这时的他会表现得犹疑不安。"一个散漫、懈怠、衣冠不整的年轻人。"这是柯勒律治对济慈的印象，他是在海格特墓地②的路上遇到济慈的。但坦诚地讲，这种感觉很外在，又很肤浅。另外，作为情人，济慈也无疑令人感到困惑不解。他的热情，他那难以抑制、四处洋溢的激情，部分原因可能在于他身体不适、精神抑郁，总是缺乏一种尊严。但作为朋友，济慈的表现却可圈可点。可以想象，只要进入他的圈子，获得了他的尊重，就很难不把济慈当成偶像。他似乎展示了他那独有的坦诚而真挚的兄弟情谊，即使自己多愁善感也从未使得这种感情蒙羞，这也正是平等友谊的精髓所在。他把自己的真心、思想、梦想都慷慨地奉献出来——不像有些人那样自私自利——从不自我沉迷，也不吝惜同情，以一种忒奥克里托斯作品中渔夫的神态对同伴说："来吧，像分享我的鱼儿那样分享我的梦想吧！"然后告诉朋友他的美好憧憬。济慈从不匮乏恻隐之心，总为朋友倾其所有，哪怕自己已然囊中羞涩、财务危机早已虎视眈眈，但这正是他最难能可贵的品质。有一封济慈与古怪而自私的败家子海登的通信，信中说，虽然自己囊中羞涩，但仍在费尽周折为一位朋友筹款。海登的傲慢无礼昭然若揭，暗示济慈吝啬小气。即便如此，济慈也未大发雷霆，只是轻描淡写地讲述了一下自己所处的困境，他所表现出来的耐心和脾性，仿佛自己就是那借债人。还有他写给妹妹芬妮的那封暖人心脾的信。当时，芬妮还在寄宿学校读书，济慈自己也心神焦虑，

---

① 马修·阿诺德（Matthew Arnold，1857—1867）：英国诗人、评论家。——译者注
② 海格特墓地（Highgate），位于英国伦敦北郊。——译者注

但信中所显露出来的，却是一个真实而温柔的男孩形象——其实，当时他也刚刚成人。当然，有些书信，如兰姆和菲茨杰拉德的，会让人走进这些作者观察他们的精神气质，但他们与济慈有一点区别：他们几乎不能赤裸裸地坦白自己的内心想法，而济慈对于最好的朋友却从未有所保留。他把大多数人因担心别人指责为矫情和做作而羞于启口的想法都付诸笔端，显露出了最为崇高的希望和志向，凸显出其高瞻远瞩的视野与宏伟的抱负、升华了的精神世界与欣喜若狂的艺术追求。我并不是说，每个人都可以充分享有这一切，但对于处在鼎盛时期的济慈，似乎每时每刻，都能体会到个人经历和洞察力所带来的令人敬畏的冲击，这些是任何热爱和崇拜艺术之人虽能间或感受、却无法深刻体会到的。有一幅济慈的画像，我想是他去世后由画家塞弗恩[①]所作，表现的是济慈坐在温特沃斯的寓所里小客厅中的场景。客厅的窗户朝向果园，果园里有棵梅树，他曾在那棵树下写过《西风颂》。济慈坐在椅子上，胳膊靠在另一把椅背上，手搁在头上，带着满足的微笑读着莎士比亚诗集。他衣着整洁，脚上穿着轻便布鞋，上面打着蝴蝶结。这幅画，就像那些书信一样，不知不觉间把济慈融入了生活。我总是不禁遐想，塞弗恩一定牢记济慈给妹妹芬妮的信中那段动人的情节，济慈说他想拥有一所房子，带宽大的弓形窗，窗上嵌着彩色玻璃，透过窗子可以看到日内瓦湖[②]。他的左手放一缸金鱼，他会像画中的绅士那样坐在那里，专心致志地整天读书。这幅画栩栩如生，跃然纸上，猛然之间会以为济慈复活了，来到你的面前。

那么，从这一切中又能推断出什么呢？其一，济慈具有无可比拟的绝世才华；其二，他是位可以让人真心热爱之人；其三，当一个人有足够的运气，可以拥有某种惊世骇俗的思想时，就不该再有羞涩之心。相比于把思想自闭于内心、唯恐被人认为愚蠢的那种表现，莫不如坦诚地、毫无保留地将

[①] 约瑟夫·塞弗恩（Joseph Severn，1793—1879）：英国肖像画画家，济慈的朋友。——译者注
[②] 日内瓦湖（Lake of Geneva），又名莱蒙湖，位于瑞士日内瓦近郊，同法国东部接壤。——译者注

其公之于众，这一定会让世人和自己都受益匪浅。

当然，纵观济慈的毕生事业，它为众多难解之谜打开了一扇窗户。若造物主的目的就是教育世人，若他渴望借助于天才的记忆和语言点亮人类精神，让人类实现美妙宏远的梦想并欣赏到所有的美丽，那么，既然他创造出像济慈那样如火似蜜的人物，又为何在济慈如日中天之时令其遭受种种不幸和疾病的无情打击、让其事业在巅峰之刻黯然收场呢？真是让人百思不得其解啊！环顾寰宇，种种人性赫然在目——有宗教的、艺术的、哲学的，还有商业的、平凡的、兽性的、自私的。但是，高尚的人物却寥寥无几，数量也难有增长趋势。所以，要想人性更加纯洁、高尚和友善，这在很大程度上取决于那些具有崇高境界的天才人物。但切不可以偏概全，错误地认为正是这些罕见的天才，才维系、活跃和丰富了这个世界。可叹的是，这些罕见的天才似乎并未受到造物主特别的垂青，他们都必须要与难以逾越的挫折进行抗争。那种折磨人的无奈，成为他们精神中最为敏感之处。那些秉性——自私、世故、刻薄、残忍，似乎都毫无例外地在世上恣意妄为。高贵和残忍，都是无可否认的事实，崇高、无私和纯洁，也如邪恶与欲望一样，真实地存在。我们在此都犯下了可悲的错误吗？上帝之心厌弃卑鄙和邪恶，更偏爱高贵、纯洁和热情，难道这些只是宗教狂的妄想吗？如果一个开化的民族与一个蒙昧的民族陷入战争，双方的爱国者都会带着同样的热忱和希望祈祷上帝保护所谓的正义吗？难道双方不都希望并相信上帝会支持自己战胜对方吗？

这些都是难解之谜，但即使在理性的冷光下争辩，也不敢妄称上帝在战争中会有所偏袒。上帝让诗人沉默，将传教者重击在地，而与此同时又去维系着财富与舒适，尊重那些野心勃勃之人。《诗篇》的作者说，他曾见恶人像一棵青翠树一样生发，而且还高兴地发现，不久恶人就不见了，那个地方就消失了[1]。但假如他再仔细查看，也许会看见正直的人受到压迫，并随即与

---

[1]《圣经·诗篇》37:35。——译者注

恶人一道被无情地灭绝。在济慈身上，人们看不到正义和仁慈，他生来就是为了奏响思想纯洁而优美的乐章，振奋和激励呐喊的灵魂，但他自己却在才华的峰巅被无情地席卷而去。若再想到他的生命因为一心一意照顾患肺病的弟弟而白白牺牲，就更加令人嘘唏不已！

也许总有一些无果的幻想！而我们又很难加以拒绝。唯一的出路，就是坚守信仰，追寻纯洁与美丽，感谢像济慈这样的灵魂有机会如星光般划过黑暗的苍穹，在宇宙间一个天际线一个天际线地呐喊。我们相信，这光芒、这热情、这愿望，传递给灵魂的是真实——这是上帝旨意不可或缺的部分，无论它在上帝与其无所不能的意志之间起着多么微茫的作用。

50

先知的墓冢

今天早晨在报纸上读到一封信,让我感到既好笑又羞愧。这封信有一串长长的署名,都是学生们所称的"学究",他们倡议,要公众站出来购买济慈在罗马去世时的故居,把它改建成博物馆,以纪念济慈和雪莱。这个建议愚笨之极,让我不禁哑然失笑。首先,在所有故居中挑选罗马作为纪念两位伟大诗人的圣所,是最让人感到不可思议的。济慈入驻罗马故居时已生不如死,在身心备受摧残中熬过了四个月。在给朋友的一封信中,他写道:"我有种习惯性的感觉,似乎我真正的生命已经过去,似乎我现在过的是死后的日子。"①选择这样的地方作为故居,还有比这更不合适的吗?可以毫不过分地说,事实上,在这座人们选中纪念济慈的故居里,英年早逝的济慈度过了一生中最为不堪回首的岁月。假如故居在温特沃斯或汉普斯特德②,要是有人购买的话——济慈在这些地方正濒于灾难和屈辱的边缘,度过了一段短暂而癫狂的日子——也许还有点意义,但莫不如购买他在邓弗里斯③旅店里的故居,济慈也曾在那里住过几夜,也许可以建一所济慈—彭斯④博物馆,真可谓一举两得。这会跟购买罗马故居的效果一样,因为把雪莱和济慈通过罗马故居联系在一起,同样也是一桩善意的蠢事。雪莱和济慈两人熟识的程度真的不值一提,虽然雪莱曾出于善良大方地把济慈当成病人接入家中,也对济慈充满由衷的敬佩之情,就像在《阿童尼》⑤中所见证的那样。但济慈并不喜欢雪莱,总是疑心自己正受到施舍,因此从未与雪莱像其他朋友那样真心相对。实际上,雪莱同样对济慈知之甚少,认为他性格与本人实际差别过大,认为外界严厉的批评削弱了他的快乐与健康。作为年轻而无名的诗人,济慈虽然受到诸多批评,但他仍表现得足够恭敬有礼。他的信件表明,他对外界的批评的确毫不在意。济慈说——没有理由怀疑这话的可信度,许多最为坦诚而亲密的信件也验证了同样的说法——认识到自己诗歌中的问题带给他的痛苦,要远远超过批评家的吹毛求疵所带来的痛苦。虽然两位诗人恰好都在意大利辞世,但这并不代表意大利就是建造诗人故居的最佳场所。

把两位诗人一并在意大利加以纪念,既不合适,也欠考虑,但却是可以原谅的,这是一种真诚而善意的祭奠方式。相比之下,更让人难以接受的却是整个过程中表现出来的势利和故弄玄虚。在信上签名的名人还包括一些像

---

① 1820年11月30日,25岁、只剩下三个月时间的济慈,在罗马写信给英国的朋友查尔斯·布朗时如是说。——译者注
② 它们最近都已获批成为济慈故居。——译者注
③ 邓弗里斯(Dumfries),英国苏格兰地区的32个一级行政区之一。——译者注
④ 罗伯特·彭斯(Robert Burns,1759—1796):苏格兰著名诗人。——译者注
⑤《阿童尼》(Adonais),雪莱的长诗。——译者注

伊顿校长这样的文人，只因为雪莱曾经在伊顿上过学。但凡记得雪莱在伊顿所处的境遇以及他对此积蕴的情绪，就会不禁想起那些有关先知墓冢建造者们的诗句，这些人的祖辈曾向这些先知投掷石子进行攻击。同样令人难以置信的事情也发生在牛津。众人皆知，雪莱曾在牛津读过书。在那里，他过着特立独行的生活，每天进行化学实验，长时间地在户外散步，在霍格的陪同下练习射击和放纸船。虽然他对人们的关注反应热切，却没有人愿意与之交往或者给他提出建议。他曾在小册子上发表过一些无神论观点，只是因为一个聪明、孤僻而且喜欢空想的青年一时兴起，这却让当局感到震怒，于是把他赶出城外。现在，雪莱成了家喻户晓的伟大诗人，他们居然为了纪念他而塑造了一位浑身赤裸、溺水而亡的青年才俊的塑像——雪莱的尸体在海滩上被发现时，他是穿着衣服的，口袋里还有一捆济慈和索福克勒斯①的书籍。这座塑像位于一处孤独的墓地，在圆形穹顶的掩映下，总让人感觉既像宾馆的游泳池，又像宾馆的吸烟室。人们可以说，唯一可做的事情就是为那些生前遭受欺侮和讥笑的伟人追加荣耀。在教育研究场所建立纪念碑，是一种激励，鼓励在此地接受教育的年轻人向先辈学习。但那些因把纪念碑建在牛津而获得赞许的先生们，真的希望他们的学生效仿雪莱吗？假如那些同样放荡不羁且目光敏锐的年轻人来到牛津，又会受到怎样的待遇呢？现在，很可能有些正直而热情的年轻导师，会认为自己对这些年轻人负有责任，于是努力去改造他们，恳求他们玩玩游戏，听听报告，参加早祷仪式，恐怕还会竭尽全力遏制他们的创造力或自由的思想，想把他们变成恪守本分、循规蹈矩之人，阻止他们有任何异想天开的想法。这些受人尊敬的名人雅士把纪念两位伟大诗人的必要性公之于众，他们当中又有几人在寻求济慈和雪莱所展现的那种天才呢？假如后世的青年诗人懒惰、叛逆、粗鲁，喜欢空想，那么又有哪位名人雅士愿意鼓励他们忠实于自己的思想、以自己的方式实现自我救赎

---

① 索福克勒斯（Sophocles，公元前495—前405）：希腊文明黄金时代的一位巨人、戏剧家。——译者注

呢？假如与两位活生生的诗人相向面对，又有几人会鼓励济慈成为济慈、雪莱成为雪莱呢？他们难道不会竭尽所能给这两位诗人灌输自己那套更为温驯的文化观念和正义标准吗？

世界与诗人

当然，令人难以忘怀的是，两位天才诗人的遗世英名让他们拥有了众多的粉丝，就像德国传说故事中的那些人，一旦触动了年轻英雄紧紧握在手中的那柄带有魔力的长矛，就再也不能撤出手来了，于是只好荒唐地尾随在这个征服者后面，一路快跑着穿过大街和闹市。这种情景令人难过，人们感觉，虽然这些签名的名人有令人钦佩之处，可他们并未从中吸取教训，还会像他们的先祖一样，随时对创造性思想不遗余力地进行恫吓和侮辱，他们会把"济慈们"说成自我放纵的败家子，把"当代雪莱"说成缺少道德的共和党人。实际上，这两位诗人已悄然登上诗坛的峰巅，可迎来的仍是冷落与蔑视，那些人本应对他们赞不绝口的啊！但是，这种现象并未让那些随时准备鼓掌的人思想开化，他们仍然还是在看到整个世界鼓掌时才会随声附和。当然，老师们也有难言之隐。学校里总有些异想天开、冥顽不灵的年轻人，沉溺于违背常规的幻想中，可却没有济慈和雪莱那种天才的依托，只分享到了这两位天才对世上所有习俗、屈从、粗俗的憎恶。毫无疑问，年轻人会努力把自己培养成彬彬有礼的居民，这是他们义不容辞的责任。有时，这一过程一帆风顺；有时，却是步履维艰。年轻人，生性叛逆，好高骛远，经常受到误解和规避，有的人甚至一生都一塌糊涂。他们的思想创新之路更是艰辛，远远超出那些逆行之人，因为天才付出的代价巨大得超出想象。成功时，全世界都会为你鼓掌喝彩，权威们会对你称赞不已，理想主义者会对你表达由衷的谢意，而失败时，人们会对你嗤之以鼻，慨叹天赋用错了地方，被白白地挥霍了。我们的国家之所以如此没有理性，如此循规蹈矩，如此庸庸碌碌，其中的一个原因就是，我们对新想法漠不关心，对创新思想毫无敬意，不想被逼迫着去思考、去感受，我们所钦佩的仅是成功与荣耀。而理想主义者只会暗中崇拜美，若诗人强迫自己接受胆怯的理想主义者的关注，靠出售大量的作品获取丰厚的利润，那么，我们只会以荣誉和崇拜这种拙劣的方式回报他们了。若雪莱继承了父亲的爵位，他的作品销量会飞速上升；若济慈像拜伦一样成为贵族，他会受累于乏味至极的称赞。想到这些，就感觉十分后怕。至今，我们仍道貌岸然地端坐于教育的高背椅中，可怜巴巴地紧抓住希腊研究不放，而每当希腊精神——那种对美之印象的不懈追求，对思维活动的强烈渴望出现时，我们却要么震惊不已，要么不屑一顾。从内心上讲，我们是商业化的清教徒，厌恶独立、尝试和创新，相信物质回报，财富、舒适和地位是唯一值得拥有的东西。我们称自己为基督徒，却把基督精神——简单和自由，钉到了十字架上。请至少对我们的渴望做出判断，不要试图达成令人厌恶的妥协。而我们采取的方式却是，迫害鲜活的天才，为死去的天才加冕。难道不能做出真诚的努力，辨别出藏身于我们中间的天才吗？我们要寻找天才，鼓励天才，而不是匹克威克[①]式的谨慎行事，假使有两种群众时，只跟着大多数人叫嚷。

[①] 匹克威克（Pickwick）：狄更斯作品《匹克威克外传》中的主人公。——译者注

51

肖特豪斯

最近一直在读《肖特豪斯回忆录》①,这本书令我爱不释手。实际上,书中揭示的人生司空见惯,讲述的是一位富有的制造者的故事——辛辣文字与不和谐的制造者。肖特豪斯隶属于城郊的文学圈,这片土地滋长的都是最枯燥的文学之花。他住在一栋面积不大的别墅里,早晨上班工作,下午回家喝茶,晚上读书朗诵。唯一与众不同之处,就是癫痫病发作的恐惧时刻纠缠着他。他还患有严重的口吃,这令他备感痛苦,也让他无法融入社会。我一

---

① 约瑟夫·肖特豪斯(J.H. Shorthouse,1834—1903):英国小说家。——译者注

生中只与肖特豪斯见过两次面，而且短短一个晚上的远距离接触所产生的印象通常是不准确的，但我还是要把自己认为有价值的印象描述出来。第一次见面时，发现他是一位矮小精悍的男人，五官特征突出，脸盘较大，像位牧师。我记得他的皮肤是青铜色的，胡子又长又细，两端翘起，就是过去通常所说的"长络腮胡"或"哭丧胡"，这让他的脸上传递出一丝滑稽的表情。他当时刚成名，而我还是大学生，对《约翰·英格尔桑特》疯狂痴迷，对他充满好奇和崇拜。但他本人看起来并不那么令人崇拜，虽然给人一种彬彬有礼、质朴单纯的印象，但口吃成了障碍，让他难以在众人面前表现得轻松自然。大多数口吃的人从小到大往往会受到辅音的困扰，而肖特豪斯犯难的地方，是他要不断重复发出"吐"音，才能克服口吃。为了发出这个音来，他不时拽着自己的胡子，动作看起来像在挤奶。几年后，第二次见到他，他看起来脸色更为苍白和疲倦。之前，他是位只会给人留下些许印象之人，可现在却已经格外惹人注目了。不记得他的口吃是否还那么严重，但他变得更为自信和庄重，我想原因有二：其一，他已成为各路名流竞相追逐的目标；其二，我发现名人与普通人的差异只在于名人更为有趣和简单而已。我仍能清晰地感受到他的善意和礼貌，这种礼貌让他分配得不偏不倚，恰到好处。

可是，他身上仍存在些许神秘。他的生平介绍说，他似乎是位普通人，受过教育，潜心研究过宗教，像忒勒玛科斯①一样，能"处理好那些需要谨慎应付的事务"。尽管如此，从本质上讲，他的思想仍是狭隘的。他的书信中赘言甚多，陈腐无趣，有启发的内容少得可怜，表达的只是对文学摇摆不定的兴趣。他的散文集是重新创作的，为伯明翰文学会而写，质量也大致如此，普通、乏味、严肃，有点说教成分。

然而，在这一切背后，这位虔诚、敬业的生意人却竭尽所能开创了一种

---

① 忒勒玛科斯（Telemachus）：丁尼生《尤利西斯》中的人物。——译者注

精妙绝伦的写作风格：简洁、唯美、细腻、深刻。《约翰·英格尔桑特》，整体上讲，艺术性并不强，它比重失衡，结构松散，中心不突出，故事戛然而止，不是因为作者写完了，而是因为没有什么可写了。各个章节也完全没有安排好比例，这部书的缺点在任何拖拖沓沓、写写停停却又没有认真构思的作品中都可以发现，似乎是碰巧找到笔和纸随兴创作的。然而，书中的辞藻、节奏和韵律，却是精妙无比，虽然他的其他作品也出现过漂亮的段落，但我认为他不会再达到这样的高度了。只有一个例外，那是一篇对乔治·赫伯特①的一本书的简介，写得也相当精彩。

在创造教会气氛方面，肖特豪斯极具天赋。教堂掩映于春天的树林之中，早晨清新的阳光穿过空隙铺洒下来，空气馥郁，弥漫了一丝晨曦的清凉，偷偷溜入，摇曳着点燃的烛火。清晨让一切都变得鬼魅起来，如尘灰般朦胧。牧师，穿着庄重的教袍，踌躇满志却悄无声息地走来，圣餐上的话语轻柔而精致地落入耳畔，如同从一个正在分配任务之人的唇边响起。这个人带着无限的温柔，为每日苏醒的圣洁献祭。

这是肖特豪斯最为浪漫、最为光彩照人的时刻。他对宗教仪式充满眷恋，虽然他生性喜欢寂静——他是一个自由开放的教徒，属于金斯莱派，不是蒲赛②派。对他而言，宗教仪式是一件美丽的饰品，却不是令他魂牵梦绕的象征之物。

这本书吸引我之处还在于，为何这朵娇柔而独特的艺术之花竟然在这块奇异的土地上盛开？就文学兴趣而言，在这种环境下，人们所期望的，是一种含糊的乐观主义，在罗伯特·布朗宁和卡莱尔的作品基础上羞答答地呈现出来。可是，取而代之的却是这种珍贵而独特的风格，它继承了《圣经》和

---

① 乔治·赫伯特（George Herbert, 1593—1633）：威尔士诗人、演说家、牧师、玄学派圣人。——译者注
② 爱德华·布弗里·蒲赛（Edward Bouverie Pusey, 1800—1882）：英国神学家，发动了牛津运动。——译者注

约翰·班扬的衣钵,得益于清澈力量的滋润,为现代英语增添了古老幽闭的韵味。

这表明,艺术会本能地发展,并不一定会受到环境和其他因素的影响。就肖特豪斯而言,对艺术的本能追求似乎纯粹是一种自主的产物,他不追随任何人,没有任何专业批评可为自己所用,他唯一的评论家似乎就是他的妻子。尽管肖特豪斯夫人在书页中的形象是勇敢、忠实和敬业的,但在记载中却可以清楚地看到,她没有任何特殊的文学禀赋。

物以稀为贵。19世纪能写出精美散文的作家屈一手之指可数,如屈两手之指,就可数得富富有余了。虽然有表现力的散文作家数目寥寥,但能称为艺术家的,就少之又少了。在此之前,英国散文一直作为一种直接灌输和表现思想的手段,以纯偶然的方式为人们所使用。而现在的文学巨匠们正转向诗歌,只要看一下肖特豪斯的一两部诗歌草稿,就会惊奇地发现,他的诗歌显示的是对创作的无奈,对韵律、节拍和节奏几乎没有任何本能的反应,属于最低层次的业余拼凑之作。

在肖特豪斯体味到书籍出版的愉悦和声名鹊起的快乐之后,他就欲罢不能了,继续在一根琴弦上单调地弹奏着。他尝试加入幽默效果,却不太成功,因为《约翰·英格尔桑特》有趣的一点就是从头到尾没有一丝幽默,也许在狂欢节那场戏中,有一段悲喜交融的情节:一个人装扮成死尸主持狂欢仪式,但即便如此,这种幽默也几乎完全是一种令人毛骨悚然的幽默。

当然,虽然肖特豪斯的代表作很唯美,人们仍然不会在英国文学史上给予他很高的地位。但作家也许会有一种与作品价值不成比例的兴趣,肖特豪斯的兴趣系于一种珍稀的鲜花,它能在本不应该生长的地方神奇地盛开。他很可能不能掌控后人的思想,因为他的书中没有任何连贯的思想体系。《约翰·英格尔桑特》是一面礼貌的镜子,为情感和环境所捕获。在这面镜子中,宗教情感的美丽音色被迷人地映衬出来。对所有研究英国散文发展的人来说，肖特豪斯有其固有的价值，能在异地的土壤上自发而孤独地展露出散文之花。他还是位与世隔绝的文学工作者，用自己孤僻而优雅的才华预示了新文学流派的崛起，仿佛植物的生长一样，虽非一蹴而就，却也指日可待，终有一天会诞生枝叶，绽放花朵，增添色彩，散发芬芳。

52

威尔斯

几天前,我不经意间来到了威尔斯①。许多人告诉我应该看看这座小镇,但因为这些人的品位和判断力不敢恭维,所以我一直刻意规避来这里。有着与大众迥然不同的本能是珍贵的,也许会比其他本能获得更多的人性,但沉溺其间,却需格外当心。

在此背景之下,我抑制住了想从威尔斯抽身离开的本能。很高兴,我这么做了。许多人认为威尔斯非常漂亮,位于群秀之首的地位,而事实也证

---

① 威尔斯(Wells),英格兰西南部一城镇。——译者注

明，它的确受之无愧。就建筑而言，威尔斯和牛津大气，伯福德①和奇平卡姆登②小巧，据我的阅历来看，这四座小镇是英国最美丽的地方。虽然其他一些地方也有漂亮的建筑，但这四个地方特有的和谐一致，却是其他城镇所缺少的而且也是令人耳目一新的。

毋庸讳言，威尔斯的美丽难以言表，威尔斯的浪漫令人称奇。它几乎是一座完美的中世纪小镇，悠久的历史令它鹤立鸡群，而这一点恰是我们很容易遗忘的，因为当初建成时，它并不具有这一特征。我认为，威尔斯初建时，绝不仅仅是个美丽之所。没有外人的侵扰，没有访客的打扰，现在的小镇已变得古老，它的砖石因久经风雨而有些碎裂，但这也让它更加韵味浓厚，成为世上最迷人的景点之一。

用语言描绘威尔斯，上帝都有些不容！我甚至不敢确定，人们最为仰慕的东西真的就值得人们仰慕吗？比如，大教堂的两个外立面，由于要修复大理石柱子，暂时受到些损坏。这些柱子，看起来像印度橡胶管，一段一段地插在那里。教堂的唱诗班座席，也令人不忍直视。石头台子矮矮的，就像孩子们搭起的一排藤架，风琴简陋，座椅却舒适，呈现出一种惊人的伊拉斯图派③氛围，却没有一丝的魅力和神秘感可言。在这种地方祈祷，我根本无法想象。牧师内街，常常受到愚蠢的吹捧，经过修复，看起来更像温泉胜地里的一条小巷。

但主教行宫却给我们呈现了另一番景象。护城河中天鹅游弋，凸窗和角楼巧夺天工，棱堡和塔楼枝蔓绵延，这一切都让人无可救药地渴望去拥有其美丽的奥妙，让人在目瞪口呆、茫然失措中满怀渴望和热情的信念，臣服于能创造出这美轮美奂之景的力量，无论这种力量生为何物。

---

① 伯福德（Burford），位于英国牛津郡附近的小镇。——译者注
② 奇平卡姆登（Chipping Campden），位于格洛斯特郡，是科茨沃尔德地区保存最完善的历史小镇之一。——译者注
③ 伊拉斯图派（Erastian），近代国家主义的一个早期理论，否定教会代表着一个灵魂的或思想的国度，主张国家享有绝对主权，国王拥有对教会的最高控制权。——译者注

在一位教会朋友的帮助下，我有幸在这美轮美奂的天堂之国悠然漫步。行宫位于教堂的东面，很难想象它的主人是谁，它又与周围的建筑产生怎样的联系。行宫里面的水池与小溪水色清澈，纵横交错。这里有一块已开垦的土地，种满了日常蔬菜。那里屹立着一座神秘的古建筑，细察之下，里面竟空旷无物，只是一口水流喷涌的泉井。还有这里，有一块草坪，精致的鹅卵石道两旁盛开着玫瑰，距离几步远的地方，是一块无人踏足的草丛，到处蔓生着灌木、接骨木和桂树，中间有一块天然形成的草场，而那边的景色也让我屈膝臣服：在古城墙旁边，在教堂塔楼和山墙庄重的俯视之下，一口大型喷泉从地面喷薄而出。有一个秘密管道连接着四周水草茂盛的池塘，然后再顺着水流满载而走，不，这不是一口喷泉，是三口喷泉，它们令人惊叹地融入到这狭小的杂草与灌木交织的空地上。

这才是真正的威尔斯，罗马人口中的"太阳泉"，从山中隐秘的水道获取给养，再不舍昼夜地喷洒而出，去取悦和振奋人们。真希望中世纪的建造者没把宏伟的教堂建在这些泉井旁边，而是建在泉井之上，让泉水在专门设计的祈祷堂中喷涌出来，这样，教堂里就会荡漾起音乐之声，泉水会从房间的门中流走，一如"以西结"所看见的那样：水从神殿的门槛下流出，一直向东，去滋润土地。①

我轻步踏足在深色的树林之中，来到了紧锁眉头的塔楼下的护城河边，看见一只翠鸟立于枝头，鸟的后背如同披满了蓝宝石一般，鸟的前胸是红色的，脑袋机警地向旁竖起，注视着溪水。突然，它俯冲而下，瞬间无影无踪，可一眨眼，又飞了回来，浑身闪闪发光，像亚瑟王的神剑一样，口中衔着它的猎物。

整整一上午，我都在悠然漫步之中度过，小镇的美景令我目不暇接、流连忘返，我一路惊叹，一路遐想。

---

① 《圣经·以西结书》，47:10。——译者注

我突然产生一个奇怪的念头：这个如梦似幻般美丽的地方应受控于一些单纯的教会人士。这座小镇几乎就是一个村庄，虽然世纪更迭，但它一直过着安静、幽僻而琐碎的生活。据我所知，这里从未出过伟人。但它空气甜柔、气候湿润、阳光和煦，可以遮风避雨，适宜过一种悠长、惬意而懒散的生活。小镇之美似乎对当地人没有任何特别的影响，从未成为思想或运动的中心。人们忍不住会想，它本应诞生某种诗一般的气质，哪怕不是具有创造精神的那种，而是懒散的享乐类型的也好啊。但是，行人的耳语声产生不了任何美丽。空中充满了耳语聒噪，美丽似乎已消融在以此为傲的当地人的脸上。我不知道，此地的优雅美景对当地人有何影响，也许只是知道众多陌生人竟然来到自己的家乡时拥有的那种淡淡的喜悦吧。我不应嫉妒陌生人欣赏这美丽的景致，站在难以涉足的迷人山谷时就该有这种想法的。但我却很难明了，这美丽到底为谁而存在？它似乎是一个有着自己如梦般欣喜和情感的地方，一个文人雅士在宁静、快乐和热情中生活的地方，一个不会有任何让当地人联想到丑恶或粗俗、进步或数字的地方，一个容纳入选灵魂[①]和英雄才俊的地方。

人们不想在诸如此类的白日梦中过于异想天开地荒诞下去，但还有些生灵散落在简陋的城镇之中，也许正埋身于肮脏的房子里，他们本可以住在像威尔斯这样的地方，享受着绵长的快乐，不时陶醉于美景之中。而大多数真正的居民几乎是偶然来此定居的，他们似乎并未意识到自己的好运和福气，也未感受到环境的影响。想到这些，我就感到一阵心酸。统治世界的力量竟然在这群山环抱的狭小之地聚集了价值连城的美景，却漠不关心这美景是否为心灵相通之人所感受和辨别，这真是一种令人无奈的浪费。

在这个地方，我愿意见到的牧师应该对艺术和音乐极具感觉，并充满强烈而神秘的好奇与渴望。他也许喜欢空想，即人们常说的不切实际，但他

[①] 即成为"上帝的选民"，基督教所说的"上帝的选民"，指凡是信仰上帝的，就是"上帝的选民"。——译者注

相信，与其说宗教是一种行为，莫不如说它是一种情绪，行为听从情绪，如溪水顺势而行。我不是说这是宗教最重要的形式，它的精神不符路德宗，也不合卫斯理宗，它更多地生活在希望之中，而不是在定数之中。它渴望看见上帝，却不愿称颂上帝的愤怒。这样一个人，对所有的人都温文尔雅，有理智和耐心，他的希望与悲伤交织，生活在令人振奋的祈祷氛围之中，听见了泉水的淙淙声，听见了树丛中小鸟的歌声，在圣乐声中他内心因狂喜而飞扬，并在庄重激越的风琴声中得以升华。有时，他也会倾尽真心谈及上帝的秘密。这样的人所过的生活会受到上帝的庇护，会受到安歇之水、正义之路的引领，庭宴早已为他们摆好。今天，这种生活或许会被那些所谓的阳刚之人嗤之以鼻，会让那些讲究实际的慈善家不屑一顾，但正是这种精神创造了《诗篇》、《约伯记》和《启示录》。这种宗教形式，如果受到那些把信仰建立在开放的《圣经》之上的人的鄙视和责备，那么，他们的《圣经》就不是开放的，而已被无知和蒙昧尘封。生活应该充满能量、充满信仰、纯洁无比，虽不必在屋顶呐喊，也应向那些在密室中有意倾听之人述说。这个愚蠢而虚伪的年代，错把金钱当成财富，把刺激当成愉悦，把干涉当成影响，把名望当成智慧，把速度当成进步，把浮夸当成雄辩，这种生活如若不能加以谴责，也应受到鄙视。

  在芳草萋萋之地，在鸟声嘤嘤之中，在婉转悠扬的钟声里，甚至在清泉喷涌之时，这种生活也许会破土而出。在现在忙忙碌碌的日子里，我们想当然地认为，流水没有任何工作可言，只是在转动磨轮，为城市发电，运载货物，把污秽冲向大海。我们忘记了，流水会穿越树林，滋养青草和绿树，滋润饥渴的鸟兽，在阳光下熠熠放光，在夕阳下倦怠地透出光辉，掩映苍白的天空。噢，扭曲而健忘的一代人，虽然应该比上帝更清楚我们朝圣的目标所在，却不愿倾听上帝的谆谆教诲，不愿见到上帝刻在墙上的耐心寄语！我们在教诲中忘记了学习，在预言中不屑于回顾往昔！正是我们，藐视了生命，藐视了美丽，藐视了上帝；正是我们，刻下难以磨灭的印记，崇拜上了火焰，以至于失去了阳光。我们每日祈祷和平，可当珍珠放在我们的手中时，我们却把珍珠扔进了泥土里。

　　我们虽然倾尽绵薄之力去保护生活，远离尘嚣，却仍有重负要承担。这些斑驳的屋墙、高耸的塔楼、汩汩的水声，若没有给予我们任何其他的启迪，那么，它们就是在教诲我们：平和与美丽距上帝之心咫尺之遥、珍贵无比，上帝把它们置于应处之地，依靠我们去感知、去热爱。若生命是一次学习，那么，所学的内容是伟大的，可却又是模糊的，但不管怎样，至少它甜美的印象，如我们所追求的幻影那样，总会一直支撑和安慰着我们。

53

朝圣之旅

有时，对文人墨客生活过、想念过和描写过的居所进行一次朝圣之旅，我相信一定既是愉快的又会让人受到启迪，有助于人们意识到"他们如我们一样都是凡人"，但这种意识是快乐的，也是感恩的。参观的过程中会有种感觉：某种思想、某种语言，并非人类无法获知，我们可以在自己的房间内、花园里和田野中感知到，在与他人一样的椅子上和书桌旁创造出来。有一次，丁尼生到歌德在魏玛①的家中做客，令他感到吃惊的是，歌德的房间里

---

① 魏玛（Weimar），德国城市。——译者注

除了旧靴子和药瓶之外，几乎看不见任何其他东西。在阿博茨福德①博物馆的玻璃橱窗里，就精心保管着沃尔特爵士②的旧帽子、大衣和憨笨的系带鞋。当然，像许多游客一样，人们寻找旧靴子和瓶子时，想到的一定是它们的主人。首先，人们必须熟悉伟人生活的每个细节，读过他的信件和传记，看过有关他的书信，如果可能，还看过他的日记以及他所有的书籍。人们一定是逐渐崇拜上他的，乃至有了想一睹真容的念头。一想到坟墓把伟人与自己阴阳相隔，心中就充满遗恨。直到有一天，人们认识到，这个伟人曾经食宿过、走过、谈论过或写过的地方，一如路斯③石砾遍布的荒野，连接天地的云梯已然搭起，在寒冷中入睡的雅各瑟瑟发抖。突然如梦幻一般，他看见天梯瞬间放下，神的使者走下天梯，从云雾缭绕的头顶带来明亮的思想和神秘的慰藉。④

所以，每个人只有几种地方值得朝圣。其一，事情发生的不应过于古老或遥远，到森林中去目睹伟人遗留的残垣断壁几乎毫无意义，这种场合根本不会令人回忆起眼中英雄的所见所依。必须有人的气息萦绕其中，必须能看到伟人曾走过的花园小径或用过的家具，才能在某种程度上意识到伟人眼中的老屋样子。其二，这个地方必须在作家的灵魂和精神方面产生某种个人的关联或者本能的情感。他要在这儿写过一些名著，而且是可以给养心灵的名著，其中的喃喃细语透露出甜美的希望，让人震撼并产生温情的共鸣——这个作家必须是从未谋面却真心热爱之人。膜拜这位作家的天赋，熟稔其伟大之处还不够，他还应有亲切感，参观他的故居如同拜谒父兄的墓地，总是满怀爱意，感受到他离去的失落，体会到精神上的纽带衔接，仿佛在参观某一熟悉的地方，可以轻松地说："是的，这就是他喜欢的树，他在作品中写

---

① 阿博茨福德（Abbotsford），苏格兰城市。——译者注
② 指沃尔特·司各特爵士（Sir Walter Scott, 1771—1832）：英国著名作家。——译者注
③ 路斯（Luz），指《圣经》里迦南地的路斯，即伯特利。——译者注
④ 《圣经·启示录》27:45，雅各在逃亡的途中，夜宿荒郊野地，于昏睡中梦见天梯、遇见上帝。——译者注

过。书桌旁的那扇窗户他也谈过，这能让他一览湖光山色。在这个墙边，他喜欢在冬夜里观察炉火吐出的火蛇。"

　　这些旧居竟然可以让人如此希望去亲身拜访，假如认真考虑过旧居的意义，人们就会有种奇怪的想法：这些故居中，有多少在成为诗人的家后，又变成了小说家的故居？正是个人情结、想象力和创造力，才编织出这个魔咒。无论多么闻名遐迩，我也不想让人们千里迢迢去拜访历史学家或哲学家的故居，我本人更不愿意去参观将军、政治家或慈善家的旧地。我宁愿拜访莱德尔村①，也不愿在斯特拉特菲尔德萨伊大楼②体验心灵的升华。我宁愿欣赏丁尼生曾写过的《拍岸曲》中的那条小巷，也不愿观赏位于哈登的格莱斯顿图书馆③。这并不是说，将军和政治家的故居没有趣味，与他们为邻而居，我并不会厌烦去拜访他们，但那只是大脑的愉悦，而非精神的乐趣。驻留在那些地方，我就忍不住去问些问题，而不能在无言和肃穆中沉思。这么说有些感情用事，但我希望去参观布兰特伍德④和萨默比教区⑤，在那里，我会满含泪水和虔诚，默念祷告，如同在某个古老而挚爱的老屋中那样，因为这些地方给我留下了甜蜜的回忆和幸福的岁月。

英雄

　　在随后的日子里，我发现有所遗憾的——我是带着遗憾这么说的——就是在当今作家的故居当中，竟没有一个能让我心怀敬畏和渴望、带着神圣感想去拜访的。有些作家，我非常尊重和钦佩，他们的作品我也悉心拜读过，但没有一位能让我迫不及待地想听从召唤，怀着庄严、虔诚和期待的心情去

---

① 英国著名湖畔派诗人威廉·华兹华斯的山庄。——译者注
② 英国惠灵顿公爵打败拿破仑之后获得的封赏。——译者注
③ 以四次出任英国首相的政治家威廉·尤尔特·格莱斯顿命名。——译者注
④ 英国诗人和画家约翰·罗斯金的故居。——译者注
⑤ 英国兰开斯特郡的一个村庄，许多成功的商人曾在此居住。——译者注

一睹真容。这也许是我自己的问题，也许是年龄增长的原因，但从另一方面看，没有一位作家的作品一宣布上市，我就急切地想去订购，并真心期盼它早日到手。有些作品出版时，我会决定去读读，但没有一本书会让我确信有着无可辩驳的真理和美丽。这真是一种巨大的落差。曾记得，当丁尼生从西敏寺的迪恩巷阔步走出时，我激动得几乎窒息。他皮肤黝黑，蓄着长发，衣着古怪而不合体，眼睛宽大，目光却黯淡而深邃。曾记得，当看见罗伯特·布朗宁时我的那种忐忑与期盼以及与他见面后的失望。他的友好平平淡淡，谈话轻率无趣。曾记得，作为一名大学生，在不断请求下才获准去见马修·阿诺德。当时，他穿着猩红色的长袍，正在参加一个露天的学术聚会，我永远也不会忘记他接见我时那种与生俱来的优雅与和蔼。在我们中间行走和呼吸的，该是何等高瞻远瞩的预言家，该是何等口吐莲花的代言人，才能具有化腐朽为神奇的力量，唤醒精神与上天的共鸣？所以，我们目前的生活状态，只会培养出大批工作有效率、有成绩的人，却不能培养出具有毋庸置疑的权威地位、孤独而高贵的天才。

也许，热切的年轻人一直渴望目睹名人的真容，想聆听他们的教诲，就像我渴望见到"青春之神"一样。但现在，海洋和深渊都异口同声地说："这里不在乎我。"①

但我并未放弃希望。我不在乎我的英雄年长年少，但希望他年轻一些，假如我听说某个正在冉冉升起的青年才华横溢、激情满怀，就会专程与他见面，无论是长途跋涉、漂洋过海，还是凄风苦雨、风餐露宿，都只为把花环亲手放在他的脚下，接受他的祝福。

---

① 《圣经·启示录》41:16。——译者注

54

彼得伯勒

几天前,我来到彼得伯勒①,不经意间走到一条小巷,它位于一扇虽有些斑驳却很精巧的黑色拱门下,我突然感觉自己来到了一个浪漫世界,到处是庄严肃穆、远古祥和。在壁龛之中,放着精致的雕塑,有点破损,但如弗拉克斯曼②所言,它凝聚了中世纪的艺术之美。安静的牧师休息区给人一种优雅、虔敬的感觉,这里栖息着离群索居的生命,礼拜之贵和神圣之美都让这些牧师心境怡然。然后,我走到通往乡下长长的新开路上,宽阔的交叉路口

---

① 彼得伯勒(Peterborough),英国东部城市。——译者注
② 约翰·弗拉克斯曼(John Flaxman,1755—1826):英国雕刻家、素描画家。——译者注

布满了密密麻麻的信号牌，快运货车呼啸着驶进驶出，庞大的货运列车咣当咣当地南北双向鱼贯而出。街道上，矗立着排排的法国梧桐，教堂由大块的石砖垒砌而成，住宅舒适而温馨，有轨电车在纵横交错的电线下一路滑行而去——好一幅新民主生活的崭新画面！这种生活德行朴实、富足轻松，虽品位不足，却不乏快乐，虽没有浪漫，却不亏欠幸福。只要生活一帆风顺，人们就感觉心满意足。毋庸置疑，这些家庭满足于一日三餐，满足于明亮而丑陋的家具，也满足于友好的闲谈和崭新的衣装。他们的娱乐仅限于自行车、留声机以及互相传看的小说。这里有富足而美好的真情和友谊，有地方味十足的亲密的嬉笑戏谑，有所有英国繁荣的外在迹象和内在底蕴。市民的骄傲一览无余地体现在古老的建筑上，体现在来往如织的游客中，体现在美国人的嫉妒羡慕中。乍看之下，新旧的对比何等强烈啊！旧的，代表了一些富有的权威阶层、牧师和贵族，还有那些备受摧残、过着惨淡的生活的穷人。新的，代表了只会一心追求享乐的少数富有阶层，大多数生活忙碌而舒适的中产阶层，还有总体而言体面而富裕的工薪阶层。从人类幸福的角度审视之后就会发现，相比于旧秩序，新秩序在幸福感、舒适感和满足感上更为充盈。

我们又多么容易陷入这样的误区，认为古老建筑上所悬挂的悠久而成熟的优雅是属于中世纪的专利啊！让我们收回思绪吧。彼得伯勒大教堂恢宏的正面，全是崭新的灰色，有如林的塔楼和尖顶，三个巨大的入口，没有脚手架式的构造，却神奇地吻合了诺曼式建筑的特征。可以想象，即使在当时，热爱古朴和幽静的人们也会把它当成现代的喧嚣之作，并为能使之成真的时代进步而感叹不已。

仔细查看带有三个巨大拱门的灰色前脸，我几乎可以确信，它的设计比较粗劣，只考虑了正面，未装饰背面，而且上面尽是骄奢浮华的雕饰。比如说山墙上的玫瑰窗，阳光照射进来时只能照到屋顶的木椽，除此之外，没有任何作用。显然，设计师担心因没有装饰而显得过于简单，只好用雕饰填满每一寸表面。如果没有看到修复后的西侧立面，那些殷勤夸赞教堂圆润柔和的行家们,也定会连连指责。

无论正面如何,那些高耸的塔楼,也许对我们有所启示,它们代表了繁忙和热切的行动。人们渴望去了解的,也许真正重要的,就是是否促使人们采取行动的这种精神与构建如今中产阶级如意生活的那种精神相比,更为神圣、更为纯洁、更为优雅呢?它真的意味着对艺术的热忱,意味着要为了某个美妙的想法、某个光芒四射的希望而牺牲安逸和财富吗?建造大教堂的修道士和贵族,真的饱含谦卑、热切和热爱之情吗?抑或只是出于一种炫耀心理,认为教堂应该有一个崭新而华丽的外表,如《赞美诗》中所哼唱的那样:

我们敬献给主的一切,都会得到千倍的回报。

还是说,这是一种增加他们精神财富的投资?

很难说得清楚。早期从事传教活动的修道士们,信念坚定,热情高涨,这一点毋庸置疑。但当修道院的发展处于鼎盛时期,当修道士成为拥有广阔土地的地主,当修道院院长在议会中拥有一席之地,当寺院生活变成野心勃勃之人的毕生事业时,教堂精神还那么纯粹和神圣吗?让自己完全服从于循规蹈矩的礼拜仪式,并不能说明很多问题,毕竟人们容易调整自己,以便适应传统的繁文缛节。

因此,全盛时期所体现出来的修道士精神,与敦促铁路发展的那种精神,与建造装饰华美的火车站大楼的那种精神,有着天壤之别。可对于这一点,人们仍半信半疑。

所以,当看到繁荣四处繁衍、豪华别墅开始簇拥古老的建筑时,切莫匆忙地得出这样的结论:新兴财富已然湮没古老的理想。很可能无论是修道士,还是铁路官员,富有阶层的理想并未发生显著的变化。没落时期的修道士们,并未以美德和节俭而声名远扬,人们认为他们迷失于追求上帝的荣耀和圣洁人性的崇高理想之中。但事实情况是否真的如此,并没有证据能够表明。

我不想为了放大今日中产阶级的理想而去公开指责修道士们的理想,我从未虚伪地认为我们的全民理想非常高尚。我希望自己可以相信我们的全民理想非常高尚,但我们并没有对宗教、教育、艺术、文学或浪漫表现出独特的兴趣。我们的爱国主义,有商业化的味道。我们相信自己的诚实,但恐怕它的基础并不牢靠。我们声称是无所不言的朴实之人,但这经常只意味着为了不惹麻烦而表现得彬彬有礼。应该承认,我们尊重自由,但这只意味着不受到打扰,可以我行我素。虽然我们富有,我们成功,并从中获得了良好的心态,但我认为,我们并不是一个高尚的民族,当然,我们也不是一个自私的民族。

对我而言,彼得伯勒永远是寓意悠长的英国传说,它象征着某种古老的骄傲以及对宗教精神的善意轻视——虽然这些教堂得到了良好的保护,但没有人会觉得教堂对我们的国民生活有着深刻的影响。彼得伯勒还象征了我们全心全意所信奉的东西——井然有序的物质繁荣——迷惑了像我这样的梦想者,似乎这是给予我们国家的礼物和指南,虽然一直以来我都渴望去认为,上帝给予我们的启示是另一种截然不同的希望,一种更为祥和而简单的理想,上帝会赐福于贫困、简朴和温柔的人,而对此我们简直是一无所知啊!上帝说了许多情感真挚的话语,告诉我们财富的危险性,我们却只当成了他给予个人的忠告,这种想法多么轻率随意啊!平日里,我们所得到的最深刻的忠告莫过于:走自己的路,为自己的权利奋斗,尽可能挤入前列——但这与基督精神谬以千里。耶稣基督认为,人应该慷慨地将自己奉献给他人,放弃那个贫瘠的世界!

我再次把目光投向影影绰绰、灯光昏暗的宏伟教堂,映入眼帘的是那单一的色彩、交织纵横的拱门和变化多端的图案,还有那一簇簇的人影,身着白袍的牧师站在唱诗班席上,不禁令人起敬,还有那礼拜者三三两两,怡然自得。风琴响起，如林般的音管中涌出甜美的音乐，请听，人们正伴着优美的旋律一起吟唱："他叫有权柄的失位，叫卑贱的高升；叫饥饿的得饱美食，叫富足的空手而去。"①

　　这些音符，穿越艺术的殿堂，响彻于殿外欢快的人群之上，伴随着轰鸣而过的火车，传递了多么令人震撼的信息啊！它到底为谁奏响？那颗卑微的虔敬之心，身着华丽的盛装，把一切都置之度外，正坐在那里激动得浑身颤抖。然而，这里，如任何地方一样，一颗颗宁静的心知晓这所有的奥秘，他们是耐心的女人、善良的父亲、可爱的孩子。如若有人告诉他们，他们的头顶萦绕着圣人的光环，他们会认为这很荒谬古怪。我们能做什么？我们在朝圣的路上踟蹰挣扎，盘旋的幻觉、财富与奢华的精灵，都在不断地纠缠我们、误导我们，我们双眼迷惑，看不清"小路"。②我们只能毅然决然地变得简单起来，坚守信仰、保持纯洁、笃守真爱，毫无保留地把自己托付给天父，正是他创造了我们，救赎了我们，他比我们自己还爱我们。

---

① 《新约·路加福音》1:52。——译者注
② "通向死亡的门是宽的，路是大的，进去的人也多；引向永生的门是窄的，路是小的，找着的人也少。"《新约·马太福音》7:13—14。——译者注

55

贝拉西斯庄园

两个星期以来,这里的天气一直完美无瑕——气象学者却用了一个丑陋恐怖的名字称呼它,叫"反气旋",意思与"气旋"相左,暗示了《诗篇》作者所说的:

他要向恶人密布网罗,有烈火、硫黄、热风作他们杯中的份。[1]

---

[1]《圣经·诗篇》11:6。——译者注

我经常好奇，在密布网罗之后，大地将变成怎样！"气旋"这个词，本身暗示着高空蒸汽的恐怖旋涡，加上"反"字后，整个看起来更有敌意。但在春季，"反气旋"却意味着开启了天堂之门。日复一日，在静谧的阳光之下，大地平静如水，微风徐徐。日复一日，从山峦绵延到平原，我尽情纵览着茫茫的沼泽。日复一日，我慢慢驶过广袤的平原，轻步踏足于遥远的农场，穿过片片的黑色耕地，马儿拖拽着爬犁，我穿梭在马蹄扬起的飞尘里。我一次次地穿行于大坝之中，看见小溪静静地流淌在翠堤的掩护之下，如一道红宝石带子，似直线一般笔直地流向天际。远处，可以瞥见漂亮的山村、舒适的黄砖房以及阳光下那灰蒙蒙的教堂。在一个特别值得纪念的日子，我发现了贝拉西斯庄园①，它位于沼泽中的一个小山村里。想象一下，那是沿着公路一顺排的红砖高墙，中间有一对高大的门柱，门柱顶部雕刻着巨大的石铸双足飞龙②。庄园中，小巧的花园里古树林立、青草茵茵，点缀着金黄色的金凤花。花园中四分之一英里处，有一座红砖建筑，美得难以想象。有座角楼，上面是无数红砖砌成的烟囱、山墙、直棂窗和凸窗，角楼从高大林立的黄杨树和紫杉树中探出头，高耸入云。幸运之极，在我驻足凝视时，年轻的绅士正要出门，他友善地问我是否愿意四处看看。于是，他就引领着我穿过房门，走进大厅，厅门由巨大的橡木制成，镶嵌着石板。"这是我们家最大的丑闻了。"他指着石板说到。我不敢妄加猜测我的所见，但有一个地方，上面看起来像一块乌黑的血迹渗透出来，仔细查看，是一块潮湿而模糊的轮廓，粗略看像人体的形状，双臂张开，仿佛温暖的尸体被置放在冰冷的石板之上。"就在那里，年轻的继承人被他的父亲杀害了。"绅士说，"他的血流淌到这里，他的背部被刺，他跟跄了一两步，然后摔倒了。血迹干了之后，怎么也刮不掉。""你一定让这搞得心神不宁吧！"我说。他笑了，"是啊，糟透了。我只在夏天住这里，我另外有个小房子，离这儿不远，冬

---

① 亨利·贝拉西斯爵士（Henry Bellasize）的官邸，他曾担任爱尔兰戈尔韦郡的长官。——译者注
② 双足飞龙（Wyverns），常出现在英格兰国家徽章上，有两足两翼，长得很类似龙。——译者注

天更方便些。但冬天总找不到照看房子的人。幸运的是，即使我把门窗打开，也没人敢进来！"他领我穿过一个个镶有嵌板的房间，内嵌的，带凸窗的——每个方位都有楼梯、阁楼和走廊。我想，这所大房子里一定有差不多五十个房间，也许只有六个房间有人居住。其中一个房间，他让我透过小窗户向外望，我看到下面是一个小庭院，左边有座古老的礼拜堂，窗户已然被砖砌上了。不知为何，庭院中散发出一股邪恶的味道。绅士告诉我，在铺设下水管道时，他们挖出了十多具骷髅，就把它们都埋在附近的教堂墓地里了。房子的后院比前面迷人得多，环绕着高大的砖墙，蜿蜒向外伸展。有一块绿草茵茵的花园，两旁栽种着高大的黄杨树，中间有许多古老的苹果树，树上果实累累，花园里点缀着恣意盛开的鲜花。后面，几块大大的池塘里长满苔藓，一些凌乱的山丘上覆盖着黑荆棘。有一块小树林，开满红色的花骨朵，栖息着小鸟，树林有个甜美的名字，叫作"上帝之林"，巨大的草坪向四周延伸，有数里之远。

　　此地最独特的魅力，在于这里从未被整体修缮过，只在需要的边边角角进行过修补。我从未见过任何一个地方，从头至尾散发着如此的魅力，野性赋予它优雅，而修葺只会给它造成深深的伤害。在池塘边远眺片刻，可望见长长的屋顶和簇拥在一起的烟囱高耸于百花盛开的花园之上，啄木鸟在洞中发出叫声。也许，在11月急风暴雨的日子里，这座位于孤单牧场上的庄园会令人感到一丝凄凉，但在春天里，暖暖的阳光照射在砖砌的房屋之上，巧夺天工的庄园散发着无与伦比的魅力。古老的房屋硬生生地拔地而起，如巨石峭壁一般，年代越久远，越见其敦厚结实。大自然，包揽了余下的工作，耐心地奉献出风雨和阳光，让护墙上的景天[①]低垂下头，给护墙装饰上金鱼草和桂竹香，也给古旧的房屋点缀上橙灰相间的地衣。我不会告诉任何人庄园的所在，每个夏天我都会一次次地去拜访这座庄园，它就是我要珍藏起来的宝贝。

[①] 一种药用草本植物。——译者注

这几日堪称完美，生活丰富而新鲜，极尽春日的可爱，却不带一丝的倦怠，让我产生莫名的幸福感，胜于任何充满哲理的慰藉。空气、微风、飞逝的时光，都荡漾着愉悦，散发着馥郁的芬芳和美妙。远远望去，平原斑驳，孤独的堤坝旁河水碧绿，位于谷仓和杂物仓之间的古老农舍快乐地眨着眼睛，高高的教堂塔楼从几英里之外就可一览无余，村庄的树林里，乌鸦繁忙地聒噪着。你所见到的人都一脸和善，面带微笑，他们是缓步回家的老人，是皮肤柔嫩、兴高采烈的耕童，正骑着高头大马嗒嗒地走下公路。你所看见的，就是一个真实的世界。人们在户外自由地生活，在广阔的田间劳作，这似乎就是他们快乐的命运。深色的池塘中，游鱼泰然自若地浮游在水面上，人们在堤坝旁茂盛的草丛中品尝着美食，仿佛在享用祥和的圣餐。时光一分一分地飞逝，日出日落，你尽可以不知疲倦、自由自在地徜徉，思绪化为一股股涓涓细流，温情地感知着一切，像清澈的溪水一般潺潺向前。回到家中，看见那扇熟悉的门，是另外一种快乐。当静谧、孤独的夜晚来临时，你可以恣意地回想着那些美妙的场景。而在几个小时的沉睡后，再次醒来，又会看见明亮的世界，画眉鸟在树丛中婉转歌唱，清晨的阳光已洒满房间。

56

少女夏洛特

　　正是由于所谓的"机遇",昨天早晨——真正的夏日初始之时——我来到了伊利①。实际上,是因为我开始认识到:动力能带来最为微妙却最为美丽的惊喜。阳光明媚,似金尘播撒,新栽的植物都在夜里长了一大截,争先恐后地舒展着皱着的枝叶。兴奋之下,我漫无目的地来到河边,走上船坞,找到了一艘停泊在那里的汽艇,汽艇可以租借一天。像少女夏洛特②一样,我上了船,但我没有把名字刻在船头,因某个愚蠢且不知趣的家伙早已刻上

---

① 伊利(Ely),英格兰中东部一地区。——译者注
② 夏洛特(Shalott),丁尼生的诗作《少女夏洛特》中的主人公。——译者注

了名字。快艇驾驶员温和而寡言,没让快艇有一丝耽搁,突突地驶进了溪流之中。

那真是无比甜美的一天,真希望可以把那甜美的经历描述下来,我愿意与大家分享自己珍藏的甜蜜,但对于所发生的一切,我却真的是无法付诸楮墨。整个过程宛如《少女夏洛特》的故事情节,但有一点点的不同:命运的阴影并没有笼罩着我。我感觉自己更像神话中的王子,正要进行一次冒险,溪水的尽头就是城堡,那里有花园和长廊,也许会有人从埋身的草坪中向我们挥手。草坪位于水边,上面有一处幽僻的房屋。这里没有忧伤的圣诞之歌,但我的心里早已奏起了安静祥和的曲调。

亚瑟王的宫殿

本以为自己会喜欢比较传统的交通工具,可后来才发现,这种想法多么愚蠢啊!毫无疑问,少女夏洛特的小舟一定装饰得时尚而明亮,正好迎合她赴约时的场景,尽管当时的她已昏昏欲睡。现在,虽然可以用铝材把快艇装扮成雪茄状,但说到古色古香,终难媲美几百年前的船只。可坐在汽艇里的我,带着古怪的帽子,穿着奇怪的灰大衣,看起来却古味十足。不管怎样,汽艇已悄然启动,船头荡起了涟漪,船尾处水花飞舞。船开得很快,转头回望,高大的塔楼在迷雾中越发模糊起来。我们快速地驶过绿色的堤岸,上面开满绚丽多彩的金凤花,岸肩处遍布着白色的欧芹、紫草和水酸模。我听见水蒲苇莺在柳树丛中萧萧鸣叫,夜莺在繁茂的灌木丛中甜美地歌唱。头顶是湛蓝的碧空,前方有红宝石玉带铺洒水面,而两边堤岸上,则充溢着浓浓的绿意。这一切,怎能不让人心驰神往!我也曾受过一次惊吓。一对矶鹬飞快地从小山坳中飞出,盘旋在我们的头顶,露出白森森的凶相,尖尖的双翼对准了我们。在一次次的驱赶后,它们终于厌倦了追逐,绕个大圈飞回到出发地。有一只布谷鸟,栖息在一棵高大的杨树上,在我们驶过时庄重而又韵味十足地叫了一声。大部分的世界都隐藏起来，但教堂的塔楼却不时越过河岸投来肃穆的目光，从我们身旁划过。奶牛轻柔的哼叫声时而也会从牧场上传来，孩子们虽然难觅踪影，但他们的欢笑声依然会从农场的院落里飘至耳畔。有一两次，在驶过水闸之后，我们来到了更为欢快的世界。在这里，可以听见桨架的撞击声，马蹄踏上河岸的嗒嗒声。一群快乐的年轻人，飞快地从我们身边闪过，舵手高声喊着号子，刹那间让我仿佛回到了三十年前！三十年了！依稀发生在昨天，我没感觉到变老，也没感觉变聪明，但感谢上帝，我变得更快乐了。虽然恋恋不舍，但仍得继续向前行进，驶向未知的下一站。经过一座村庄时，带着白色山墙的排排茅屋从茂盛的果园里拔地而起，耸立在我们眼前。那就是小山之上的迪顿村①。然后我们经过了一座古老的铁桥，伴随着驶过的列车发出咣当咣当的声响，铁桥咯吱咯吱的碾磨声也不绝于耳。接着，我们看见了巴恩韦尔②那寒酸的房屋，我们的汽艇从房后驶过，穿行到圣·约翰桥下，再从三一桥柳枝依依的步行街旁经过，从克莱尔桥那爬满青藤的院墙和修剪整齐的花园旁驶过，从国王桥那高大的宫殿旁驶过，从女王桥的砖墙和凸窗下经过，终于来到了纽纳姆③的磨坊池。不知为何，感觉这不像剑桥，倒像某个宫殿林立的魔法城镇，但我不会戳穿这个魔咒。我们四处巡行，不做一刻的停留，直到最后，转过身来，慢慢地把整个景致又重新欣赏了一遍，度过了一个漫长而幽静的下午。

　　古朴的剑桥生活就隐藏在这里，虽然岁月交替更迭，它却一如既往地充满生机和欢笑。如同一位返乡客，我走进其中，没有忧伤，只有欢乐，生活就该这样，到处荡漾着阳光。我不想再回到过去，不想再置身其间，只想傻傻地快乐着，看着它，惦念着它。我认为自己就是个任性的孩子，满脑子的美梦和期望，有些已经实现，有些等待完成，有些以出乎意料的方式来临，

---

①迪顿村（Ditton），剑桥河东岸一村庄。——译者注
②巴恩韦尔（Barnwell），位于剑桥东北地区的一郊区。——译者注
③纽纳姆（Newnham），剑桥大学纽纳姆学院。——译者注

有些仍神采奕奕地召唤着我。我甚至不想找同伴,不想与人交流思想和心情,难道是因为我过于满足而变得无趣、自乐和不思进取了吗?我不这么认为,都说柔情似水,我知道它的甜蜜,我也认为它是纯洁的,它整日都在拍打我思想的堤岸。日子并非每天都如此美好,我把它当成从上帝手中接过的完美礼物。虽然很容易说服自己,生活本可以过得更加美好,但理性却深刻地教诲我:上帝送我们来到这个世界,生活就像性情顽劣的溪水,总在嶙峋的怪石间和多变的天气里起伏跌宕。上帝能够给予,上帝也能收回,我从不置疑他的力量和权力。从上帝手中收到的礼物,有些是棘手的,我会感到悲伤。但每当收到他甜美的礼物时,我就意识到,也十分确信,他真的希望我一切如意。

一天下午,我们坐船出海。我爬上了防洪堤的高处,凝望着宽广的沼泽,看到一路向东蜿蜒穿行的堤坝,看到遥远的教堂和朦胧的山峦,想到了人世间的种种纷争,而其中的大多数其实都是源于人类的自我放纵,徒然为世界增添了伤痛。我好奇,我痛苦,人类到底是由怎样的纤维组织构成,才能神奇地编织入世间的生活。我的好奇充满惆怅和反叛,让我感觉,在那宁静的时刻,我已越发接近上帝之心。这不是错觉,因为平和,一直安详地藏身于此。今天,我也在一直对着大地冥想,大地上,芳草萋萋。平和,藏身于不断拍击芦苇的清水中,藏身于青翠的树丛中,藏身于鸟儿的歌声里,甚至藏身于我这颗悸动的心里,我已欣喜地找到了自己的港湾和家园。

57

露天矿

今天天气闷热，压抑，无风，准确地说，没有多少风，空气如蜂蜜一般厚重黏稠，不再清爽。人只能吸吮空气，而不是呼吸空气。然而，大自然却毫无愧疚之心，仍深深陶醉其中，恣意享受。树木伸展枝叶，抖擞身姿，为乍暖还寒时姗姗来迟的春天一扫全身的褶皱。天空中，一群群昆虫疾行奔忙，令人目眩，它们并无特别的使命，只因生活和忙碌能带给它们巨大的快乐而兴奋不已。公路上，肥壮的甲壳虫披着灰橄榄绿衣在爬行，在盲目而笨拙的匆忙之中，费力地于草叶中穿行，有时会在石头上跌倒，四仰八叉地躺倒在地，无助地抖动孱弱的双腿，就像上了年纪的牧师被公交车撞倒的情景。起身恢复平衡之后，再气喘吁吁地踟蹰前行。鸟儿无处不在，有的在狼吞虎咽地吃东西，有的在篱笆上悠闲地高歌。我看见六只布谷鸟，掠出一道道银灰色带，拍打着篱笆筑巢。所有的一切都在构筑着生活，一种奇异而忙碌的生活。

的确，悠闲地穿行于街头巷尾，我非常知足。一天，我偶然间找到一个喜欢的地方，是一座古老的黏土矿。土矿位于山旁，一条灰白色的公路懒洋洋地从沼泽中延伸而出。过去，这里是一个露天矿，一个漂亮的地方，可现在已杂草丛生，变成一个山楂树遍布的幽谷，一个流浪汉露营的好去处，山谷残存着道道灰色圆痕——那是篝火的遗迹。我不喜欢被到处丢弃的衣服、脏兮兮的帽子、大衣、裙子和靴子。从来无法探知流浪汉包裹里的秘密，他们从未衣着得体，却能在每次露营时，可以随意丢弃足够两三个人穿的衣服。虽然我本人不愿意触碰这些什物，却仍希望这些衣服可以供人穿用。这也许是户外生活的随意性，一旦流浪汉有了比以前更好的衣服，就会在下一个休息处扔下自己原有的旧衣。

今天，这个白垩矿场长满了樱草和雏菊，尤其是樱草，茂盛得令人难以想象。我想，也许今年是樱草之年吧。植物似乎都有周期，每年都有一系列的特色花草能够找到合适的季节孕育花期。更确切地说，某种花在某一特定的季节盛开，从而表明前一年是一个适合播种的年份。今年，到目前为止，有两种植物表现得很扎眼，一种是带绿色光泽、开白色小花的野草，另一种是深灰色的野生荨麻。两种植物覆盖了大片的土地，让我感到既有趣又新奇。

我在矿上逗留了一阵，注意到一种之前从未见过的花朵在杂草丛生的岩脊上熠熠闪光，透过小小的山谷俯瞰着广阔的沼泽。今天的景色抑郁深沉，披着紫色的阴影，天空中大块乌云咄咄逼人，仿佛正在酝酿一场暴风雨——远方迷蒙处是一层蓝灰色的雾纱。到处是丛生的树木，它们穿越一片片田野，蜿蜒伸展到遥远的地平线。一只山鹑正在牧场里轻柔地鸣叫，麻雀充满野性的尖厉叫声也不时从灌木丛中传来，它们似乎正在聚会，喧嚣而热烈。

真希望能够描绘出我当时的思绪，那思绪不知为何心驰神往，散发着柔和的光芒。我并无特别喜悦之事，但思绪却一直处于回忆与期盼之中，在奔腾跳跃、穿梭于过去和未来之间，捡拾着芬芳的花朵。我似乎没有了欲望，也没有了遗憾，杯子已斟满香醇的美酒，美妙的春天把酒酿造得恰到好处，既不甜腻，也不醉人。空气中正孕育着一种无言的慈爱，一如天父观看他无数的孩子们嬉戏时的表情。我看见一只大画眉，目光严肃，围着一处灌木丛蹦跳着，一只虫子挂在它的嘴边，在痛苦地扭动。我突然意识到，这部戏对有些演员来说，是一场悲剧。这种杂念本应扰乱我平静的思绪，但它没有，因为一切都已圆满。人，总要走到虚荣的阴影中，但今天，我似乎已无力搅动自己的心绪了。不只是自私的享乐思想让我兴奋不已，在很大程度上，我的快乐还来源于能与所有人一起分享快乐。在一眼望不到尽头的地方，在绵延婉转的远方，鲜花正朝着阳光，鸟儿正清脆地歌唱，我也与它们一样快乐，并与这美丽的世界一起分享着快乐。

58

大自然与科学

华兹华斯的诗歌中，最动人的段落莫过于描写他乘舟夜游时对恐惧的感受了。当时他还是个孩子，在埃斯维特湖①上，划动船只从不远处穿过一个低矮的山坡，突然看见黑黝黝的山峰，一边注视着他，一边移动着，这孩子顿时吓得惊恐万状。当然，这种感受是纯主观的，山峰只是遵循了某种自然规律和光学原理，它才不在乎孩子的感觉呢。孩子与贫瘠的山脉之间若是有联系，肯定不符合科学规律，但是，获取自然规律与了解自然界的真谛并非

---

①埃斯维特湖（Esthwaite Lake），英格兰湖区一处小湖。——译者注

完全是一回事。人们可以对一切事物进行分析，譬如山峰、湖泊、月亮等，把它们划分成各种成分，然后表明正是通过某种作用力，物质才有了能量并得以维系下去。但人们仍然不清楚物质或作用力到底是什么，它们是如何产生的。

即使从科学角度分析，对大自然的思考所产生的主观效果，也同样是一种现象，它无时无刻不存在——只是需要认知。人的情感也是一种科学事实，是比物质和作用力更为复杂的科学事实。正如华兹华斯所说的："假若能理解，他就已心满意足。"其实，他只是在说明一个事实：对于大自然，既有神秘主义的诗性认知，也有科学认知。也许科学完成了原子成分分析和作用力的研究后，会转向心理学分析。同时，必须认识到，从精神层面上看，科学家的工作本质上与诗人的工作一样，都是诗性的。说科学家的工作本质上是诗性的，是因为科学家越深入地探究奥秘，奥秘就愈发深奥，也愈加令人困惑。结果，科学非但未破解奥秘，反而大大地增加了奥秘的复杂性，因为科学抛弃了约定俗成的理论：人是大自然的宠儿，他创造的一切都应为其所用。我们现在知道，人类只是某种模糊而强大的规律进化过程中一个局部且暂时的现象，也许代表了规律进化到目前阶段的最高层次，但很可能只是位于进化的起步阶段而非最高阶段，未来的发展仍处于懵懂之中。假若对大自然的思索和分析注定要影响人类，其目的无非是激发人类的好奇心，并用破解奥秘的欲望折磨我们。也许对待自然的诗学与科学观点的区别在于，科学研究激发人类尽可能深入地探究奥秘，怀揣着神圣的渴望把自己细腻的发现贡献出来以解决问题，而对大自然诗学的思考，则趋向于产生更多平和的情感。科学家一定有种感觉：即使把毕生奉献给科学研究，也只是增加了一点点解决问题的可能性。只要这个无底洞不被测出，就不会有个人成就感。因此，大自然对他而言，就像一个苍茫的奥秘，在对科学研究极尽藐视的同时，还总是拖拖沓沓地呈现着奥秘。相反，诗人会认为此时此刻的他，完全可以掌控大自然赋予灵魂的情感，他能望见暮雪掩映下的峰巅、夏日树林中的萋萋芳草、疾风骤雨拍击的湖面。这些场景都让他激情澎湃，让他由衷地感受到美的魅力，也让他洋溢着无限的幸福。他可以暂时栖息其中，甚至会认为这是大自然渐次传递给他的讯息。他越满怀激情全身心地接近自然之美，距离上帝的思想也就越近。

但无论是科学家还是诗人，都解决不了更深层的奥秘——复杂的人际关系之谜。相对于诗人，科学家对科学研究的热衷更有可能使自己"离群索居"，理由很简单：科学家的事业几乎无关情感，只涉及事实。而对诗人而言，爱情、友谊、爱国精神和责任等诸多情感，往往都会导致情绪的爆发。但两者同样都容易隔离于平凡的生活之外，因为对诗人和科学家而言，与历史相比，今天太不值一提。两者也同样容易低估人类努力的价值，因为他们都知道，人类活动和人类意愿这些现象，只是漂浮于前进浪潮边缘的泡沫和浮渣，人们很可能不会去做这些琐事，而是去尝试那些神秘而又冒险的未知事物。对于讲究实际的人来说，这种想法似乎会削弱诗人和科学家身上的主观能动性，但他们愿意在这一点上受到误解，因为他们知道，他们的这些活动是由一种比人类意愿更为强大的神秘力量所促使的，无论是繁忙劳累还是离群索居，都是这股神秘的力量支撑着一切。

59

古路

马利路是一条小道,也叫"漂泊之路",这起源于古时候,小道从古老的北路分岔,沿着一眼望不到头的白垩高地蜿蜒到山坳,然后再爬上它的顶端绵延数英里远。在这里,白垩高地一路走低,直到连接起水草茂盛的平原。马利路的名字是玛利亚的变体——玛利亚路——因为曾经有一个祭拜圣母玛利亚的古老圣所坐落在这宽阔却低矮的悬崖之上,它现在仍沿袭了过去的名字,叫作希尔教堂。现在,圣所的遗迹已消失得不知所踪。也许,院墙已改建成农舍,错落有致地排列在道路的尽头。在这荒野之地,曾挖掘出教皇的铅制印玺——教皇的诏书就此命名。但教堂本身——这个曾经很可能非常简陋的圣所,却在清教徒运动①狂热爆发时被掀起屋顶,毁于一旦。当然,这一切已成历史,无论是筹建圣所的虔诚,还是摧毁圣所的狂热,对我们而言,既无贬损也无收获,我们只是变得更加富足,而不是贫穷。

马利路并不经过村落,只通往几个农场。村落都犬居于高地的山脚下,位于可挡风躲雨的山谷中,那里有小溪、果园和花圃,一路攀行到缓坡之上。道路修好后,高高的山路就几乎没有了用处,它唯一的长处就是在纷乱的时代,为那些朝圣者的负重马匹提供更为安全和稳妥的线路——在这里,可以看见朝圣者是否有危险。

因此,这条古道一直鲜有人问津,更无人修缮,就这么落寂地躲在白垩高地的背后。从空间上看,这条路已嵌入耕地,如同一个浅浅的土窝掉入农场,重要的是,它穿行于高大的灌木篱笆中间,留下了深深的车辙印以及羊群踩踏出来的泥淖。从古老的树林中蔓延出来的一些古道,被人们误认为是空地,在深谷的掩映下,其实不过是凌乱纷杂的植被而已。在这里,古道变成了从未向世人开放的远古树林;在这里,低头可见杂乱分布的灌木丛,抬头可见盘根错节、树干中空的远古橡木。这些树木之所以幸免于难,一部分原因在于其中空的树干已经无法被砍伐利用,另一部分原因可能在于,古人朴素的思想中仍残留着某些传统的本能,对美丽和崇敬保留着温情。所以,即使在今天,人们也会出于由衷的敬意对古树加以细心看护,哪怕这种敬意极其模糊,甚至根本都不能称之为怀古情绪。青青的山道陡然垂落,通往看不见的村庄,山道也变成了铺满碎石的道路,指向了更为宽敞的公路。但即便如此,仍可以重新找到绿草茵茵的地带,沿着安静的高地缓缓地转过弯来。

在炎热的夏天,再没有一个地方比这古老的山路更为迷人了。树篱上枝叶繁茂,下面的矮树丛鲜花灿烂,编织成美丽多彩的图案,藏匿了枯萎的

---

① 16世纪中叶,英格兰国教会内部,以实现加尔文主义为目标的改革运动。——译者注

树根。画眉鸟在低矮的树丛中啼唱,黑鸟从叶子搭成的居所进进出出,用突兀的高音吸引着异类。这里的树篱挂满蔓草,还有一簇绽放着的野玫瑰,淡淡的圆形花托上开着浅淡的橘红色小花,花心上盛满了花籽。早开的玫瑰舒展着宽大的花叶,浓浓的香气洋溢在空气之中。你似乎瞬间就可以深入到遥远的乡村,和你有过一面之缘的牧羊人或劳作者,都在与你分享着户外田野的寂静以及远古的气息,它来自淡然、简单而原始的劳作。就在此刻,这种原本毫无情调的生活,突然在脑海中凸显出难以名状的神秘感。这种生活为劳作而存在,既令人感觉可怜,又带着一丝尊严,实实在在地笼罩在神秘之中,但这种神秘却基于一种诺言:通过锲而不舍的坚持,实现一直以来孜孜不倦追求的抱负和社会发展的梦想。因为无论发生何事,这些工作都要继续,一直到天荒地老。思想和灵魂越清醒,就越不会心甘情愿地在这种无聊枯燥的劳作中保持缄默。假若能教育一个心地善良之人满足于简单至极的生活,假若可以移植对田野和森林发自肺腑的热爱,那么,就可以无时无刻不看到广阔的蓝天、飞翔的白云,体会到生活、真爱、安逸、劳作和悲伤。我们所能经历的最美好的一切,那时,贪婪的思想和狡诈的心机所惹起的祸端,就毫无立足之地。无论体会到的这些是否细腻、巧妙,能够生存和感受就是一种理想的宿命。为了获得具有自我意识的生活以及平和的心态,我可以马上抛弃所有朦胧的梦想和异想天开的希望,抛弃所有自找的忧愁和焦躁的念想。居住在这片安详土地上的人们,从未思索过过去,也从未为将来忧心忡忡,他们只生活在此时此刻,而这就已足矣。

  冬日里的玛利路,寸草不生,到处渗透着荒凉,可我却认为这时的它更能打动心扉。北风跨过高地的山脊肆虐而来,所到之处光秃一片,牧场变成浅黄,车辙和沟渠里存满积水。寒风间歇时万籁俱寂,偶尔能听到山羊在树篱后面啃食干草的声音,山脚下农场里家禽的叫声,蒸汽犁在山坡耕地里的喘息声,远处的火车穿越山谷时的呼啸声,还有秃鼻乌鸦从遥远的田野依次飞回家,在山林深处热切争论时的喧嚣声。夜幕降临,金色的云彩汇集成万道紫光，似火的夕阳在脱去枝叶的灌木丛后燃烧起来。

但无论如何，这条山道最打动人的魅力在于，在一代代众多已逝的先人心中，它蕴含了太多的思想，让人产生无数或悲伤或温情的联想。即使是一座老屋，都有其足以令人魂牵梦绕的美丽，因为人们曾在这里经历过出生入死，体验过爱情、欢乐和痛苦。在这样的山道上，无数朝圣者留下不懈的足迹，他们每个人心中都怀揣着令人感慨唏嘘的迫切渴望，怀揣着未竟的心愿，怀揣着想要根除疾病或罪恶阴影的期望，甚至怀揣着家破人亡的满腹悲怆。这悲怆打动了山道，把所有人的心都凝聚到一起，去破解人生的奥秘。这些人，身体孱弱，满脸风霜，正沿着杂草丛生的山道吃力前行。面对失望时是怎样的伤心欲绝，渴望的心灵又会得到怎样的升华，才能让他们的心灵如此悸动不已！一定有许多人，朝圣归来时比去时更兴高采烈，因重负已然放下，阴影渐渐淡去，而且他们至少获得了新生的力量，可以继续熟悉的路程。想到这些，我们备感欣慰。有一点可以确信无疑，无论多么厌恶地鄙视所谓的迷信，无论多么坚定地挥别固守的观念，一切都是场美丽的错误。心灵把人们敏锐而强烈的情感都聚集在某个地方，在这个地方还驻守和徘徊着某种强大的力量——不管怎样，至少对有些人而言，灵魂超越了身体，思想不再会受到单纯的物质形式的羁绊和束缚。而正是在这些物质形式的包围之中，在被凡尘世俗桎梏的日子里，我们来回往复，踟蹰前行。

后记

在评论济慈的名言"美即是真,真即是美"[①]时,一位直率而坦诚的评论家说道:"用两个词指代同一事物,有何意义呢?"的确,当词汇随意使用时,词汇就不再有任何实际意义了。关于快乐,人们也犯下了同样的错误。快乐应该不是一种品质,而是一种条件,更确切地说,快乐是品质和条件达成的平衡。人们想到快乐、谈论快乐时,就好像它是美德、健康、娱乐和美好天气的综合体。毫无疑问,快乐经常与这些因素形影不离,但它却是一种独立的品质,而且不仅仅是能力和环境的产物。快乐,常常莫名其妙且又任性地独立于环境之外,身体不适或思想煎熬并不一定就不快乐。在熊熊燃烧

[①] 选自济慈的诗作《希腊古瓮颂》。——译者注

的柴堆上歌唱的受难者很可能是快乐的,因为,据说在权衡利弊之后,受难者对自己的整体境遇感受到的是愉快和满足。但我认为这并不是一个思想活动的过程,如果受难者是快乐的,这种快乐一定是一种自然而然的本能。有些人坚持认为快乐仅是一种效果,如色彩一样。黑暗中没有色彩,但只要有光渗入,就会产生所谓的绿色,如树叶或墙纸,能够选择并反射绿色的光线,并排斥所有非绿色光线。但树叶和墙纸本身并非绿色,只是有能力吸收和呈现绿色而已。所以,有些人认为,性格本无所谓的快乐与否,只需有能力或本能地可以从生活中提取快乐的元素,排斥或抵消不快乐的元素。但我认为这是一个误区。快乐的性格不会因不幸而发生逆转,而悲伤的性格也有可能会把哪怕最如意的日子荫蔽起来。回想种种人生经历,根据游戏规则,有时本该是感觉不幸的时候,可实际上却过得安逸满足。在牙医的座椅里,我是快乐的。到目前为止,我最快乐的假期是在我一生中从未体验过的不适和肮脏中度过的。这种环境本身当然不可能产生快乐,但也不会远离快乐。这样的境况,其悲怆之处在于,我们都渴望快乐——只是自以为是地认为快乐该是另外一种样子——却根本不知道如何获取快乐。只有很少的人能够直接奔向快乐并获取快乐。有些人即使无法满足自己的渴望,也获得了快乐。我有一位朋友,他曾暗下决心,为了快乐起来,他必须发财致富。他经历的煎熬难以想象,承受了无法忍受的艰辛痛苦,终于功成名就。于是,他早早退隐林泉,过起了隐居生活,可随即却变得闷闷不乐起来,因为他发觉自己十分无聊,失去了享受悠闲生活的能力。当然,无聊是不幸的罪魁祸首,但无聊不是我们所为或所不为的必然产物,内在精神的倦怠才是无聊的必然结果。只要倦怠存在,就会渗透到职业和闲暇之中,若想剔除它,既无灵丹妙药,又无确切依据。心地善良的人会建议那些无聊的人:"你所有的不满都来自于过多地考虑自我,若置身于他人的烦恼和生活之中,不满会立即消失不见。"当然会的!而这正是无聊之人所不能做之事。这种建议的实际效果,如同在鼓励一个正在遭受牙痛之苦的人时所说的话:"要是牙痛消失,你就会舒服了。"一位心神焦虑之人曾经求教过罗斯金,他抱怨自己不快乐,并把它归咎于自己的一事无成,罗斯金犀利地答道:"如果可能,你的职责首先是获得简单的快乐,然后再有所成就。"

那么,在这件事上我们能做些什么呢?怎样才能保持快乐呢?答案是,我们什么都做不了,只能顺其自然地接受它,就像接受阳光和春天一样。我们当中几乎没有人能够因得到预知而改变自己的人生轨迹,我们所要踏上的旅途,有哪些人可以与我们同行,几乎都已成事实。在某种程度上,我们可以从打扰我们平静的习惯、观念、脾气、激情、期盼和回忆的经历中获取教训,以避免再次磕磕绊绊,还可以承担一些如若疏忽就会感到愧疚的微小责任。我们似乎可以调整精神食粮,避免病从口入和暴饮暴食。但老毛病总是顽固不化,即使在公平对抗中败下阵来,也会耍起邪恶的诡计,一边养精蓄锐,一边图谋在半路埋伏反扑,而此时,我们正因取得胜利而得意扬扬地悠然前行呢。这种想法也许会令人感觉沮丧和压抑,但唯一的希望也正存在于这种良知和耐心之中,没有捷径,我们只能一步步地踏上征途。

但至少,我们可以做一件事。我们可以坦诚地讲述自己的经历,无须装腔作势,无须欲盖弥彰,坦白弱点对我们毫无害处,只会给其他朝圣者增添勇气,至少可以让他们知道,他们并非在孤身一人面对前方的妖魔鬼怪。我们还可以毫无保留地讲述一路的所见所闻,特别是其中的美好场景:苍郁的山林,蜿蜒的河水,从山脊瞥见的行者们的音容笑貌、举止言行,古城的巍峨建筑,与单调的公路纵横交错的肃穆街巷,掩映于树林之中的小小村落,枝叶繁茂的林中山谷,在洒满露珠的山坡上咩咩而叫的山羊,夜晚鸟儿的啁啾之声。这所有的一切,都在我们或清醒或疲倦的意识中留下了清晰无误的印象,让我们久久留恋。

有件事是确定的,一切还未结束,我们还可以为心灵做些事情,而这些事情只能在清晨明媚的阳光下或在夜晚凝重的雾色中进行，没有其他方式可言。本着这种精神，我们回顾自己的错误——虽然它们令人难过，因为我们知道，这些错误不但不是可以避免的意外或阻碍，相反，是心灵的精髓，穿过层层甲胄呈现出来。

假若遭受了痛苦——这是注定无疑的，只要我们有思想，有热血，有灵魂，那么，就可以从这些打击我们、抹黑我们而且令我们无力反击并感受到剧烈痛苦的磨难中习得祝福。这种痛苦的恐惧之处，在于它的连绵不绝，在于它令我们感受到忐忑不安和阵阵惊颤。可是，一旦结束，痛苦会立即消融成湛蓝天空中的朵朵彩云，或者——这更加令人期待——变成支撑和净化自己的美好回忆。对逝去的痛苦，除了心存感激之外，没有人心存留恋，虽然它可以在眉目之间留下印记，却不可在内心留下阴影。考量他人的生活，很容易看清这一点，但近观自己的生活，却无法真正意识到。记载一个一帆风顺的富足之人的生活轨迹，有何趣味可言呢？读到历经磨难之人的故事，看到从无数挫折和失败中崛起的希望，意识到心灵不是通过轻松而优雅的胜利而变得坚强，这种道理又会产生怎样的启迪呢？当英雄的人生呈现在我们面前时，我们扪心自问的不是他们已经享受到心满意足的荣华富贵，而是为了完善人性他们是否经历了足够的痛苦和自责？痛苦，绝不是心灵不可或缺的元素，心灵虽要遭受痛苦，但它注定要享受快乐，一旦心灵赢得了快乐，就会长久驻留于快乐之中。

下面我就个人的经历，谈些只言片语的感想。这本书记载的是对快乐的追求。我有了一个机会可以如我所愿地安排自己生活的每个细节，我也抓住了这个机会。我所设想的生活，就是孤身一人快乐地生活。我并不排斥他人，但融入的人必须是遂我心意并为我带来快乐之人。我追求的是无所欲求，为了快乐的质量而牺牲快乐的数量，我想我收获颇丰。但必须坦诚，我并非如愿以偿地赢得了平静。一路上，我发现了许多美丽的珠宝，但隐身其后的是钻石般高昂的代价。

然而，说自己感觉后悔于事无补。我只是希望，生活会以另外一种截然不同的方式呈现出来，那么，我会把一切都安排得更为惬意自然，让我可以在隐居之所肆意地虚掷时光。虽然一切已不可能，但至少我明白了：唯有这样，才可以实现目标。我失误的地方，虽不能在此一一道来，但我仍希望能找到诉诸笔端的力量。现在，我可以真心诚意地说：那些日子是快乐的，但我也走过歧途，其根源在于自己从本性上对生活微妙的味道有种强烈的欲望，总渴望捕捉简单事物的美感，像热衷于性格中的精妙华美的一面一样，热衷于性格中的古怪荒诞的一面，总喜欢品评风景和建筑的特色。我的满足感，既来源于常见的、由各种稀奇古怪的车辆改装成的行李车之类的东西，也来源于建在山坡上杂草丛生、涸辙积水的砖厂遗迹，也同样来源于险峰上如冰冻的火苗一样犀利的石棱，更来源于如絮的云朵飘过宝石般蔚蓝的天空时划出的美丽图案。如果大自然赋予人类这些能力，将自己置身事外，从视觉与听觉的感知中找到无穷的乐趣，似乎并非难事。只要不落俗套，不参与游戏与争斗，没有恐惧和痛苦，就可以轻松自然地站在一旁，让自然、艺术和生活展现出丰富多彩的愿景。可是，人生不能依赖这些规约生活，希望凭借置身事外而躲避痛苦，精神会比身体上的劳累更为倦怠不堪——源于自我折磨的痛苦。灵魂误入了形而上学的怪圈，总是无谓地好奇：到底是什么玷污了甜美的世界？事实上，人们正在窃取经验，而不是通过付出代价而获得经验。人们正依据外表而不是内心评估事物，因此愈发关注经验中那稀奇古怪、生动别致的一面，而忽视了其拥有的真爱、希望和自然的一面，而后者正成为世界的外衣和风景。

所以，在这本书里，戏剧故事中的家园、背景和风景第一次给人以愉悦之后，我把注意力从故事本身转移开，投向穿越舞台的众多男女，搜寻着他们的手势和目光，解读着他们的行动和沉默，然后飘向了远方的那些城镇、公路和建筑，因为它们代表了朝圣者的设想和渴望，而朝圣者在留下了粮食让后人食用之后，却融入了那未知的国度。如果整部书要我评价的话，它只是下一情节的序幕，是命运无言的入口，是主人的荣耀莅临，他要检查仆人们的工作。

这些愉快的日子，之所以散发出独特的味道，就在于这些时光并未虚掷于无所事事，也未荒废于自暴自弃，日子被安排得井井有条，目的专一且紧张有序。在所有快乐之后，还有一系列勤奋而充实的工作，它们构成了这种生活体验的支柱，正因如此，我才没有一丝的遗憾和懊悔。这是一次实验，但因为没有考虑到浪费掉的精力和因素，在某种意义上讲，它失败了，但在另外一种意义上，它却是成功的，因为在这个世界上，我们不可能依靠道听途说了解事物，只有亲身经历了挫折，才能增长见识。这次实验所采取的策略是正确的：希望在不受干扰、未被分神且忙碌的条件下进行，只以简单而直接的方式接近生活，每日在寂寞而没落的生活里锻炼自我。但这也正是失误所在，它过分地塑造了生活，试图从生活的素材中进行选择，拒绝了生活中的糟粕，它是在搜寻财宝而不是在赢得财富，它限制了希望，折断了令人烦扰的欲望之翅。

不经历尝试，就很难意识到：把生活设定在一种情绪、一个基调之上，就会绷得过紧。另外，过分地挑剔食物，绝不是胃口健康的表现。对上述这些感悟，我欣然接受。我逐渐认识到，虽然已养成了某种生活和工作习惯，对某些经历也习以为常，但如果不添加作料或者过于节省作料，那就只好品尝生活辛辣的味道了。

所以，像纬线编织起的乳白色迷雾一样，这甜美的海市蜃楼早晚会消融于晌午的天空，到那时再将我的所见所闻留给后人，非我所想，更非我所愿。

好了，这段宽裕的时光到底留下了什么呢？感谢上帝，它未留下精神的空虚和烦忧，但它留下了惊慌的小鸟，它正站在光秃的树枝上瑟瑟发抖，而之前的它，曾在盛夏浓浓的绿色里和沙沙作响的树叶掩映下高声歌唱。这段生活，既没有空虚，也没有悲伤，只有对愉快生活的快速领悟。这种情感一般人都曾体会过，当时，他们正坐在疾驶的火车里前往曾经生活过的地方，他们望见了那飞逝而过却又熟悉万分的树木、公路和房屋。他们清楚地知道，在房间里，在花园中，在路上，在这些挥洒自己活力与热情的地方，其他人也正在生活和工作着，在漫步和梦想着。然而，过去的生活似乎一直存在，它隐身于林后墙旁，只需人们去发现！但是，我不希望自己的经历消失殆尽，不希望它改变容颜换上另一副模样，不希望从未爱过那些离我而去的人们，不希望错过一曲美妙的音乐，只因它已消散于空中。不要只因未发现自己所寻找的到底是什么，抑或只因发现找到的是它的影子，就不相信它的存在——毕竟面包和蜂蜜掌握在上帝手中啊！如果我早在上帝之路上前行，本应已品尝到它们的美味了！不，我的确品尝到了，每当上帝赐我恩典、让我倾听之时，我就会感到无比满足。